LEONHARD F. SEIDL

VOM UNTER GANG

KRIMINALROMAN

DIESER ROMAN BERUHT AUF WAHREN BEGEBENHEITEN

EDITION NAUTILUS

Dieser Roman wurde gefördert von der Stiftung Literatur von Dieter Lattmann und dem Kulturreferat der Stadt Fürth. Der Autor bedankt sich für die Unterstützung.

Edition Nautilus GmbH
Schützenstraße 49 a
D - 22761 Hamburg
www.edition-nautilus.de

Originalveröffentlichung
Erstausgabe März 2022
Umschlaggestaltung: Maja Bechert
www.majabechert.de
Satz: Jorghi Poll
Autorenporträt auf S. 2: © Katrin Heim

MIX
Papier aus verantwortungsvollen Quellen
FSC® C083411
www.fsc.org

Druck & Bindung:
CPI – Clausen & Bosse, Leck
1. Auflage
ISBN: 978-3-96054-284-1

Für Alfred Hierer,
Enkel von Fritz Oerter

»Der Pressefeldzug entsteht als die Fortsetzung – oder Vorbereitung – des Krieges mit andern Mitteln ...«

Oswald Spengler, *Der Untergang des Abendlandes*

»Der Tod erscheint uns nur dann, wenn wir das Auge irrtümlich auf das Glied, nicht auf das Geschöpf richten. Die Alten haben das Absinken des Menschenlebens mit dem Fall des Laubes verglichen; das Blatt stirbt, aber der Baum lebt. Fällt der Baum, so lebt der Wald, und stirbt der Wald, so grünt das Erdenkleid, das alle seine Schützlinge nährt, wärmt und verzehrt.«

Walther Rathenau, *Mechanik des Geistes*

Fürth i. Bay., den 22. August 1922

Eidesstattliche Erklärung

In einer sehr dunklen Nacht des Jahres 1922 sah ich einige Männer eiligen Schrittes den Mathildenberg herabkommen. Als diese an mir vorbeigingen, hörte ich die Worte »Heute kriegen wir sie« oder ähnlich mit einem gleichbedeutenden Sinn. Einige Zeit später sah ich weitere Gestalten den Mathildenberg herabkommen. Kurze Zeit darauf fielen 2 Schüsse. Herr Max Schmidtill oder einer seiner Begleiter hatte die von mir gehörte Bemerkung gemacht. Auch den Bruder Herrn Alfred Schmidtill traf ich. Und er äußerte: »Ich habe es kommen sehen, dass es ihm einmal so gehen wird.«

Den Wortlaut dieser wie der obigen Äußerung kann ich heute nicht mit absoluter Sicherheit wiedergeben, aber ich verbürge mich für die sinngemäße Wiedergabe.

Die Wohnung des Herrn Schmidtill lag einige hundert Meter entfernt in einer anderen Straße. Und Herr Max Schmidtill war mir bekannt als ein Mensch, der außerordentlich rauflustig und gewalttätig war, wenn er unter Alkoholeinfluss stand.

Bernhard Kirst

Geburt

Isen, Oberbayern
12. Mai 1922

»Von der Organisation Escherich hört der kleine amerikanische Farmer irgendwo an der pazifischen Küste aus dem Blättchen seines Städtchens; über die Organisation Escherich liest der Bürger Japans, über die Organisation Escherich spricht man in den Staaten Lateinamerikas, mit der Organisation Escherich kann man durch bloße Nennung des Wortes einen rechtschaffenen deutschen Bolschewisten augenblicklich in berserkerische Raserei – was immer das ist – versetzen.« Oswald Spengler legte das Buch zur Seite, ein Hochgefühl ergriff ihn mit dem Wind, der durch das offene Zugfenster hereinwehte und kräftig nach Heu roch. Verstärkt wurde seine Euphorie von dem Gedanken, dass just auf dieser Strecke auch der Orient-Express mit Kaiserin Sissi von Österreich verkehrt hatte, auf dem Weg in ihr Heimatdorf Possen. *Jeder Adel ist ein lebendiges Symbol der Zeit, jede Priesterschaft eins des Raumes. Der Adel lebt in einer Welt von Tatsachen, der Priester in einer Welt von Wahrheiten; jener ist Kenner, dieser Erkenner, jener Täter, dieser Denker.*

Von der leicht erhöhten Bahnlinie sah Spengler hinunter auf die ländliche Landschaft: weite Wiesen, Felder, Wälder. Der heiter-debile Pöbel, der mit ihm im Abteil saß, hatte bereits die zweite Flasche Dunkelbier geöffnet, der herb-rauchige Duft von geschnittenem Schinken und Brot drang an seine Nase. Sie reichten ihm ebenfalls davon, er lehnte dankend ab. *Ich bräuchte einen Kreis von Menschen um mich, die es heute nicht mehr gibt, gründliche Kenner, tiefe Gelehrte, die doch noch tiefe Kenner des Lebens wären.*

Spenglers Frühstück stieß ihm sauer auf: Ei, Brot, Kaffee. Ob ein Mann wie Escherich seinen Plänen zustimmen, sie mittragen würde? Wer, wenn nicht er!, versuchte er sich zu beruhigen. Aber erst einmal musste er sein Vertrauen gewinnen, koste es an Zeit, was es wolle. Von Spenglers zitternder Hand stiegen Rauchkringel der Zigarre auf. Er beobachtete die Kreise, die sich im Zugabteil verteilten und dort zu einer einheitlichen Masse wurden, während die Männer vom Bier berauscht immer lauter salbaderten, um das Rattern des fahrenden Zuges zu übertönen. *Cogito, ergo sum. Das ist willkürlich: Auch wenn ich nicht denke, bin ich.*

Escherichs Weltläufigkeit, mit der nur die wenigsten mithalten konnten. Der Jagdreisen nach Bosnien unternommen, nicht nur für den Kaiser und das deutsche Vaterland gekämpft, sondern auch Menelik, den Kaiser von Äthiopien, in Waldfragen beraten hatte. Dem es als erstem Weißen gelang, das bisher unerforschte und von seiner wilden kriegerischen Bevölkerung gegen alle früheren Expeditionen erfolgreich verteidigte Spanisch-Guinea zu durchqueren. Er konnte die Eingeborenen, die Völker kennenlernen, die nach dem Greisenalter der abendländischen Kultur, dem Niedergang der Zivilisation, im Zuge der farbigen Weltrevolution über Deutschland herfallen würden. Spengler richtete sich auf. Warf seine halbgerauchte Zigarre aus dem Fenster. Der Zug fuhr an Bäumen in Reih und Glied vorbei, zu schnell, als dass Spengler erkennen konnte, um welche es sich handelte. *Amor fati,* die Liebe und Bereitschaft zum unausweichlichen Schicksal, war die einzige Haltung, die dem entgegenzubringen war, um dem standzuhalten. Spengler fragte sich, warum er immer an dieser Stelle in Gedanken abzuschweifen begann, obwohl es doch Schicksal war. Es war wohl eine der schwersten Übungen, sich der Notwendigkeit hinzugeben und mit angebrachter Härte auszuharren. Escherich tat das sehr wohl. Escherich, der zu Kriegsbeginn vom Kaiser Wilhelm begrüßt worden war mit den Worten: »Grüß Gott, Escherich, der Kanzler hat mir schon viel von Ihnen erzählt.« Der sich nach dem Kriege nicht von den Bolschewiken hatte verbiegen lassen. Führer der schlagkräftigen Einwohnerwehr Orgesch, die im Geheimen immer noch fortbestand.

Ein Mann aus der Gruppe gegenüber, der seinen Stumpf auf eine Krücke hochgelegt hatte, fragte, ob Spengler auch im Krieg gewesen sei. *Der kultivierte Mensch hat seine Energie nach innen, der zivilisierte nach außen,* dachte Spengler. Er reagierte erst nicht – dann krächzte er, als hätte er seine Stimme jahrzehntelang nicht benützt. Ja, er sei auch im Krieg gewesen und habe dem Franzmann gehörig die Leviten gelesen. Glücklicherweise sei er ohne Verletzung, er nickte in Richtung des Stumpfes des Burschen, heimgekehrt. Da kehrte Ruhe ein im Abteil, die vom Rattern der Dampflok in die Länge gezogen wurde. Verschämt sahen alle zu Boden oder aus dem Fenster, auf die vorüberziehende Landschaft. *Wie rasch man in einer einfältigen Gesellschaft einfältig wird.*

Spengler setzte erneut an, wollte von dem soeben erfolgreich beendeten Prozess gegen den Bolschewisten Fechenbach berichten, dem das gehässige Lügenpressemaul in München vor Gericht nun rechtskräftig gestopft worden war, ohne natürlich seine eigene Zuarbeit zu Cossmann zu erwähnen. Vortrefflich hatten sie den wegen des Vorwurfs der Dokumentenfälschung angestrengten Beleidigungsprozess propagandistisch gegen die These von einer deutschen Kriegsschuld ausgeschlachtet. Da ging die Tür krachend auf, und ein runzliges Männlein in dunkelblauer Reichsbahnuniform wackelte herein. Schade, gerne hätte er die Befriedigung erlebt, Eisners Lüge von der deutschen Kriegsschuld noch einmal öffentlich zu widerlegen. Doch die räudige Gesellschaft ihm gegenüber suchte bereits in ihren Taschen nach den Billets, reichte sie dem Alten mit der blauen Mütze. Auch Spengler fummelte in den Tiefen seiner teuren Homespun-Anzughose, kruschte, als er dort nur ein paar Münzen, Zündhölzer und seine Taschenuhr fand, auch noch in seiner Anzugjacke, doch auch dort fand sich kein Billet. Da fiel ihm ein, dass er es heute Morgen zu brisant gehabt hatte, weil ihn des Nächtens wieder einmal die Albträume geplagt hatten. »Nächster Halt Walpertskirchen!«, verkündete das Männlein. Und an Spengler gewandt: »Bin glei wieder do.« Die weißen Haare, die dem Alten aus den Ohren trieben, vom Kinn abstanden in alle Himmelsrichtungen, ließen Ekel in Spengler aufsteigen, der ihn davon ablenkte, nach einer Lösung für eine fehlende Fahrkarte zu suchen. Da ertönten zwei Schüsse kurz hintereinander. Der Kriegsversehrte ließ sich zu Boden fallen, alle gingen in Deckung. Die Bremsen quietschten und Spengler schleuderte es ebenfalls zu Boden. Alle sahen einander fragend an.

Wenige Minuten später fuhr der Zug wieder tuckernd an. Passierte einen Dreiseithof, verringerte seine Geschwindigkeit erneut an einem braunen Holzhaus und blieb am backsteinernen Bahnhof Walpertskirchen stehen.

Die Türen öffneten sich, Fahrgäste eilten hinaus, der langgezogene Pfiff des Schaffners erklang, die Lok fuhr puffend an. Die Gesellschaft neben ihm gackerte, der Krüppel legte der pummeligen Frau am Fenster die Hand auf ihren feisten Schenkel. Schob sie unter ihren Rock. Ob sich bei ihm überhaupt noch etwas regte?, fragte sich Spengler, bis ihm das fehlende Billet wieder einfiel. Auf das Klosett fliehen, er, Oswald Spengler, der große Deuter der Geschichte, der Autor des *Untergangs des Abendlandes*? Nein! Oder einfach in einen anderen Waggon? Sich bereits auf den Weg machen, um auszusteigen in Thann-Matzbach, wo ihn Georg Escherich empfangen würde? Das kam einer Flucht gleich und dies hatte er nicht nötig; nicht mehr! Der Schädel des Trottels wurde immer roter, seine Hand schob sich immer weiter unter den Rock der Frau, die ebenfalls rote Bäckchen bekam, sich umsah, sah, wie Spengler sie beobachtete, die Hand halbherzig wegschob. Und aus der Beobachtung dieses Trottels kam ihm die Idee. Er bat ihn, den Kameraden, ob er so nett wäre, ihm kurz seine Fahrkarte zu leihen? Bewusst verwendete er nicht den französischen Begriff, denn es musste rasch gehen. Dabei verlor er, wie um seine Bitte zu untermauern, den Kneifer und zwinkerte verschwörerisch mit dem rechten Auge. Der Bursche nahm einen Schluck Bier, sah das Weib neben sich an. Sie zuckte mit den Schultern, wodurch sich ihre Brüste hoben und einiges von sich preisgaben. Der Bursche schnitt mit seinen fettigen Wurstfingern eine Scheibe Brot ab und klappte sie zusammen, schob die Fahrkarte hinein. Dann reichte er Spengler das Ganze. Der nahm es dankend mit einem Nicken, gerade rechtzeitig, als der Schaffner wieder ins Abteil trat, verschwitzt und bleich. Das Pärchen giggelte. Freute sich über die Verschworenheit mit dem feinen Herrn. Der Schaffner sagte *Bittschön*, griff danach. Kniff die Augen zusammen. Musterte das Billet mit den Zahlen und Buchstaben und den roten Streifen einige Augenblicke zu lange. Sah nach draußen. Schob sich seine Mütze nach oben, während der Zug weiter durch den strahlend sonnigen Tag schaukelte. Er reichte das Billet Spengler hin. Der griff danach. Da aber zog der Alte es zurück, drehte sich um und ging. Spengler ging ihm kopfschüttelnd hinterher. Der Zug durchschnitt die Landschaft, links und rechts von Gras, Bäumen und Sträuchern überwucherte Hänge, die die Sicht über das Land verwehrten.

Von der Bahnstation Thann-Matzbach, die hinter einem Buckel inmitten von Wiesen und Feldern lag, holte der Forstrat Georg Escherich Spengler mit seinem Automobil ab. Er griff nach dessen Koffer und fragte, wie seine Reise gewesen sei. Der Denker ließ von seinem Gepäck ab und antwortete in möglichst militärischem Ton: »Keine besonderen Vorkommnisse«. Über den unflätigen Schaffner, der ihn fast aus dem Zug geworfen hätte, weil er ein angeblich gefälschtes Billet gezeigt, berichtete er nicht. Genauso wenig wie über die Knallpatronen, die der Bahnwärter in Walpertskirchen auf die Gleise gelegt hatte, weil der Lokomotivführer die Warntrompete überhört und die rote Fahne übersehen hatte.

Es war ein herrlicher Maientag, der Isen und seine ländliche Umgebung in schönstem Lichte erscheinen ließ. Spengler saß auf dem Beifahrersitz des Automobils. Genoss die warme Luft, die durch das Fenster hineinwehte. Wie lange er schon hier wohne, wollte Spengler wissen, und ob er sich hier wohlfühle? Wobei er bei seiner letzten Frage unsicher war, ob er damit nicht zu weit ging. Eine Kuhherde, von einem barfüßigen Jungen mit einem Stock getrieben, überquerte die Straße, das Automobil stoppte, der Motor brummte, unterbrochen vom Gemuhe der Rindviecher. *Gesundheit eines lebenden Körpers ist Fruchtbarkeit. Fruchtbarkeit ist politische Macht. Das gilt von einem Bauerngeschlecht wie von einem großen Volk.* Escherich erzählte, dass er nun seit dem 15. Januar 1919 in Isen lebe und walte. Wenige Tage bevor ein junger, vaterlandsliebender bayerischer Aristokrat und Offizier es unternommen hatte, in rücksichtsloser Einsetzung seines eigenen Lebens, den stets von Soldaten begleiteten Ministerpräsidenten Eisner auf offener Straße niederzustrecken.

Spengler nickte. Und dann fuhr Escherich fort, dass der Bolschewismus, der Dolchstoß und die linken Arbeiter schuldig seien an diesem schrecklichen Desaster des Weltkrieges.

Escherich entriegelte die Handbremse und ließ die Kupplung schnalzen, dass es Spengler in den Sitz drückte.

Dafür habe er, Spengler, es dem linken Pack, dem Lügner Fechenbach in München gemeinsam mit Cossmann ordentlich gezeigt und Eisner mit seiner Kriegsschuldlüge noch im Grabe beim Duell besiegt. Tiefe Zufriedenheit stieg in Spengler auf. *Zu einem Goethe werden wir Deutschen es nicht wieder bringen, aber zu einem Cäsar.* Die Spiele mögen beginnen.

Personalblatt Polizei

I. Personalien

Familienname: Oerter

Vorname: Johann Friedrich

Geburtsort: Straubing (unmittelbare Stadt in Bayern)

Geburtsdatum: 19. Februar 1869

Familienstand: verheiratet, lebt mit Frau zusammen

Beruf: Lithograph

Religion: dissident

Name der Eltern: Friedrich und Franziska Oerter, letzt. geb. Hofmann, pens. Feldwebelseheleute, beide verstorben

Heimatsort: Obereisenheim, B. A. Gerolzhofen, Bayern

Militärverhältnisse: Landsturm

Letzter Aufenthalt in Deutschland: Fürth (unmittelbare Stadt in Bayern) d.h. derzeitiger Aufenthalt Untere Fischergasse 13

II. Signalement

1. Grösse: ca. 1,70 m
2. Gestalt: breitschulterig

3. Haare: ziemlich grau (dichter Schopf im Genick)
4. Bart: ziemlich grau
5. Augenbrauen: ziemlich grau
6. Gesichtsbildung: volles Gesicht (jedoch welk u. hat viele Falten)
7. Gesichtsfarbe: blaß (Zimmerfarbe)
8. Augen: grau
9. Stirn: nieder
10. Nase: gewöhnlich, etwas stumpf
11. Mund: gewöhnlich
12. Zähne: schlecht
13. Kinn: voll
14. Sprache: deutsch
15. Besondere Kennzeichen: hat schweren, sogen. Entengang
16. Kleidung: meist dunkel, hie und da dunkle Crawatte (sog. Flugbinde), großen, weichen, schwarzen Filzhut mit großer Krempe (Künstlerhut)

Fürth, Mittelfranken
15. Mai 1922
Reg. Note.

Um 9 ¼ Uhr vormittags erschien Sepp Oerter auf meinem Amtszimmer und ersuchte – in sehr anständigem, ruhigem Ton – darüber Beschwerde, dass er in letzter Zeit derart rigoros überwacht, dass er sich belästigt fühle und jedermann auffallen müsse. Er erkenne ja an, dass dies den Polizeiorganen befohlen sei und die Überwachung schließlich auch sein müsse, doch glaube er, dass solche auch anders durchgeführt werden könnte. Die Polizeiorgane bräuchten sich ja nicht an seine Fersen zu heften.

Daraufhin antwortete ich, dass er das durch das von ihm in den letzten Tagen während seiner Überwachung betätigte Auskneifen, Verstecken und die sonstigen Hänseleien der überwachenden Polizeiorgane etc. selbst verschuldet habe und dass Änderung nur dann eintrete, wenn er die besagten Dinge unterlasse. Dabei fügte ich an, dass er als Anarchist und zwar mit Rücksicht auf sein Vorleben sogar als recht gefährlicher Anarchist und als Propagandist der Tat bekannt ist, der s. Zt. aufreizende Artikel schrieb, solche in anarchistischen Blättern lancierte und sich neben vielem anderen an der Einschmuggelung und dem Vertrieb blutrünstiger, zu Raub, Mord, Brandstiftung, zu Dynamitattentaten etc. aufreizender und Majestätsbeleidigungen enthaltender Pamphlete beteiligt gewesen sei, der ferner, namentlich in England und Amerika, mit der bekannten Emma Goldman, Anarchistin der Tat und Meuchelmörderin etc. intim verkehrte und später, nach Verbüßung seiner schweren Haftstrafe hierfür sofort wieder die anarchistische Tätigkeit aufnahm, obwohl er dem Gefängnisdirektor, ja sogar den Eltern Umkehr und Besserung vorheuchelte, sich also gleichzeitig als ein Mann darstellte, dem auch kein Wort geglaubt werden könne und darum seine stete Überwachung absolut unabweislich sei.

Oerter erklärte hierauf, dass er s. Zt. weder aufreizende Artikel geschrieben, noch sich an der Verbreitung der fraglichen Pamphlete beteiligt hätte.

Richtig sei nur, dass er in Amerika mit der Goldman intim verkehrt und dabei auch mit Anarchisten der Tat zusammengekommen sei. Daraus schließe man aber mit Unrecht, dass auch er zu den Letzteren gehöre. Es sei auch wirklich so. Er sei kein Freund von Gewalttaten und Ähnlichem, wenn er auch nicht leugne, Anarchist zu sein. Der Ausdruck »Anarchist« bedeute in Wirklichkeit nicht das, was Polizei und Behörden dahinter suchten, er dürfe nicht so aufgefasst werden, als müsse jeder, der sich mit dieser Bezeichnung identifiziere, auch Attentate etc. ausführen, oder dazu anreizen. Dazu sei er gewiss nicht zu haben.

Sein Tun und Treiben läge ganz offen, er habe keine Geheimnisse, die das Licht scheuten, und hüte sich ängstlich, mit den Strafgesetzen irgendwie in Konflikt zu kommen.

Anarchisten der Tat gäbe es hier, soweit er orientiert sei, nicht.

Schriftstücke, resp. Druckschriften aufreizenden Inhaltes habe er nie im Besitz, es könnte jederzeit bei ihm eine Durchsuchung vorgenommen werden.

»Unterstützungen« bekäme er von keiner Seite. Auch sein Bruder Fritz bekäme keine Unterstützung.

Dieser sei seit drei Jahren schwer krank, leide an Skorbut und könne sich nur mit Krücken und Stock fortbewegen. Er ernähre sich durch Erträgnisse aus seiner dichterischen und literarischen Tätigkeit, welche obendrein noch durch den Lohn seiner jugendlichen Tochter erklecklich vermehrt würden.

Ameisen
Fürth, Mittelfranken
19. Mai 1922

Emma schloss die Tür zur Wohnung hinter sich und hörte von der Straße einen schrecklichen Gesang:

»Auch Rathenau der Walther
Erreicht kein hohes Alter
Knallt ab den Walther Rathenau
Die gottverfluchte Judensau.«

Sie wich zurück, dachte aber dann an das Lächeln, das sich auf Vatis faltiges Gesicht gelegt hatte, als sie ihm gesagt hatte, dass sie in die Pfiffer gehen würde, weil er die »Gelberla«, die Pfifferlinge, so mochte. Davor hatte er noch getobt, weil in München irgendein rechter Zeitungsredakteur einen Journalisten namens Fechenbach vor Gericht mundtot gemacht habe, weil der die Wahrheit über die deutsche Kriegsschuld geschrieben hatte. Sollte er es doch mit seinem Bruder Sepp ausdiskutieren. Immer ging es nur um Politik. Wie Emma das nervte!

Sie konnte es kaum erwarten, der drückenden Luft der Stadt zu entkommen und in den Wald zu fliehen.

Emma musste an den gestrigen Arbeitstag denken. Sie konnte es immer noch nicht glauben, dass sie jetzt als Schreibkraft, als »Fräulein Hierer« für Georg Gumbrecht in seiner Spiegelfabrik Gumbrecht und Söhne arbeitete. Endlich jeden Monat eine volle Lohntüte und nicht mehr stundenlang in der Zichorienfabrik Cohn Säcke wuchten und die Beine in den Bauch stehen. Und das alles nur, weil sie unaufmerksam gewesen und auf die Straße getreten war und Gumbrecht sie mit seinem Automobil angefahren hatte. Wie hatte Vati getobt, als er herausbekam, dass Emma für diesen Kapitalisten in der Schreibstube arbeitete! Dann allerdings hatte Emma ihm erwidert, dass er auch nichts anderes tat, wenn er, der selbständige Lithograph, Bilder für Spielekartons auf die Natursteine aus dem Altmühltal zeichnete, die ihre Mutter dann mit dem Leiterwagen über die Fürther Straße nach Nürnberg zur Spielwarenfabrik karren musste, weil Vati noch immer vom Skorbut gezeichnet war und durch den Leistenbruch nicht schwer heben konnte. Auch er arbeitete für die Kapitalisten!

»Fräulein Hierer, kommen Sie bitte mal in mein Büro«, hatte ihr Chef dann gestern gesagt. Sie hatte ihn überhaupt nicht kommen gehört und ihre Kollegin Mimi Gründler, die ansonsten alles hörte, war bereits im Feierabend. Gumbrecht wies ihr mit der Hand den Weg in sein Büro und schloss die Tür hinter sich. Emma roch sein herbes Duftwasser. Sie begann zu schwitzen. Hatte ihm irgendwer erzählt, dass sie die Tochter des Anarchisten Fritz Oerter war? Hoffentlich bemerkte er ihre Nervosität nicht.

»Bitte nehmen Sie Platz.«

»Danke schön«, sagte Emma, machte einen Knicks und setzte sich. Zum Glück hatte ihr Gumbrecht gerade den Rücken zugekehrt und sah nicht, dass sie vor Aufregung förmlich in den Stuhl fiel.

»Wie gefällt es Ihnen bei uns?«

»Sehr gut, danke schön.«

»Irgendwelche Beschwerden?«

Sollte sie ihm vielleicht erzählen, was die Arbeiterin Trude, die sie durch Vati kannte, ihr gestern über seinen Sohn erzählt hatte? Sie schüttelte den Kopf ein wenig zu heftig. »Nein, alles bestens.«

»Dafür mussten Sie jetzt aber lang überlegen«, sagte er und schmunzelte.

Emma sah ihn gerne lächeln und lächelte ebenfalls.

»Ich finde, Sie machen sich ganz gut.«

»Danke schön.«

»Würden Sie mir noch einen Brief tippen?«

Emma überlegte, ob das ein Test war. Gumbrecht folgte ihr an ihren Schreibtisch. Stellte sich hinter sie. Wie gut er roch! Mit leicht zitternden Händen legte sie das vorgedruckte Papier mit dem Briefkopf der Spiegelfabrik Gumbrecht in die Maschine ein. Dann diktierte ihr Chef mit seiner tiefen Stimme:

Sehr verehrter Herr Professor Cossmann,

»Cossmann mit C, Fräulein Hierer«,

Vielen Dank für die Einladung. Den Abend des 4. Juni 1922 werde ich mir freihalten und mich in den Drei Rosen einfinden.

Ich würde mich freuen, wenn sich dann Gelegenheit fände, über die schwebenden Fragen eingehend mit Ihnen zu sprechen.

Mit besten Grüßen, Ihr Georg Gumbrecht

Jetzt stand Emma an der staubigen Nürnberger Straße, da kam ihr Max mit dem Fahrrad seines Freundes Leonhard entgegengeradelt.

»Da bist du ja endlich«, sagte er freudestrahlend, dass die Krähenfüße neben seinen Augen sich nur so kräuselten.

Emma fragte nicht, warum Leonhard und seine Freundin Susi nun nicht dabei waren. Max aber schien ihre Frage zu erahnen und zog die Schultern entschuldigend nach oben.

»Wenn Leonhard und Susi auch mitgekommen wären, hätten die Fahrräder nicht gereicht.« Er zog ein zerfleddertes Taschentuch aus seiner Hosentasche, wischte sich über die Stirn und ließ die Hosenträger schnalzen, unter denen sich dunkle Streifen auf dem weißen Hemd abzeichneten. »Los geht's!«

Emma nahm ihren Weidenkorb, in dem sich ein Taschenmesser, etwas zu trinken, Brote und zwei Äpfel befanden, und schaute ihn fragend an.

»Auf den Sattel«, sagte Max. Er wusste, dass sie weder seinen Befehlston mochte noch auf dem Sattel zu sitzen und dabei nicht die Fahrerin zu sein. Aber es blieb ihr wohl nichts anderes übrig. Er würde sie kaum fahren lassen. Und bis sie den Wald zu Fuß erreicht hätten, würden andere die Pfiffer geklaubt haben.

Also schwang sie sich auf den Sattel, allerdings nicht im Frauensitz, wie es sich geziemt hätte. So spannte zwar der Rock, aber Max konnte leichter das Gleichgewicht halten.

Bis zum Kanal verlief der Weg eben oder es ging sogar bergab. Emma genoss den kühlen Fahrtwind und schloss die Augen. Der Wind fuhr unter ihr Kleid, sie wagte nicht, ihre Augen zu öffnen. So stellte sich die Vorstellung von Georg Gumbrechts großen Händen ein, wie sie zärtlich ihren Rücken kraulten. Gut, dass Max nicht ahnte, was sie dachte. Hinter dem langgestreckten sandsteinigen Schloss Burgfarrnbach ging es bergan, sie kamen dem Wald immer näher. Sie spürte jeden von Max' Tritten, die das Fahrrad ruckeln ließen, versuchte, erneut die Realität auszublenden, sich nur auf den Druck des Ledersattels zu konzentrieren. Eine Windbö riss das Fahrrad nach links, sie öffnete ihre Augen, doch schon fand Max den Weg zurück in die Spur, kehrte die Lust zurück. Eine Kraft, die von ihrem Bauch in ihren ganzen Körper ausstrahlte, die ihre Muskeln anspannte. Max keuchte, das Fahrrad schlingerte erneut. Max' fester Hintern stieß gegen ihren Schoß, sie fasste nach ihm, presste ihn gegen sich. Er rutschte von den Pedalen und sie stürzten auf den Asphalt.

»Was zum Teufel hat dich denn geritten …«, geiferte Max und klopfte sich die Hose ab. Aber die zwei dunklen Flecken auf Kniehöhe blieben. Emmas Atem ging immer noch schnell. Max hob das Rad auf, begutachtete es, der Lenker war leicht verbogen. Emmas Oberschenkel tat weh, aber sonst fehlte ihr nichts. Die Knie über den Strümpfen waren ebenfalls erdbraun geworden. Sie sammelte die Dinge aus dem Korb ein, die über den Feldweg verstreut lagen, zum Glück noch heile, vor allem die Bierflasche. Doch in ihr war gar nichts heile, da war ein Aufruhr, ein Toben. Ungeduldig schaute sie Max dabei zu, wie er den Lenker hinbog.

»Lass uns den Rest des Weges laufen«, sagte er.

»Laufen?«, stieß sie aus. »Das ist noch sauweit!«

»Willst du, dass wir noch einmal stürzen?«

Sie schnaubte verächtlich aus. »Willst du, dass wir nach Hause laufen?«

»Aber ich habe mir den Arm verletzt.« Er zeigte auf seinen rechten Unterarm, über den sich tatsächlich eine lange Wunde zog, die blutete.

»Komm her.« Emma nahm ihr Taschentuch und legte es auf die Wunde.

»Aua!«, schrie Max auf, »sei doch nicht so grob!«

Wortlos ging sie auf die Wiese und bückte sich. »Hier wirst du sicher keine Pfiffer finden«, sagte Max.

»Dafür vielleicht ein Kuhmaul«, antwortete Emma. Max starrte sie mit offenem Mund an und hielt das Taschentuch an seinen Unterarm. »Oder ein Hasenöhrl«, legte Emma nach.

Normalerweise mochte sie es, dass er so ein empfindsamer Kerl war. Aber sie wollte weiter, auf dem Fahrrad, in den Wald.

»Sag mal. Ich blute und du machst dich über mich lustig?«

»Spitzwegerich such ich. Für deine Wunde.« Schon hatte sie einen, rupfte ihn aus und ging wieder auf ihn zu. Sie drückte ihn ein bisschen zu fest auf seine Wunde und band das Taschentuch darum.

»Aua!« Max zog den Arm zurück. »Du warst auch schon mal liebevoller.«

»Soll ich weiterfahren?«

Er sah sich um. Es war nirgends eine Menschenseele zu sehen. Dann musterte er sie auf eigenartige Weise. »Wennsd' meinst.«

Erst stieg Max auf, dann zog sie das Kleid nach oben, dass Max große Augen bekam. »Und du meinst … das … haut hin?«, fragte er stotternd.

Ohne zu antworten, trat sie in die Pedale, das Fahrrad schlingerte und Max griff mit seinen Händen an ihre Taille. »Halt dich gut fest. Nicht, dass du runterbollerst«, frotzelte sie.

Sie genoss seine Hände, doch es war nicht das gleiche Gefühl wie vorhin. Schön, doch keineswegs vergleichbar mit der Trunkenheit eben. Sie radelte schneller, aber es wollte sich einfach nicht einstellen. Ihr Kleid klebte ihr mittlerweile vor Anstrengung am Rücken, sie konnte den würzigen Wald bereits riechen. Schon hatten sie die Stelle erreicht, an der sie in der Regel hineingingen. »Endlich«, stöhnte er erleichtert und stieg ab.

Emma hob das Rad über den Wassergraben, schob es über Farn in den Wald und lehnte es hinter einen Baum, sodass es von außen nicht zu sehen war. Die Tage waren zu hungrig, als dass man ein Rad unbeaufsichtigt am Waldrand stehen lassen konnte. Die Kühle des Waldes legte sich auf ihre schweißnasse Haut.

»Vorsicht!«, sagte Max und deutete auf ihre Stiefel.

Sie sah nach unten, auf den Waldboden. Sie stand in einem Ameisenhaufen.

»Komm, wirf mir die Flasche Bier herüber«, sagte sie, ohne sich auch nur einen Millimeter aus dem Ameisenhaufen zu bewegen. Max, der immer noch mumpflig dreinschaute, warf ihr das Bier zu. Emma ließ den Verschluss schnalzen, worauf sich seine Miene ein wenig aufhellte. Als das Bier über ihr Gesicht spritzte, lachte er laut los. Sie hielt ihm die Flasche entgegen, spürte schon die ersten Ameisen, die ihr über die Unterschenkel krabbelten. Max griff nach der Bierflasche. Emma schnappte sie zurück. Er stolperte, fiel in Emmas Arme. Seine Lippen näherten sich. Ein Specht klopfte unregelmäßig gegen einen Baum.

»Da, das Bier.«

Er griff nach der Flasche und leerte sie halb, ohne die Hand von ihrer Hüfte zu nehmen. Die Ameisen waren jetzt auf Emmas Oberschenkel angekommen, aber sie dachte nicht daran, von dem Ameisenhaufen herunterzusteigen. Auch Max bewegte sich keinen Fußbreit. Emma leerte das Bier, fuhr sich mit der Zunge über die Lippen und warf die

Flasche nach hinten, wo sie mit einem hohlen Geräusch an einen Stamm donnerte. Sie rülpste laut und lachte.

»Jetzt zeig mir doch mal«, sagte Emma und zog Max mit beiden Armen noch näher zu sich heran, »was du kannst, du Eintänzer.« Auf Emmas Beinen und Schenkeln kribbelte und brannte es. »Oder bist du zu stark verletzt?«

»Nein ... ich«, stotterte Max. Und bevor er vorschieben konnte, dass sie das doch normalerweise nicht mochte, sagte sie kurz und bestimmt: »Ich will es! Jetzt!« Und war von ihrer eigenen Resolutheit überrascht. Sie hörte das Zwitschern der Vögel nun ganz deutlich, ihre Sinne waren geschärft: Die feuchte, nach Fichten und Moos duftende Waldluft. Der raue Stoff von Max' Hemd unter ihren Fingern. Abertausende Ameisenfüßlein auf ihrer Haut. Die Sonnenstrahlen, die in den Wipfeln flirrten. Max schob seinen Oberschenkel zwischen ihre Beine, ließ eine Hand auf der Hüfte, legte die andere auf den Rücken. Sie legte ihre Hände ebenfalls auf seinen Rücken, sein feuchtes Hemd, und seine Hüfte. Max begann sie zu führen, führte sie vom Ameisenhaufen hinunter, drehte sie langsam im Kreis. Er versuchte, den Abstand zu wahren, weil er spürte, dass es seinem Körper zu sehr gefiel. Doch sie ließ nicht locker, erhöhte den Druck, beschleunigte die Drehung, ihre Schenkel brannten, ihre Hände und Arme bitzelten, sie warf den Kopf nach hinten, schaute in die Baumwipfel, den Himmel, die blendende Sonne.

Emma kam ganz verschwitzt in der leicht geschwungenen Gustavstraße mit den pittoresken Häusern aus Sandstein, Fachwerk und Schindeln und den davon abzweigenden Höfen an. Max hatte sie am Bahnhof abgesetzt, er musste tanzen, arbeiten gehen, hatte sich schlechtgelaunt von ihr verabschiedet. Vielleicht, weil sie keine Lust auf weitere Annäherungen gehabt hatte. Für sie war es auch so erfüllend genug gewesen. Am Gasthaus Grüner Baum bog sie nach rechts in die Obere Pfarrgasse ab und ging den Berg hinunter.

Um dem Jungen mit seinem Zeitungspacken den Weg freizumachen, sprang sie am windschiefen Eckhaus mit der Leihbücherei auf die Straße. Fischgestank drang in ihre Nase, die Fischhandlung Jungkunz hatte wieder gewässert. Da brauste ein Automobil mit offenem Verdeck durch den frühen Abend. Eine vornehme Dame saß neben einem Mann auf dem Beifahrersitz, ihr Schal flatterte im Wind, sie hielt ihren hellblauen Hut mit der einen Hand, die andere lag um die Schulter des Fahrers mit der Automobilisten-Haube und der Brille. Die Dame sah aus, als wäre sie der letzten Seite der Wochenschrift *Von der Mode* entsprungen. Nur, dass sie sich die Kleider sicher nicht selbst schneiderte wie Emma, die jede Woche ein wenig aus der mageren Lohntüte für Stoff abzwackte. Fasziniert blieb sie auf der Straße stehen und stierte dem Kraftfahrzeug hinterher, das den steilen Berg hinunterröhrte. Ein Hupen schreckte sie auf, wie damals, als Georg Gumbrecht sie angefahren und als Entschädigung zu einem Vorstellungsgespräch eingeladen hatte.

Vernehmungsprotokoll

Auf Vorladung erscheint
Schmidtill Alfred, städt. Angestellter
Fürth / Bay. Scherzerplatz 15
und erklärt, zur Wahrheit ermahnt, folgendes:

Am Vorabend des Reichsparteitages der Sozialdemokraten in Augsburg war, soviel ich mich erinnere, in der Wirtschaft z. »Schützenliesl« noch ein Treffen der betr. Teilnehmer. Mein Bruder und ich waren ebenfalls dort. Ich habe mich ca. um 11 Uhr nachts auf den Heimweg begeben. Mein Bruder hatte sich schon früher mit einigen Kameraden, die ich namentlich nicht mehr nennen kann, entfernt. Gegen 1 Uhr nachts hörte ich Emma Hierer rufen: »Alfred, geh runter, dein Bruder ist angeschossen worden.« Oder so ähnlich.

Was dann folgte, weiß ich nicht mehr so genau, da ich mich um meine Mutter zu kümmern hatte. Auf alle Fälle muss ich die Äußerung »So habe ich es kommen sehen« oder ähnlich ganz entschieden ablehnen und als bewusste Lüge bezeichnen. Auf den Anwurf, mein Bruder wäre ein Säufer und Raufer gewesen, muss ich entgegnen, dass Wibbeler ein ebenso großer Säufer gewesen ist, zudem ist mir bekannt, dass er deswegen seinen Eltern große Sorgen machte. Versch. ist er wegen Zechprellerei vorbestraft gewesen. Wenn er angetrunken war, hat er gerne Stänkereien gemacht, so auch in diesem Falle. – Mein Bruder und seine Kameraden sind, soviel sich herausgestellt hat, an dem betr. Abend in Hellers Fischküche gekommen und wollten noch ein Bier trinken. Im erwähnten Lokal befanden sich Wibbeler und Schachtel mit anderen Studenten bei einer Sauferei. Wie W. meinen Bruder sah, äußerte er: »Mit diesem Abzeichen«, damit meinte er das schwarz-rot-goldene Abzeichen der Sozialdemokratie, »bekommst du hier kein Bier.« Hierauf entspann sich ein Wortwechsel, und mein Bruder wurde zur Wirtschaft hinausgeworfen, worauf ihm W. folgte. Ob und von wem W. einen Messerstich erhalten hat, möchte ich in Frage stellen. Auf alle Fälle steht fest, dass Sch. auf meinen Bruder schoss, ohne vorher angegriffen worden zu sein. Nach einer Mitteilung einer Bekannten hat Schachtel zuvor eigens zu diesem Zweck zu Hause die Pistole geholt. Es ist somit erwiesen, dass Schachtel, um meinem Bruder einen gehörigen Denkzettel zu verabreichen, die Pistole geholt und mit sich geführt hat.

Zeugen kann ich leider z.Zt. keine angeben, da mir die Namen entfallen sind.

Ermittlungsdienst
Fürth, den 19. August 1922
Unterschrift: Alfred Schmidtill

Pomade

Fürth

27. Mai 1922

Max Schmidtill ist es leid, dass der Tag durch die Eintänzerei zerstückelt ist. Fünf-Uhr-Tee, Pause, Tanz vom Abend bis in die Nacht. Viel lieber wäre er jetzt im Wald Emma nahe. Aber dort haben sie sich das letzte Mal vor einer Woche getroffen und sie hat ihn zuerst heiß gemacht und dann einfach stehen lassen. Sicher hat sie einen anderen. Sie riecht auch anders, seitdem sie in der Spiegelfabrik arbeitet. Wenn sie nicht zu Hause isst, warum sollte er es dann tun? Nein!, sagt er sich, heute tanze ich nicht mit den alten Weibern, die mir Geld zustecken und wie zufällig an meinen Hintern langen. Meine Hände sind nicht dafür geschaffen, ihre faltigen Hände mit den Altersflecken und schwabbeligen Hüften zu umfassen und zum Takt der Musik zu lenken. Meine Hände sind dafür geschaffen, Linien auf Holz zu zeichnen. Es zu bearbeiten. Klare Formen, klare Linien. Die am Ende ein Möbelstück, einen Stuhl, einen Schrank oder einen Spiegelrahmen hervorbringen.

Er betrachtet sich im Spiegel. Einen Monat macht er die Arbeit als Eintänzer jetzt und schon ist er es leid. Er fährt sich mit den Fingern über sein Gesicht. Sind seine Wangen dadurch wirklich weniger eingefallen? Fünf Mark am Tag verdient er, das macht fünfunddreißig die Woche plus Tanzstunden und Trinkgelder. Die Schulden bei der Vermieterin sind abbezahlt und Hunger hat er seitdem auch keinen mehr gehabt. Aber zwei Stunden Toilette machen ist nichts für einen Schreiner. Er ist ja keine Frau!

In Unterhosen steht Schmidtill vor dem Spiegel, den er sich gekauft, gegen den halbblinden ausgetauscht hat. Weil er sich für die ganzen Dosen, Fläschchen, Cremes, Puder und Wässerchen schämt, trifft er sich mit Emma lieber im Wald. Sie würde sich nur noch mehr über ihn lustig machen.

Zuerst rasiert er sich, wäscht sich mit der französischen Seife, mit dem warmen Wasser aus der Schüssel: Gesicht, Hals, unter den Armen, ja sogar hinter den Ohren. Mit dem frisch gewaschenen Handtuch aus der Wäscherei, das immer noch nach Seife duftet, trocknet er sich ab, cremt sich das Gesicht mit Teintsalbe ein, pudert sich, schüttet sich Pitralon in die Handflächen und verteilt es auf seinen Wangen. Der Duft von Zitrone und Zedernholz verbreitet sich im Raum, und er muss an Emma auf dem Ameisenhaufen denken, ihren festen Po und ihre kleinen, strammen Brüste. Er schwärzt sich mit dem Augenbrauenpinsel seine Brauen, putzt sich die Zähne. Dann schlüpft er in Unterhemd und Hemd, bindet sich den Schlips um. Nach dem Anziehen der Anzugweste überprüft er, ob alles passt. Er versucht zu lächeln, was ihm nicht gelingt. Schmiert sich Pomade ins Haar.

Schmidtill fühlt sich beschmutzt, sein Innerstes von Emma zerknittert, darauf herumgehüpft, darauf gespuckt. Was haben sie alles zusammen durchgestanden! Den Krieg. Den Krieg und seine Folgen. Um nicht mehr Hunger haben zu müssen, macht er diese alberne Eintänzerei. Und wie dankt sie es ihm? Sie glaubt wohl, er würde es nicht spüren, dass da noch ein anderer neben ihm ist.

War es ein Fehler gewesen, dass er damals zu ihr gesagt hatte, er wolle ihr natürlich ihre Freiheit lassen, sie nicht einsperren? Aber hätte sie da nicht nachfragen müssen, nach all den Jahren, die sie zusammen sind?

Heute ist er nicht, wie er eigentlich müsste, zum Fünf-Uhr-Tee im Grünen Baum gewesen, wo ihn der Chef im

Namen des Wirtes angestellt hat. Heute Abend will er sogar in das Schwarze Kreuz, um sich nach Jüngeren umzusehen, die das Tanzen lernen wollen, die noch nicht in die Geheimnisse der Liebe eingeweiht sind. Er will mit einer schlafen, heute Abend! Und sich auch noch etwas dazuverdienen, falls möglich. Auch wenn ihn Emma geradezu dazu antreibt, sie mit einer anderen Frau zu betrügen, glaubt er doch, dass es sie nicht kaltlassen würde, wenn er es tatsächlich täte. Außerdem wartet im Grünen Baum sein Chef auf ihn, der ihm die Frauen zuweisen würde, mit denen er zu tanzen hat. Wenn er sich ihm widersetzt, kann er seinen Job vergessen. Und sein Chef sagt immer, dass die Katze im Haus bleibt, damit die Mäuse nicht auf dem Tisch tanzen und sich pudern. Der Grüne Baum sei ein ordentliches Haus, in dem zwar die Eintänzer gegen Geld tanzten, wo sich aber keine Gigolos prostituierten und vielleicht noch koksten.

Also geht Schmidtill in das Schwarze Kreuz am Königsplatz. Das liegt zwar nur einen Steinwurf vom Grünen Baum entfernt, fast am Eingang der Gustavstraße, lockt aber ein anderes, ein verruchteres Publikum an, das trotzdem einen lockeren Geldbeutel in der Handtasche hat.

Die Elektrische fährt bimmelnd vorbei, als er die Kurve vor dem zweigeschossigen Sandsteinquaderbau am Eck überquert. Neben dem Eingang unter der Terrasse sitzt ein Mann ohne Beine in abgewetzter Soldatenuniform und bettelt. Schmidtill hört die Musik, die ausgelassenen Stimmen der Menschen, die am Sonnabend Ablenkung von ihrer Sechs-Tage-Woche suchen. Begleitet von einem Walzer der Tanzkapelle öffnet er die Tür und tritt in die verrauchte Stube. Die Tanzenden schieben über die Tanzfläche, um sie herum sitzen schick gekleidete Männer und Frauen an Tischen, trinken und rauchen. Da kein Platz mehr frei ist, holt er sich ein Glas Absinth und stellt sich in eine Ecke gegenüber der Bühne, auf der die Tanzkapelle spielt. Und da sieht er sie stehen, allein: eine schwarzhaarige Schönheit, mit wilden Locken. Er leert den Absinth auf einen Satz. Dann geht er auf sie zu, sieht glücklicherweise noch früh genug ihren Vater hinter ihr auf einem Stuhl sitzen. Die Melone auf dem Tisch, den Arm auf einem Gehstock mit blitzendem silbernen Knauf in der Form eines Hundes. In seiner rechten Hand qualmt eine Zigarre. Schmidtill schaut den Vater der jungen Schönheit fragend an, und der nickt ihm zu, was Schmidtill als Einverständnis begreift, dass er mit ihr tanzen soll und ihn der Vater dafür entlohnen wird. Als erfahrener Mann muss er wissen, dass Schmidtill nicht zum Spaß hier ist, nicht nur, um zu tanzen. Aber er wird schon auf sein Töchterlein achten, nicht umsonst prangt ein Jagdhund, ein Weimaraner, auf seinem Gehstock. Auch die alte Gumbrecht hat einen Weimaraner, der angeblich besonders gut hört, wenn es stimmt, was die Alte sagt. Seine Augen sind jedenfalls schlecht, so viel weiß er, hatte sie ihm doch lallend berichtet, der Hund würde genauso wenig sehen wie ihr Mann. Nur ist es bei ihrem Hund das Alter und bei ihrem Mann der Stumpfsinn. Mit dem Weimaraner hat ihr Mann zu seinen besseren Zeiten gejagt. Jetzt lebt der Hund nur noch, um zu sterben. Wie die Alte selbst, denkt Schmidtill. Wie so viele Menschen dieser Tage.

Die junge Frau kann tanzen. Und wie. Sie schwebt förmlich im Dreivierteltakt über die Tanzfläche, den Kopf aufrecht, die Brust herausgestreckt, dass die anderen Paare ihnen neidige Blicke zuwerfen. Darunter auch ein Eintänzer, den Schmidtill kennt.

Kurz wird Schmidtill von einer kleinen, gedrungenen Frau abgelenkt, die alle Kneipenbesucher in Fürth kennen: Immer wieder schleicht sie zu den Tischen, stibitzt aus den Aschenbechern Zigarettenstumpen, drällert sie auf, stopft sie in ihre Pfeife und schmaucht. In vermeintlich unbeobachteten Momenten schleicht sie an die Tische der gerade Tanzenden und nippt an Bierhumpen und Branntweingläsern. Da entdeckt sie auch der Kellner im Smoking. Aber anstatt sie zu ermahnen, ruft er laut: »Pfeifndurla!« Schmidtill, dem der Alkohol gehörig zu Kopf gestiegen ist, stoppt den Tanz, fällt in den gehässigen Chor ein. Seine Tanzpartnerin und andere Gäste tun es ihm gleich. Das Pfeifndurla bekommt einen knallroten Schädel, stampft wütend mit den Beinen auf wie ein kleines Kind. Und verlässt die Gaststätte.

Und schon will die junge Frau zurück auf die Tanzfläche. Ihre grünen Augen funkeln, aber sie hält Distanz. Schmidtill bemerkt den argwöhnischen Blick ihres Vaters und ist bedacht, auch selbst genügend Abstand zu halten und Contenance zu bewahren.

Dann spielt die Band einen flotten Shimmy. Seine Tanzdame, von der er noch nicht einmal weiß, wie sie heißt, dreht die Fersen aus. Kommt ihm näher, drückt ihre volle Brust an seinen Oberkörper. Jetzt schießt ihm die Hitze ins Gesicht. Auf ihrer Stirn bilden sich Schweißperlen, der unaufdringliche Geruch von Bergamotte weicht einem würzigeren. Ihr Vater mit dem Gehstock beobachtet ihn immer noch. Und auch ihre grünen Augen lassen nicht von Schmidtill ab, taxieren sein schmales Gesicht, die dunkelblonden Haare, suchen seine blauen Augen. Dann drückt sie in einem passenden Moment die Wange an seine. Ein Zittern durchfährt ihn und sie fragt flüsternd, ob er mit ihr nach oben gehen wolle. Und ob er das will! Doch der Tanz hat gerade erst begonnen. Und er bringt ihn zu Ende. So viel Eintänzer ist er noch. So viel Beherrschung hat er trotz des Absinths.

Schon zieht sie ihn aus dem Saal, ohne sich darum zu scheren, was die anderen denken. Er muss an Emma denken, aber nicht lange. Er folgt der Fremden die Treppe hinauf, an der ein leichtes Mädchen mit einem völlig besoffenen Kerl knutscht. Im zweiten Stockwerk, auf dem sich die Zimmer befinden, zieht sie einen Schlüssel aus ihrer Handtasche, den sie sich wohl bereits vor dem Tanz besorgt hat. Von unten dröhnt nun der Takt eines Tangos nach oben.

In einem der Zimmer hört er eine Frau stöhnen. Plötzlich öffnet sich eine Tür. Schmidtill schreckt zusammen, die zwei Männer, die das Zimmer gerade verlassen wollen, erschrecken nicht weniger. 175er, denkt er. Aber als sie bemerken, dass Schmidtill sie nicht weiter beachtet, geben sie sich einen letzten verstohlenen Kuss und gehen in einem Abstand von mehreren Metern den Gang hinunter, als würden sie einander nicht kennen.

Schmidtill und die Frau sind nun schon fast am Ende des Ganges angekommen und er fragt sich, wo sie mit ihm hin will. Da stoppt sie vor dem letzten Zimmer, schiebt den Schlüssel ins Schloss, öffnet und zieht ihn hinter sich her. Sie lässt sich rücklings aufs Bett fallen, dass ihre schwarzen Locken über das weiße Bettzeug fließen. Sie lacht und zündet sich eine Zigarette an. Ihr Kleid ist bis zu den Strumpfhaltern nach oben gerutscht. Sie schiebt es noch weiter hoch, bis zum Ansatz ihres Höschens. Er setzt sich wie ein kleiner Junge neben sie, legt die Hände in den Schoß. Kokett reibt sie ihre kleine Nase an seiner großen und bläst ihm Rauch ins Gesicht. Dann küsst sie ihn mit ihren roten, weichen Lippen, umspielt mit ihrer Zunge die seine. Er erwidert ihr Spiel, zieht sie an sich heran. Sie greift nach seiner Hand, legt sie auf ihre Brust, ihr Atem geht schneller, ihre harten Brustwarzen drücken gegen den weichen Stoff. Da drückt sie ihn schon wieder weg, nimmt ihre Handtasche, holt einen Spiegel und eine Puderdose aus Elfenbein heraus. Sie schüttet weißes Pulver aus der Dose darauf und bildet mit der Getränkekarte zwei Linien. Er kriegt vor lauter Überraschung den Mund nicht mehr zu. Er weiß von einigen, dass sie das Pulver nehmen, vor allem die Gigolos. Es verspricht stundenlange Ausdauer …

Die Fremde zieht einen hellgrünen 10.000-Mark-Schein aus ihrem Geldbeutel und rollt den Mann mit dem flachen Hut und der Knollennase zu einem Röhrchen zusammen. Dann beugt sie sich nach vorne, setzt es an die Nase und zieht das weiße Pulver nach oben. Mit einem lustvollen Stöhnen legt sie den Kopf nach hinten und reicht ihm den Geldschein. Was würde Emma wohl dazu sagen, wenn sie ihn hier sehen könnte? »Na, was ist?« Er greift nach dem Geldschein, zögert. Was, wenn er abhängig wird? Die grünen Augen mustern ihn. Er will nicht als Feigling dastehen. »Was bist du denn für ein Gigolo, der Angst vor ein wenig Spaß hat?« Spaß? Genau das hat er heute gesucht, um den Schmerz, die Wut auf Emma zu betäuben. Und er braucht es Emma ja nicht zu erzählen.

Entschlossen beugt er sich über die Frau, die ihm neckisch an den Po fasst. Er sieht sein Gesicht, seine blauen Augen im Spiegel, zögert. Wie tief bist du gesunken, Max. »Na, mein Kleiner, Angst?« Er setzt den Geldschein an der Nase an und zieht das Pulver nach oben. Seine Nase brennt, sein Gehirn brennt. Und zugleich öffnet es seine Augen, schärft seine Sinne schlagartig. Er legt den Schein neben den Spiegel, dreht sich um. Die Frau küsst ihn erneut. Fasst ihm in den Schritt, worauf ihm ein Stöhnen entfährt. Er greift wieder nach ihren Brüsten, knetet sie leicht, sie schiebt seine Hand wieder weg, löst sich von ihm, flüstert »Warte«. Sie hebt ihren Po, zieht sich das Höschen aus und schiebt ihr Kleid noch weiter hoch, dann drückt sie seinen Kopf und damit seinen Oberkörper herunter. Und er kniet nieder, grinst dümmlich. Jetzt sieht er ihre Scham, rasiert. Er beugt seinen Kopf nach vorne, sie fährt ihm mit den Fingern von der Stirn über Augen und Wangen bis zu den Lippen. Sie schiebt ihm ihren Zeigefinger in den Mund, zieht ihn schon wieder heraus, klappt die Puderdose auf, wälzt ihn im Kokain und verstreicht es über ihre Scham. Demütig und gierig zugleich wartet er, was jetzt geschehen wird. Dankbar gibt er dem Druck ihrer Hand auf seinem Hinterkopf nach, als sie ihn zwischen ihre Beine schiebt.

Er weiß nicht, wie lange er zwischen ihren Beinen war. Sein Mund, seine Lippen, seine Nasenspitze sind feucht. Sein Gehirn explodiert. Da geht die Tür auf. Er dreht sich um, der Alte hebt seinen Stock. Schmidtill rechnet jede Sekunde damit, gleich den silbernen Weimaraner in seinem Kopf stecken zu haben oder die behandschuhte Faust in seiner feuchten Fresse. Stattdessen hängt der Alte Stock und Mantel an die Garderobe. Hält ihm einen 10.000er-Schein hin. Schmidtill stottert ein »Aber …«, doch der Alte schiebt ihn einfach nach draußen. Bevor er die Tür vor Schmidtills Nase schließt, greift der noch schnell nach dem Schein.

Brief Cossmann an Spengler, Berlin
27. Mai 1922

Sehr geehrter Herr Doktor!

Ich werde am 4. Juni 1922 in München sein, um die maßgeblichen Leute wieder einmal zu treffen. Ich weiß nicht, ob Gumbrecht verheiratet ist. Jedenfalls bitte ich Sie, Gumbrecht mitzuteilen, dass wir am 4. Juni abends in den Drei Rosen mit Damen zusammen sind, und bitte Sie, verehrter Herr Doktor, sehr, heute schon für diesen Abend sich freizuhalten.

Mit besten Grüßen,
Ihr Cossmann

Von oben

Isen, Oberbayern
27. Mai 1922

Spengler und Escherich waren in der Dunkelheit aus den Federn geschlüpft, hatten wortlos eine Tasse Bohnenkaffee geschlürft, aus Bohnen, die der Forstrat noch aus der Zeit vor dem verlorenen Kriege im Forsthaus gebunkert hatte und die nach und nach eigens von der Hand seiner Frau Gabriele geröstet und gemahlen wurden. Escherich hatte eine Pfeife und Spengler eine Zigarre geschmaucht. Dann packten sie die Brotzeit ein, die von der Haushälterin wortlos zubereitet worden war.

Aus Gewohnheit hängte der Forstrat seine Büchse um die Schulter und reichte Spengler Fernglas und einen Jagdstock, der schon viele andere Gäste vor ihm in den Isener Forst begleitet hatte. Spengler in seinen feinen Halbschuhen und seinem Mantel wirkte wie eine Frau in Hosen. Hätte man ihm dies gesagt, hätte er entschieden widersprochen, natürlich, gerade seinem hochgeschätzten Freund Escherich gegenüber, die Contenance bewahrend, ohne auch nur einen Anflug von Erregung in der Stimme. Was der Doktor dagegen in seiner Gästekammer dachte, wenn er wieder alleine war, wenn sich sein Kopf rötete, weil sein Puls raste, stand auf einem anderen Blatt.

Escherich warf nur einen kurzen Blick auf Spenglers Schuhe, um seinen Gast nicht zu brüskieren, und nahm sich vor, mit ihm nach dem Mittagessen und dem Mokka, zu dem Gabriele frisch gebackene Schmalznudeln servieren würde, zum Hobmaierhaus zum Schuh-Fischer zu gehen. Denn übermorgen war Kirche. Und wenn sich Spengler die nächsten Tage im Wald die Schuhe ruinierte, was sollten die Männer von Isen denken, was er da für einen Gratler zu Besuch hatte. Konnten sie doch nicht ahnen, wen sie da vor sich hatten.

Sie schritten den gekiesten Weg durch den großzügigen Garten des Forsthauses, wo die Blütenknospen der zahlreichen Sträucher und Bäume noch weit davon entfernt waren, sich der aufgehenden Sonne entgegenzudrängen. *Eine Pflanze führt ein Dasein ohne Wachsein,* dachte Spengler. *Im Schlaf werden alle Wesen zu Pflanzen: Die Spannung zur Umwelt ist erloschen, der Takt des Lebens geht weiter.*

Auch Escherich war ein anerkannter Mann, dessen Meinung die Honoratioren des Ortes schätzten. Als Gründer der Einwohnerwehr war er ihr Oberkommandant gewesen. Nur ihm und seinen Leuten war es zu verdanken, dass der rote Terror sich nicht weiter über das ganze Land ausbreiten konnte.

So geschah es regelmäßig, dass er an der Milchsammelstelle eine Flasche noch warmer Milch geschenkt bekam, deren Rahm seine Frau zwar im Kaffee nicht mochte und die sie darum sogar siebte, die er aber in großen Schlucken genoss. Er schmeckte das Ursprüngliche in ihr, die volle Natur, und ja, er mochte auch das Fett. Genauso wie er die Menschen hier in dem kleinen Markt Isen schätzte. Bodenständig, gottesfürchtig, dem Leben und der Arbeit zugewandt, keine Zeit vergeudend mit aufrührerischen Ideen, die die Menschen zu dem machen wollten, was sie nicht waren: gleich. Was hatte ein Sattler mit dem Grafen des nahe gelegenen Schlosses Burgrain gemein? Der Graf war vom selben edlen Blut wie die Wittelsbacher, namentlich sein Freund, der Kronprinz Rupprecht von Bayern, der ihn erst im August besucht hatte. Wie bodenständig die Menschen waren, hatte sich zur Zeit der Notwehr offenbart, nach jenen unglücklichen Novembertagen 1918, als die Parole lautete: Ruhe und Ordnung! Der Forstrat schnaufte etwas zu laut aus. Spengler sah ihn unsicher von der Seite durch seinen Zwicker an. Heute würde der Forstrat ihm seinen Wald zeigen. Der Wald war ein weiterer Grund, warum er es liebte, auf dem oberbayerischen Land zu leben, zwei Stunden von München, wo es, als die Roten zur Herrschaft gelangt waren, zugegangen war wie in Sodom und Gomorrha.

Sie schlossen das Holzgatter hinter sich, ließen die alte Linde rechts liegen. Vorbei an der Sattlerei, in der schon Licht brannte, wo Escherich regelmäßig die Häute seiner erlegten Tiere ablieferte, über den Marktplatz. In der Lehrerwohnung gegenüber der Kirche war es noch dunkel, wahrscheinlich hatten die Kinder den Herrn Lehrer gestern wieder ordentlich getratzt, weil er Zucht und Ordnung in seiner vermeintlich fortschrittlichen Liberalität vernachlässigte. Die Sonnenuhr auf dem Münster der St.-Zeno-Kirche glotzte wie ein verschlafenes Gesicht mit ihren zwei Augen, Mund und Nase herunter. Im Gegensatz zu den Zeigern der mechanischen Uhr darüber zeigte sie noch nicht sechs Uhr an.

Sie gingen erhobenen Hauptes den steilen Apothekerberg hinunter, den der Regen der vergangenen Nacht aufgeweicht hatte und der am Friedhof entlangführte. Der Forstrat hoffte, dass Spengler im Wald keine Geschichten machen würde. Er spähte zu dem Mann hinunter, der neben ihm schritt. Nur weil man sich in der Weltgeschichte, der Mathematik, Physik und vielem mehr auskannte, dies in verständliche Worte zu fassen vermochte, sich in höchsten Kreisen Anerkennung verschafft hatte, hieß das noch lange nicht, dass man sich im Wald, in der Natur zurechtfand. Als hätte der Forstrat es herbeigerufen, schlitterte Spengler mit seinen glatten Sohlen. Erschrocken klammerte er sich an der kräftigen Schulter des Forstrates fest, spreizte den Stock gen Abhang und dachte: *Ich bin gegen die kleinen Foltern des Alltags wehrlos.*

Schon erreichten sie die weite Fläche, marschierten auf der noch dürftigen Allee, den erst kürzlich gepflanzten Birken der Lourdes-Grotte entgegen.

Lag es an der Bewegung, an dem kleinen Schrecken oder an der Natur, dass Spengler nun die ersten Worte des Morgens fand? Er bat den Forstrat, von Bosnien zu erzählen. Der dachte nur kurz nach, ohne Spengler anzusehen, und sagte, weiter geradeaus blickend, dass die Bosniaken ja alle Frühaufsteher seien. Und wenn's a den ganzen Tag nichts mehr tun würden, als herumzulungern: Der erste Schrei vom Gockel käme fast schon zu spät für sie. Hochgewachsene und geschmeidige Gestalten seien sie, die Bosniaken, und dabei Faulenzer und Tagediebe.

Das glaube er ihm gern, pflichtete ihm Spengler bei.

Escherich streckte seinen Rücken durch ob der Bestätigung. Und Spengler lauschte zufrieden den erwachenden Vögeln, wobei sich seine Augen zu schmalen Schlitzen formten. Die ersten hellen Sonnenstrahlen schoben sich über den dunklen Wald, der sich auf der Anhöhe vor ihnen erhob, und sangen der Wiese eine Ode an den Morgen. Andächtig nahm Spengler seinen Hut ab, wie um die zwitschernden Vögel besser zu verstehen. Der rotrückige Würger imitiert die Strophen kleiner Singvögel, um sie anzulocken: allverbreitete Jägerlist. Die Sonne spiegelte sich auf Spenglers Glatze.

Nach einem gut halbstündigen Marsch durch den teils urwaldartigen Forst erreichten sie den Entenweiher, wie ihn der Forstrat nannte. Fußgänger fanden sich hier in der Regel selten ein. Und vor den zahlreichen Wilderern hatte er sich in der kurzen Zeit seines Amtes so viel Respekt verschafft, dass er es schon fast als Glücksfall begreifen würde, einen von ihnen vor die Flinte zu bekommen.

Sie kletterten auf den Jägerstand am Ufer, der den beiden Männern gerade so Platz bot. Nun lag der Weiher, inmitten des Sollacher Forstes, umgeben von Schilf und Bäumen, verschlafen vor ihnen, Nebel löste sich auf. *Es ist, als zöge ein Nebel vom Lande ab und die alten Formen träten erst ungewiß, dann immer klarer wieder hervor.*

Forstrat Escherich lehnte sein Gewehr an den Sitz. Die Kameraden bissen in die dick mit Butter bestrichenen, mit Wurst belegten Graubrote. Escherich nahm das Jagdglas in die freie Hand und sah auf den Weiher hinunter. Eine Traube Mücken schwirrte über dem trüben Gewässer. Hinter einer Entenmutter in schwarz-braun-weißem Federkleid mit dem blau-weiß gesäumten Band einer Märzente an der Seite, durchpflügte ein halbes Dutzend Junge das Wasser. Sie folgten ihr in militärischer Disziplin, in V-Formation, der Form ihrer Latschen nicht unähnlich. In ihren schmutzig-grauen Federchen, am Hals gelblicher Flaum. Escherich suchte das Wasser und das Ufer, das Schilf und die Seerosen ab, doch der bunte Erpel war nirgends zu sehen. Die Mutter stoppte, gründelte stumm, die Bieberl taten es ihr unbeholfen nach. Die Wellen, die sich über die Wasseroberfläche ausgebreitet hatten, verebbten am verwachsenen Ufer. Da raschelte es kaum hörbar im Gebüsch. Spengler legte das Wurstbrot in seinen Schoß, nahm sein Jagdglas an seine schlechten Augen. Sah, wie sich das Schilf bog. Zu seiner Enttäuschung schob sich lediglich eine Gans in den Weiher. Wie die Entenmutter und ihre Jungen wohl reagieren würden? Spengler schnaufte vor Aufregung, die Linse beschlug. Die Gans schwamm zielgerichtet auf die Mutterente und ihre Jungen zu. Noch hatte die Ente sie nicht bemerkt. Sie tauchte mit dem Kopf ab, schlug mit den Flügeln auf die bräunliche Wasseroberfläche und kippte vornüber. Der Bürzel ragte senkrecht heraus. Nach dem Gründeln zog die Entenmutter ihren Kopf aus dem Wasser, plusterte sich auf, schüttelte das Nass von den Federn und vom Kopf und entdeckte die Gans. Ihr Schnattern zerschnitt die andächtige Stille am Weiher. Die Jungen stoben auf, schwammen davon. Das kleinste Küken paddelte verwirrt in Richtung der Gans, stoppte, machte kehrt, doch da hatte die Gans es bereits erreicht. Mit ihrem großen Schnabel packte sie das winzige Entlein von hinten am Nacken und drückte es unter Wasser. Die Mutter schnatterte nun noch aufgeregter, versuchte, die übrigen Jungen zu sammeln. Schwamm kurz in Richtung ihres Kleinsten, gefolgt von ihren Küken, überlegte es sich dann aber doch anders und machte kehrt. Der winzige Kopf tauchte wieder auf, der große Schnabel über ihm öffnete sich und schnappte erneut zu und tauchte das Tierchen unter, seine kleinen Latschen wirbelten das Wasser kaum merklich auf. Escherich schnaufte lautstark aus, nahm das Jagdglas von seinen Augen, die Büchse in die Hand, legte an und zielte. Spengler atmete schneller. Er unterdrückte den Impuls, die Hand zu heben und den Forstrat daran zu hindern, dieses gewaltige Naturschauspiel, dieses Spiel von Stärke und Werden zu stören. Seine linke Hand verkrampfte sich. Hier war der Forstrat der Herr, der Wald sein Reich, die Tiere seine Volksgemeinschaft.

Spengler versuchte, sich auf den Überlebenskampf zu konzentrieren, solange der noch ohne den Eingriff von außen vonstattengehen konnte. Das Entenküken tauchte einen Fußbreit vor der Gans nochmals auf, strampelte wild davon, die Gans ließ es fliehen. Für einen Moment. Dann glitt sie scheinbar ohne Mühe lautlos hinter dem Küken her, bis die Bauchspitze fast den Bürzel des Kükens berührte. Die Mutter machte noch einmal kehrt, die anderen fünf Küken folgten ihr, sie schnatterte, sie folgten ihr trotzdem, sie drehte um. Wieder biss die Gans das Jüngste.

Der Forstrat atmete gleichmäßig, die Flinte fest in der Armbeuge, still und mit ruhiger Hand. Die Gans tauchte das geschwächte Tier, das sich kaum mehr wehrte, unter; ihre schwarz-grauen Füße tauchten auf, der Bauch senkrecht. Dann fiel der Schuss. Rauch stieg auf. Ein Vierzehnender krachte unweit des Ufers ins Gehölz. Die Gans ließ von dem Entlein ab. Leblos trieb es auf dem Wasser. Der König allen Holzes kennt keine Schonzeit, dachte Spengler, *alles Faustische will Alleinherrschaft.*

Fürth i. Bay., den 19. August 1922
Eidesstattliche Versicherung

Ich versichere hiermit an Eides statt, nachdem ich über die Folgen einer falschen eidesstattlichen Versicherung belehrt worden bin:

Ich bin geborener Fürther und bin auf der Volksschule mit einem gewissen Max Schmidtill bekannt geworden. Wir waren Schulkameraden. Während ich später die Mittelschule und dann das Polytechnikum besuchte, machte Schmidtill lediglich die Volksschule und wurde Schreiner. Im weiteren Verlauf zeigte sich Schmidtill mir gegenüber immer gehässig, was ich mir nur aus dem Unterschied in der weiteren Berufsausbildung herleiten konnte. Fast bei jeder Begegnung wusste er eine dreckige Bemerkung zu machen, um damit seine Missachtung mir gegenüber zum Ausdruck zu bringen, obwohl ich ihm nicht das Geringste in den Weg gelegt und ihn nach Möglichkeit gemieden habe.

Im August 1922, es mag in der Nacht vom 16./17.8.22 gewesen sein, fand in der Fischküche Heller in Fürth eine Studentenkneipe statt. Während ich das Kneiplokal einmal verließ, traf ich auf Schmidtill, welcher an der Gassenschenke mit dem damaligen Gastwirt eine Differenz hatte. Er befand sich im angeheiterten Zustand. Als mich Schmidtill auf dem Gang dieser Wirtschaft erblickte, erklärte er in der ihm eigenen Art: »Da ist ja der Wibbala, die Rotznasen!« Diese neuerliche Beleidigung war mir denn doch zu dumm, ich ergriff deshalb Schmidtill am Rock und warf ihn durch die Pendeltüre hindurch, dass er zu Fall kam.

Schmidtill stand auf und lief die Alexanderstr. entlang, wobei ich ihm nachfolgte. Im Laufen drehte er sich dann um und drohte: »Heut hol ich noch mei Schlassen und dann richten wir Dich richtig her!« Gleich darauf hatte ich ihn erreicht, in diesem Moment drehte sich Schmidtill um, zog ein größeres Messer (Offizierdolch?) und versetzte mir einen Stich in den rechten Daumen. Außerdem stieß er mich mit aller Gewalt mit dem Fuß auf die Hoden gegen den Unterleib. Ich bin vor Schmerz zusammengefallen. Ich konnte mich nur mit Mühe an den Häusern entlang wieder in die Wirtschaft Heller zurückbegeben. Schmidtill lief davon und ich sah nur noch in einiger Entfernung ein paar Leute auf ihn warten.

Mit Rücksicht auf meine Verletzungen und mit Rücksicht auf die von Schmidtill ausgesprochene Drohung, mich abzupassen, begleiteten mich die Studienkameraden Hans Schachtel, Georg Hofer und Hermann Dürr nach Hause nach meiner Wohnung Badstr. 5. Hermann Dürr und Georg Hofer verließen uns vorher, in der Nähe der Sternapotheke. Wir kamen dann bis zu meinem Haus Badstraße 5. Ich kann nicht mehr sagen, ob ich kurz vorher jemanden beobachtet habe, aber ich weiß noch, dass Herr Schachtel, welcher mich am Arm geführt hatte, plötzlich seinen Arm zurückzog. Ich erhielt einen Schlag mit einem harten Gegenstand auf die rechte Hinterkopfseite und brach bewusstlos zusammen. Soviel ich mich entsinnen kann, hörte ich dabei noch einen Schuss fallen. Ich kam erst wieder zum Bewusstsein, als ich mich bereits im Krankenhaus befand. Am nächsten Tag erfuhr ich dann, dass mein Begleiter Schachtel diesen Schuss abgegeben hatte, um den Angriff abzuwehren.

Seit jener Zeit habe ich einen dauernden körperlichen Schaden, den ich auf diese Auseinandersetzung zurückführe.

Nach meiner Auffassung war dieser Vorfall nur auf die rein persönliche Gehässigkeit zurückzuführen, welche Schmidtill mir gegenüber schon seit Jahren gezeigt hatte.

Bernhard Wibbeler

Zittern
Fürth
28. Mai 1922

Vati hatte sie überredet, mit ihm zur Versammlung in das Restaurant Hascher in der Blumenstraße zu gehen, obwohl sie müde von einem langen Tag im Büro der Spiegelfabrik war.

Er freute sich – und wie lange hatte sie ihn schon nicht mehr ausgelassen lachen sehen. Emma dachte an das Lächeln von Georg Gumbrecht, an seine Grübchen, in die sie sich am liebsten hineingelegt hätte. Sie grinste, und ihr Vater, der gerade die Eingangstür hinter sich schloss, sah sie misstrauisch an.

Wie würde Georg Gumbrecht toben, wenn er herausfände, dass Emma die Tochter des Anarchisten Fritz Oerter war! Aber genau aus diesem Grund trug sie den Mädchennamen ihrer Mutter. Ihre Eltern hatten sich schon etwas dabei gedacht.

Die Arbeit in der Schreibstube bereitete ihr große Freude. Auch wenn Gumbrecht heute Mimi Gründler gefeuert hatte, weil sie angeblich nicht ordentlich gearbeitet hatte. Emma musste jetzt noch ordentlicher und genauer sein.

Sie wurde das Gefühl nicht ganz los, dass sie seit dem Brief an Cossmann verspürt hatte: Gumbrecht wollte sie prüfen, wie sehr er ihr vertrauen konnte.

Kurz nachdem Mimi ihre Sachen gepackt hatte, stellte er Emma seine Frau vor, die einmal hübsch gewesen sein musste. Heute umgab Frau Gumbrecht eine Alkoholwolke, ihre rote Nase war von dunklen Äderchen durchzogen, die selbst unter dem Puder zu sehen waren. Ihre Bewegungen waren fahrig gewesen.

Der Saal im Hascher war gesteckt voll mit Arbeiterinnen und Arbeitern, mehrheitlich Männer, aber auch etwa zwei Dutzend Frauen. Emma war heute zur Veranstaltung mitgekommen, weil sie hoffte, dass Max ebenfalls da sein würde. Auch wenn Max Sozialdemokrat war und es hier um einen Schlagabtausch zwischen Kommunisten und Anarchisten ging. Aber Emma hatte schon seit längerem das Gefühl, dass Max einen guten Eindruck bei Vater hinterlassen wollte, selbst wenn er von seiner SPD nicht abließ. Emma hatte ein schlechtes Gewissen, weil sie Max in der letzten Zeit vernachlässigt und zu wenig Zeit mit ihm verbracht hatte.

Es roch nach Schweiß, Rauch und Bier im Saal, und es herrschte ein Trubel wie auf der Kirchweih. Schließlich kam es nicht alle Tage vor, dass derart prominente Redner Fürth besuchten. Ihr Vater sprach schon seit Tagen von nichts anderem mehr, obwohl er etwas enttäuscht war, dass Genosse Rocker gestern erst so spät angereist war, am nächsten Morgen früh wieder aus Fürth abreisen würde und somit kaum Zeit war, um sich mit ihm über die Situation in der Republik auszutauschen. Themen gab es zuhauf, wie Vater so wortreich ausführte, dass sogar ihre Mutter nur noch müde nickte: die Reaktion gegen den Acht-Stunden-Tag, der Niedergang der Russischen Revolution, der

Organisationszwang, Terror durch Zentralgewerkschaften, die Gefahr einer Einheitsfront mit den Kommunisten, Nestor Machno, der Kongress der FAUD-Arbeiterbörsen, der Kampf in der bayerischen Metallindustrie. Aber vor allem die Unzufriedenheit der Spiegelarbeiter. Dort braute sich etwas zusammen. Sie wollten nicht länger für einen mageren Lohn arbeiten, von dem sie sich Miete und Gas für eine viel zu kleine Wohnung und schlechte Kleidung abknapsen mussten und am Ende des Monats doch die Mägen knurrten. Erst gestern hatte sich ihre alte Nachbarin Angela Hucke lautstark mit ihrem Sohn gestritten, der in der Spiegelfabrik angestellt war. Der Sohn erhob zum x-ten Mal die Beschuldigung, dass sie so unwirtschaftlich wären und nicht recht zu leben verstünden, schlechte Stiefel kauften statt gute um den doppelten Preis. Das Argument, dass sie eben zu der Zeit, als ihre Tochter die Stiefel brauchte, nicht mehr Geld aufwenden konnten, schlug er einfach in den Wind und stellte die Sache so hin, als ob es nur Dummheit und Böswilligkeit gewesen wäre.

Und da war Emma unruhig geworden: Wie würde sie sich verhalten, verhalten müssen? Was, wenn Georg Gumbrecht herausfand, dass ihr Vater den Streik mitorganisierte?

Jetzt entdeckte Emma Max, der sie schon die ganze Zeit beobachtet haben musste, aber keine Anstalten machte, zu ihr herüberzukommen. Er war mit seinem Freund Leonhard da. Schlecht sah Max aus: kreidebleich und dicke Augenringe. In dem Moment, in dem sie ihm zulächelte, ihr Herzschlag sich beschleunigte und sie fühlte, wie ihre Wangen rot wurden, sah sie nicht weit von Max einen anderen Mann: Hans Schachtel, Juniorchef in der Spiegelfabrik, der die Arbeiterinnen belästigte und unehelicher Sohn von Georg Gumbrecht war, wie ihr Mimi Gründler geflüstert hatte. Der sich die meiste Zeit in München aufhielt und studierte. Er denkt, er sei etwas Besseres, hatte Mimi geraunt und die Nase gerümpft. Was hatte der hier verloren, bei einem Vortrag von Rudolf Rocker? Genau der kam jetzt auf sie zu, mit seinen wuscheligen Haaren, Schnauzer und kreisrunder Brille. Vater breitete die Arme aus, strahlte über das ganze Gesicht. Er umarmte den »Genossen Rocker«, der als Buchbinder und mit seiner politischen Arbeit maßgeblich zur Bildung der Arbeiter beitrug. Vater wies auf den obligatorischen Polizisten mit Stift und Block am anderen Ende des Raumes hin, der nicht die geringsten Anstalten machte, sich zu tarnen. Seine quadratische Schädelform erinnerte Emma ein wenig an Frankenstein, von dem sie ein Bild in Mary Shelleys Roman in der Leihbücherei gesehen hatte. Lediglich die kreisrunde Brille des Spitzels minderte ein wenig den Frankenstein-Eindruck.

»Die Tochter vom Genossen William Godwin«, hatte Vater stolz verkündet und Emma hatte ihn daraufhin gefragt, warum Mary Shelley nur als die Tochter ihres Vaters gelte, immerhin habe sie den Roman geschrieben und nicht ihr Vater. Das wäre ja, wie wenn sie nur als die Tochter von Fritz Oerter vorgestellt würde.

Dann betrat Rockers Debattengegner den Raum, Paul Frölich, und ging zur Bühne. Ein Raunen ging durch die Menge. Alle, die einen Stuhl ergattert hatten, setzten sich. Auch Rocker ging nach vorne, nicht ohne sich von seiner feinen Begleiterin, die Vater als seine Frau Milly Rocker vorgestellt hatte, mit einem Händedruck zu verabschieden.

Vater zog sich seine schwarze Anzugjacke über Weste, Hemd und seinen dicken Bauch und humpelte mit seinem Stock zur Bühne, wo ihm ein junger Genosse hinaufhalf. Nun kehrte endgültig Ruhe im Saal ein, lediglich ein Kleinkind brabbelte noch vor sich hin.

»Ich freue mich sehr, euch, liebe Genossinnen und Genossen, zu der Veranstaltung der Freien Arbeiter-

Union Deutschlands begrüßen zu dürfen«, begann Vater. »Ganz besonders freue ich mich über den international hochgeachteten Referenten Rudolf Rocker, der mit seinem Werk *Anarchismus und Anarcho-Syndikalismus* einen wichtigen Beitrag zur Volksbildung geleistet hat.« Die Arbeiter applaudierten, Vater machte eine beschwichtigende Bewegung. »Rudolf Rocker, der wegen sogenannter umstürzlerischer Reden 1892 nach Amerika fliehen musste und dort 25 Jahre geblieben ist. Aber jetzt ist er glücklicherweise wieder unter uns! Herzlich willkommen, Genosse Rocker!« Vater breitete den einen Arm zu einer Willkommensgeste aus, in der anderen hielt er seinen Stock. Rocker betrat die Bühne unter Beifall, der die kargen Buhrufe verschluckte. Einige wenige klatschten nicht, darunter auch Max. Und Hans Schachtel auch nicht, wie Emma feststellte.

»Ebenfalls begrüßen möchte ich Paul Frölich aus dem Parteivorstand der KPD. Er ist vor allem bekannt geworden durch seine Schmäh ... seine Schrift *Die syndikalistische Krankheit*.« Der Beifall fiel deutlich geringer aus, die Missfallensbekundungen umso deutlicher. »Und nun freue ich mich auf den Vortrag des Genossen Rocker.« Unter Applaus verließ Vater die Bühne, ging an dem Polizeispitzel vorbei zurück, der sich fleißig Notizen machte, und gab Max im Vorbeigehen sogar die Hand, was Emma ein Lächeln entlockte. Schon saß Vater wieder neben ihr, sein Hemd verschwitzt vor Aufregung und von der dicken Luft im Saal. Links von Vater zum Gang hin saß Milly Rocker. Rechts von Emma saß die dünne Arbeiterin Trude aus der Spiegelfabrik in einem ausgeblichenen Kleid.

Die ersten Fenster wurden geöffnet. Emma sah auf die Uhr an der Wand, die zwanzig vor acht anzeigte.

»Genossinnen und Genossen«, begann Rocker. »Heute möchte ich über Anarchismus und Anarcho-Syndikalismus sprechen.«

Klatschen, ein Zwischenruf: »Blödsinn!«

Doch Rocker fuhr fort, betrachtete die Menge unter sich durch seine runden Brillengläser. »Ausgehend von der Erkenntnis, dass der Sozialismus letzten Endes eine Kulturfrage ist und als solche nur von unten nach oben durch die schöpferische Tätigkeit des Volkes gelöst werden kann, verwerfen die Syndikalisten jedes Mittel einer sogenannten Verstaatlichung, das nur zur schlimmsten Form der Ausbeutung, zum Staatskapitalismus, nie aber zum Sozialismus führen kann.«

»Wie soll das denn gehen, von unten nach oben?«, warf ein dürrer Bursche mit schräger Arbeiterkappe ein. Rocker ließ sich davon nicht irritieren.

Hans Schachtel sah immer wieder zu Emma hinüber, als beobachte er ihre Reaktionen auf die Rede. Warum nur? Oder sah er zu Trude neben ihr? Oder ist er gar von seinem Vater beauftragt worden, die Radikalisierung »seiner« Angestellten zu überwachen. Emma spürte, wie ihr Herz schneller zu schlagen begann, ihre Hände feucht wurden. Sie legte sie flach auf ihre Oberschenkel, versuchte, ruhig ein- und auszuatmen. Auch Max schaute immer wieder zu ihr.

»Die Syndikalisten sind der Überzeugung, dass die Organisation einer sozialistischen Wirtschaftsordnung nicht durch Regierungsbeschlüsse und Dekrete geregelt werden kann, sondern nur durch den Zusammenschluss aller Kopf- und Handarbeiter in jedem besonderen Produktionszweig: durch die Übernahme der Verwaltung jedes einzelnen Betriebes durch die Produzenten selbst und zwar in der Form, dass die einzelnen Gruppen, Betriebe und Produktionszweige selbstständige Glieder des allgemeinen Wirtschaftsorganismus sind, die auf Grund gegenseitiger und freier Vereinbarungen die Gesamtproduktion und die allgemeine Verteilung planmäßig gestalten im Interesse der Allgemeinheit.«

Der Stift des Spitzels flog nur so über das Papier. Max und sogar Schachtel hörten Rocker zu, der seine Ausführungen mit großen Gesten untermalte.

»Die Syndikalisten sind der Meinung, dass politische Parteien, welchem Ideenkreis sie auch angehören, niemals imstande sind, den sozialistischen Aufbau durchzuführen, sondern dass diese Arbeit nur von den wirtschaftlichen Kampforganisationen der Arbeiter geleistet werden kann.«

Max schüttelte energisch den Kopf und sah herausfordernd zu Emma und ihrem Vater.

»Aus diesem Grunde erblicken sie in der Gewerkschaft keineswegs ein vorübergehendes Produkt der kapitalistischen Gesellschaft, sondern die Keimzelle der zukünftigen sozialistischen Wirtschaftsorganisation.«

Lautstarker Applaus, Krüge wurden aneinandergestoßen.

Die Syndikalisten besäßen die stärkste Einheitsorganisation, während sich die USPD und die KPD zersplitterten in vier verschiedene Richtungen, und sich bekämpften wie Hund und Katze. Die meisten deutschen Arbeiter hörten nur auf die Schlagwörter der Führer, ohne nachzudenken, ob es richtig sei. »Noske, Ebert & Co. sind Verräter! Verräter der Arbeiter! Und Noske ist eine Sumpfpflanze!«

»Genau!«, schrie Vater und reckte die Faust.

Der Polizeispitzel sah kurz auf, schrieb dann weiter.

Max sprang auf, brüllte: »So ein Schwachsinn!« Sein Freund Leonhard neben ihm pflichtete ihm bei. Doch Rocker ließ sich nicht ablenken und fuhr fort, dass alles vom Volk ausgehen, von unten nach oben gemacht werden müsse: »Die Führer der USPD und KPD, die jetzt redeten, dass der Kampf auch mit den Waffen geführt werden müsse, wären, wenn es zum Kloppen käme, schnell weg.«

Da warf einer einen Krug auf Rocker, der ihn nur knapp verfehlte und an der Wand hinter ihm klirrend zerschellte.

Der junge Mann, der Vater auf die Bühne geholfen hatte, und der Genosse neben ihm, der ihn um zwei Köpfe überragte, sprangen auf und schnappten sich den Burschen, der den Krug geworfen hatte, und zerrten ihn aus dem Saal. Emma fragte sich, warum der Polizeispitzel jetzt nicht aufstand und eingriff.

Plötzlich krachte es neben Emma. Die Arbeiterin lag auf dem Boden und zuckte. Sie zitterte immer stärker, Schaum trat aus ihrem Mund. Emma wusste nicht, was sie tun sollte, Vati hing so gebannt an Rockers Lippen, dass er nichts davon mitbekam. Aber Max und Leonhard hatten bemerkt, dass die Arbeiterin vom Stuhl gefallen war, standen auf und hasteten zu ihr herüber.

Den Hals abgeschnitten

München

29. Mai 1922

Dass Spengler das Fräulein Schmidt-Pauli kennengelernt hatte, verdankte er einem tragischen Ereignis.

Er wohnte damals in der Agnesstraße 54 in München in der Maxvorstadt. Dort wohnte auch ein Staatsanwalt mit seiner Familie, seinen zwei Buben. Der eine der beiden hieß mit Spitznamen Engerl. Der Staatsanwalt war in die Psychiatrische Klinik rechts der Isar zur Beobachtung zwangseingewiesen worden. Man befürchtete, dass er den Kindern oder seiner Frau etwas antun könne, da ihm in der Vergangenheit immer wieder Stimmen befohlen hatten, sie zu töten, da sie des Teufels seien.

An diesem Sommertag kam der Staatsanwalt früher als erwartet aus dem Klinikum nach Hause, seine Familie wusste nichts davon. Fräulein Schmidt-Pauli, mit der Frau Staatsanwalt und auch mit den Kindern vage bekannt, kam gerade aus dem Kramerladen, den mit Lebensmitteln gefüllten Korb in der Hand, als einer der Brüder herbeirannte, seine Augen verheult, seine Stimme zitternd, eben habe der Papa dem Engerl den Kopf abgeschnitten. Fräulein Schmidt-Pauli ließ den Korb fallen, dass die Milchflasche zerkrachte, und lief mit dem Bruder in die Agnesstraße.

Es stimmte: Der Vater hatte die Kinder alleine angetroffen, da die Mutter gerade Besorgungen machte. Als sie nach Hause kam, hörte Spengler die Frau Staatsanwalt noch zwei Stockwerke darüber kreischen, als sie ihren Sohn ausgeblutet vorfand. Er rannte die gebogene Wendeltreppe nach unten und kam zu diesem Vorfall, gleichzeitig mit dem Bruder und Fräulein Schmidt-Pauli. Er beruhigte die Frau Staatsanwalt, gab ihr einen Schnaps und noch einen. Nach dem dritten telefonierte er nach dem Sanitäter und der Polizei. Der Staatsanwalt saß derweil auf dem Stuhl, mit dem Messer in der Hand.

Drei Tage später stand das Fräulein Schmidt-Pauli an der Tür der Wohnung, an der auf einem weißen Emailleschild in schwarzer Schrift »Oswald Spengler« stand. Daneben war ein weiteres, eher ungewöhnliches Schildchen angebracht worden: »Besucher werden gebeten, sich wenigstens drei Tage vorher anzumelden.« Sie überlegte, ob sie wieder kehrtmachen und später wiederkommen sollte, war sie doch von schüchterner Natur und der Herr Spengler, auch wenn sie ihm ein Angebot zu machen hatte, das ihn interessieren würde, eine berühmte Persönlichkeit, der Bücher schrieb und Honoratioren aus Politik und Wirtschaft kannte. Sie selbst stammte aus einfachen Verhältnissen, war die Tochter einer Hausfrau und eines Arbeiters, aber sie hatte jetzt Geld. Daher klopfte sie vorsichtig. Nichts geschah. Dann noch einmal fester. Schlurfende Schritte schoben sich hinter der Tür heran. Der Herr Professor öffnete persönlich.

»Guten Tag, Herr, ähhh, Professor Spengler.«

»Ja?« Er funkelte sie durch seine Brillengläser prüfend an.

»Wir kennen uns.« Der Rauch einer Zigarre kringelte sich um seinen Glatzkopf. »Ich bin Fräulein Schmidt-Pauli, wir haben uns vor drei Tagen beim Herrn Staatsanwalt … das Engerl!« Sie schnitt mit der flachen Hand über ihren Hals. Spengler stöhnte auf. »Jetzt weiß ich nicht …«, stammelte sie. Sie bemerkte, dass er einen Gabardine-Mantel trug mit diagonalen, schwarz-weißen Mustern. »Sie gehen aus?«

Er zog an der Zigarre. Blies den Rauch in die Luft. »Nicht, dass ich wüsste.« Nun wusste das Fräulein Schmidt-Pauli auch nicht weiter.

Spengler bat sie nicht herein, verschwand einfach. Also trat sie ein. Hängte ihren braunen Mantel an die Garderobe, deutete sein Verschwinden als Einladung.

Die Wohnung ohne Schnörkel, alte, rotbraune Möbel: Mahagoni? Spengler kam nicht zurück, sie traute sich nicht, sich zu setzen. In den Regalen las sie: Goethe, Shakespeare, Memoiren. Sah stapelweise Briefe auf dem Schreibtisch. Gespitzte Bleistifte. Einen Notizblock. Zündhölzer. Bücher, einen Füllfederhalter.

»Tee?«, riss er sie aus ihren Betrachtungen. Sie hatte ihn nicht kommen hören. Drehte sich um. »Ja, bittschön.« Sie nickte und machte zeitgleich einen Knicks. Er musterte sie, der Zigarrenrauch kroch an seinem Mantel empor.

Ohne auf ihre Worte zu reagieren, ging er in die Küche. Fräulein Schmidt-Pauli schnaubte aus und der angesammelte Druck entwich aus ihrer Brust. Schon war er zurück, mit zwei Tassen, Milch und Zucker sowie zwei Feigen auf dem Tablett. Stellte alles auf das Tischchen. Wieder musterte er sie, sie schaute an ihm vorbei, auf die nackte Frau auf dem Gemälde hinter ihm.

»Bitte, setzen Sie sich, Fräulein …«

»Schmidt-Pauli«, wieder dieser Knicks. »Maria Schmidt-Pauli.«

Er goss die Milch in den rotbraunen Tee. Maria Schmidt-Pauli betrachtete seine wulstigen Hände, die jetzt mit dem Löffel den Zucker aus der Zuckerdose in den Tee gaben, umrührten, den Tee aufhellten. Die Milch trieb nach oben, bis er ihr die Tasse reichte. Es kam ihr wie eine Ewigkeit vor, die Stille drückte, weshalb sie froh war, als sie »Dankschön« sagen und ihr Gesicht mit einem Lächeln entspannen durfte.

Er schenkte sich ebenfalls ein, stand erneut auf, ging zum Grammophon, nahm eine Schallplatte in die Hand.

Streichermusik begann den Raum zu füllen. Maria Schmidt-Pauli fühlte sich jetzt weniger allein und nahm einen Schluck vom süßen Tee. Sie versuchte, sich zu entspannen, auch wenn der Herr Professor so streng auf sie wirkte.

»Ich interessiere mich für die Schuldfrage«, sagte sie mit unsicherer Stimme. »Würde sie gerne in die Öffentlichkeit tragen.«

Spengler ließ sich ihr gegenüber im Sessel nieder, in Besuchsstellung – mit dem Rücken gegen das Fenster. Er wirkte vor dem Licht als mächtige Silhouette, deren Linien kontrastlos in die Formen der breiten Stuhllehne übergingen. Der Schädel wie ein Gebirge, wie die Alpen, dachte Maria Schmidt-Pauli.

Spengler auf der anderen Seite begutachtete sie mit Wohlwollen, das Licht in seinem Rücken: ihren jungen Körper, der menschliche Frühling. *Angst, Verzagtheit, Zweifel ohne Ende.* Er drückte die halbgerauchte Zigarre aus. *Ich kann nur planen, nur entwerfen und im Kopf vollenden.* Köpft eine weitere. *Ausführen ekelt mich an.* Entzündet das Holz am

Papier. *Ich kann mich nicht entschließen anzufangen.* Der Geruch von Schwefel. *Ich muss mir einen Ruck geben.*

»Die Schuldfrage, also«, murmelte Spengler.

»Weil Sie doch mit Cossmann ... gegen Fechenbach ... vor Gericht.«

Spengler musterte sie aus zusammengekniffenen Augenschlitzen. Wollte sie ihm eine Falle stellen? Woher wusste sie, dass er Cossmann zugearbeitet hatte, damit sie den Beleidigungsprozess gegen seine *Süddeutschen Monatshefte* für ihre Propaganda nutzen könnten? Damit die Kunde von der Kriegsniederlage Deutschlands durch den Dolchstoß vom Gerichtssaal über die Presse in die Wohnzimmer und Köpfe der Menschen eindrang?

»Ich bin mit dem Anwalt Graf von Pestalozza bekannt, durch das Kieler See-Institut ... Pestalozza ... der Herrn Cossmann vor Gericht zur Seite stand, weil der Krieg doch 1918«, Maria Schmidt-Pauli redete jetzt immer schneller, »nicht aus militärischen Gründen verloren ging. Das Heer und die Marine«, sie untermalte ihre Aussagen jetzt auch noch mit Handbewegungen, ihre Stimme wurde lauter, »den defätistischen Haltungen und subversiven Handlungen in der Heimat zum Opfer gefallen ... die Kriegsschuldlüge. Und Beziehungen zu Leuten in Amerika habe ich auch, die das ähnlich sehen.« Sie räusperte sich. »Familiärer Natur.«

Etwas blitzte in Spenglers Augen auf.

»Ich könnte mir auch vorstellen, etwas zu investieren.«

Spengler reagierte nicht.

»30.000 Mark hätte ich, geerbt.«

»Gefällt Ihnen die Musik?«

»Sehr!«, sagte sie und strahlte über ihr ganzes hübsches Gesicht und brachte damit sogar Spengler zum Lächeln.

»Nun gut«, sagte er, stand schon wieder auf, was sie nicht zu deuten wusste. Sie schlug ein Bein über das andere. Er legte seine rauchende Zigarre in den Aschenbecher.

Wenn er wenigstens das Fenster aufmachte.

»Wie viel wären Sie denn bereit zu investieren?«, fragte er und setzte sich so nah neben sie, dass sie seinen Atem hören konnte. So nah bei ihm war sie hin- und hergerissen zwischen Anziehung und Abscheu. Der blanke Schädel. Die Augen wie Scheinwerfer eines Automobils. Er hatte etwas Mechanisches. Er nahm eine Feige in die Hand. Schnitt sie entzwei. Gab ihr die eine Hälfte auf einem Tellerchen, samt eines Löffels. Nahm die andere Hälfte.

Maria Schmidt-Pauli fiel die aufgeschnittene Feige aus der Hand, Spengler in den Schoß. Rotes Fruchtfleisch an seinem Mantel. »Entschuldigen S'!« Sie nahm die Serviette vom Tisch, spuckte darauf, fing zu reiben an. Sah erst zu spät, dass Spengler sich zurücklehnte, sein Brustkorb sich hob und senkte.

Fränkische Tagespost
16. Oktober 1922

Nochmals die Bluttat in der Badstraße

In der bürgerlichen Presse werden Versuche gemacht, die Sympathie für Max Schmidtill ins Gegenteil umzuwandeln. Obwohl, wenn überhaupt, nur eine gerichtliche Untersuchung volle Klarheit in die Sache bringen kann, wird doch Schmidtill als der einzig Schuldige hingestellt. Er wird als ein Mensch bezeichnet, der fast an allen vorgekommenen Raufhändeln beteiligt war und erst kurz vor der Tat die Gefängnismauern verlassen hatte! Demgegenüber muß festgestellt werden, daß Schmidtill wegen Raufhändel noch keinerlei Strafe zugemessen wurde. Auch die eigenartige Satzfassung im Polizeibericht, »der von Schmidtill angegriffene Student wurde bewußtlos in das Krankenhaus gebracht«, läßt die Deutung zu, als ob er ein gewalttätiger Mensch war. In einer Zeitung war sogar behauptet worden, Schmidtill hätte mit einem Messer auf Wibbeler eingestochen. Andere Darstellungen wissen wieder vom Gebrauch anderer gefährlicher Gegenstände zu erzählen. Dem steht gegenüber, daß bei der dortigen polizeilichen Untersuchung des Schmidtill an Ort und Stelle keinerlei harte Gegenstände, nicht einmal ein Schlüssel bei ihm gefunden wurde.

Natürliche Interessensgebiete

Fürth
31. Mai 1922

Georg Gumbrecht und die anderen Kolleginnen hatten das Schreibbüro schon vor einer Stunde verlassen, aber Emma musste noch einige Briefe abtippen, die ihr Gumbrecht zuvor diktiert hatte. In der Mitte des Briefes fiel ihr auf, dass sie die Adresse in seinem Büro hatte liegen lassen. Das Büro war abgesperrt, aber er hatte ihr für den Notfall einen Schlüssel überlassen. Sie hatte ihn nicht ohne Stolz genommen und ihm versichert, sein Vertrauen nicht zu missbrauchen. Er erwiderte übermütig, einmal, nur einmal, dabei hatte er die Hände wie bei einem Liebesschwur auf sein Herz gelegt, wolle er ihr Vertrauen missbrauchen, um es danach endlich gewinnen zu können. Emma grübelte immer noch darüber nach.

Emma nahm den Schlüssel aus der Schublade ihres Schreibtischs und sperrte die Tür zu Gumbrechts Büro auf. Es stank derart nach Zigaretten, dass sie fast in Ohnmacht gefallen wäre. Sie riss die Fenster auf, ein Windstoß wehte Papier von einem Stapel von seinem Schreibtisch. Als sie die Papiere aufsammelte, fiel ihr Blick auf eine Deutschlandkarte, die mit »Natürliche Interessensgebiete« überschrieben war. Bevor sie sich die roten Kreise, die die Karte in Gebiete unterteilten, genauer anschauen konnte, wurde sie von einem Geräusch aufgeschreckt, hörte sie eine Frau rufen. Sie hielt inne, horchte.

»Nein!« Es klang nach Trude. Ohne darüber nachzudenken, ob sie die Tür absperren oder das Fenster schließen sollte, preschte sie nach draußen. Jetzt war nichts mehr zu hören. Sie sah von oben auf die Maschinen hinunter, die jetzt stillstanden, da morgen Sonntag war und alle schon frei hatten. Da hörte sie ein Stöhnen. Es kam aus der Toilette der Arbeiterinnen – aber es hatte sich nach einem Mann angehört. Sie ging hinein, ohne anzuklopfen – und zuckte zusammen. Trude kauerte mit zerzaustem Haar und heruntergerissenem Kleid und Schlüpfer in der Ecke. Ihre Brust und die nackte Schulter waren zu sehen. Vor ihr stand der uneheliche Sohn von Georg Gumbrecht: Er hatte es also wieder getan.

Trude sah auf, rappelte sich hoch. Zog ihr Kleid über Brust und Schulter. Schachtel drehte sich um. Holte mit der flachen Hand aus und stierte Emma mit einem Blick voller Verachtung an. »Was willst du hier?«

»Was haben Sie Trude angetan?«

Trude rappelte sich auf, machte eine wegwerfende Handbewegung.

»Trude hat's gefallen.« Schachtel ließ die Hand wieder sinken.

»Lass mich vorbei«, sagte Trude und verließ die Toilette. Emma sah ihr sprachlos hinterher.

»Du kannst auch noch, wenn du möchtest«, sagte Schachtel. »Bleibt ja in der Familie!« Er zwinkerte.

Jetzt hob Emma die Hand, holte aus und gab Schachtel eine Ohrfeige.

Ausgebrannt

Fürth

1. Juni 1922

Die Sonne brennt vom Himmel. Schmidtills Welt verschwimmt vor seinen Augen, sein Magen knurrt, aber die Übelkeit hindert ihn daran, etwas zu essen. Außerdem weiß er nicht, wann er wieder Arbeit haben, wann er wieder eine Lohntüte bekommen wird. Ist der verreckte Kollege doch glatt zu seinem Chef gerannt und hat ihm gesteckt, dass er im Schwarzen Kreuz fremdgegangen und mit einer Kundin auf dem Zimmer verschwunden ist. »Wenn die Leute hören, dass Gigolos im Grünen Baum arbeiten, feuert mich der Wirt!«, hat der gewettert. So ist wirklich gar nichts mehr zu machen.

Schmidtills Schädel dröhnt vom Bier, mit dem er sich gestern betäubt hat, nachdem er Emma aus der Spiegelfabrik hat kommen sehen. Ein Kerl ist ihr hinterhergelaufen, hat Emma irgendetwas zugerufen, was Schmidtill nicht verstanden hat. Er hat den Mann auf der Versammlung mit Rocker gesehen, er ist besser gekleidet als die anderen Arbeiter. Vor der Spiegelfabrik stand Emma mit dem Rücken zu Schmidtill, schüttelte den Kopf. Der Kerl warf ihr erst eine Kusshand zu, worauf sie einen Schritt auf ihn zumachte. Dann legte er seinen Zeigefinger auf seine Lippen, es sollte wohl ihr Geheimnis bleiben – was auch immer.

Und das, nachdem er erst vor wenigen Tagen wieder Hoffnung geschöpft hat, nach Wochen der Abweisungen von Emma. Nachdem sie zusammen die Arbeiterin von der Versammlung nach Hause gebracht haben. Die Arbeit in der Spiegelbelege, die Folgen des Quecksilbers hatten sie krampfen lassen, hatte ihnen der Doktor erklärt: Merkurialismus oder so ähnlich.

Danach hatten sie sich wie früher am Wiesengrund geliebt: ihr Körper, die Staunzen, die Stiche. Hätte er glücklich sein sollen, aufgrund der Bestätigung von Emmas Zuneigung und Liebe? Aber liebt sie ihn wirklich, nur weil sie mit ihm geschlafen hat? Das hat sie zuvor auch schon. Und er hat genau gesehen, wie der reiche Schnösel nach ihrer Hand griff.

Schmidtill würgt, er übergibt sich neben der Silberweide, schwankt zur steinernen Treppe. Hält sich an der Ufermauer fest und geht Stufe für Stufe nach unten. Mit beiden Händen patscht er sich Wasser ins Gesicht und wischt sich den Mund ab, gurgelt mit dem kalten Wasser der Pegnitz. Alles ist besser als dieser gallige Geschmack nach Verelendung. Er sieht sein Spiegelbild: die dunkelbraunen, glatten Haare. Seine Bartstoppeln. Selbst seine blauen Augen scheinen sich über ihn lustig zu machen. Weiße Pollen schweben durch die Luft: Pappelpollen oder Löwenzahn? Am Wegesrand ballen sich die Pollen zu einer Grenze. Wie Haare in Emmas Kamm. »Mein Löwenzahn«, nennt sie ihn. Hat sie ihn genannt. Ach was weiß ich, denkt er und wischt den Gedanken mit einer schwachen Handbewegung fort.

Die wuchtige Siebenbogenbrücke wirft ihren riesigen Schatten über ihn und auf das Ufer der Rednitzwiesen. Die Bahn tuckert laut hörbar vorbei. Schmidtill sieht sehnsüchtig nach oben. Soll ich hinaufsteigen und …

Das ausgelassene Geschrei der Menschen aus dem Bezahlbad holt ihn zurück in die Gegenwart. Dort hat er auf einem Holzgestell als kleiner Bub schwimmen gelernt, Heinrich Berolzheimer, der Bleistift-Fabrikant, hatte ein paar Kindern seiner Arbeiter einen Schwimmkurs bezahlt. Darum kann Schmidtill heute auch schwimmen. Es sind also nicht alle Fabrikanten schlecht, wie es Emmas Vater oder die von der KPD gerne verbreiten.

Die Pollen auf der Rednitz tanzen förmlich in den sich kräuselnden Strudeln. Wie Emma und er im Wald. Sein Magen knurrt. Wo kriege ich jetzt bloß Arbeit her? Die Spiegelfabrik Gumbrecht sucht Schreiner, hat Genosse Leonhard erzählt. Dort würde er Emma öfter sehen. Aber will er das überhaupt?

Schmidtill steht auf. Die Welt flimmert jetzt nicht nur, sondern dreht sich auch noch, sodass er sich wieder hinsetzen muss. Da hört er ein hämisches Lachen. Eine der Stimmen kommt ihm bekannt vor. Zwei Burschen sitzen mit einem Humpen Bier auf einem Baumstamm am Ufer. Schmidtill kann sie in seinem Zustand nicht richtig erkennen. Der eine trägt seine Kappe mit einem Band, darunter lugen Segelohren hervor. Irgendwoher kommt er Schmidtill bekannt vor. Er kommt aber nicht darauf, woher. Der Deutschnationale prostet dem Dicken neben sich zu, der sich mit einem Stofftaschentuch über die Glatze wischt. Unter seinem Hemd breiten sich dunkle Schweißflecken aus. »Na, eine Reparaturhalbe?«, fragt der Dicke Schmidtill, der jetzt realisiert, dass das Wibbeler ist. Und neben ihm der Kerl, der gestern mit Emma vor der Spiegelfabrik posiert hat. Schmidtill ignoriert die beiden, steht auf.

»Geh weiter!«, sagt Wibbeler.

»Wennsd' meinst«, antwortet Schmidtill.

Wibbeler hält ihm den Maßkrug entgegen. Schmidtill geht auf wackeligen Beinen auf die beiden zu. Tritt aus dem Schatten der Silberweide. Das gleißende Sonnenlicht blendet. Die Männer verbrennen in der Helligkeit, ihre Konturen lösen sich auf. Eine Polle fliegt in Schmidtills Auge, er sieht jetzt gar nichts mehr. Da spürt Schmidtill einen Druck gegen seine Waden. Noch bevor er sich umdrehen kann, um zu sehen, was da vor sich geht, stößt ihm jemand gegen die Brust. Er fällt rücklings auf den Weg. Schlägt mit dem Hinterkopf gegen einen Stein. Hört die Männer giggeln und wird bewusstlos.

Ein kalter Schwall Wasser weckt Schmidtill. Er öffnet die Augen, sieht die beiden immer noch auf der Bank sitzen. Wischt sich das Wasser aus dem Gesicht. Leckt sich mit der Zunge über den Mund, das Wasser schmeckt nach Bier. Ein Tosen tut sich in seinem Innersten auf. Wusste er es doch. Der verreckte Wibbeler, mit dem es schon in der Schule immer Ärger gab. Und jetzt ist er auch noch zu den Deutschnationalen übergelaufen.

»Ihr Haubentaucher!«

Wibbeler erhebt sich. Sein Schatten fällt auf Max. »Was?«

Schmidtill rappelt sich auf. Geht auf ihn zu.

»Was?«

»Die Herrschaften!«, tönt es hinter ihnen. Ein Schutzmann glotzt sie aus seinen großen Augen an. Die Haube aufrecht auf seinem Schädel.

»Herr Schutzmann«, sagt der Deutschnationale. »Dieser Arbeiter hat wohl einen Schwächeanfall erlitten und da sind wir ihm mit etwas Pegnitzwasser zu Hilfe geeilt.«

»Zu Hilfe, pah«, knurrt Schmidtill.

Der Schutzmann mustert Schmidtill, wie er da so betröppelt steht: ohne Schuhe, ohne Kappe, kreidebleich in durchweichtem Hemd. Auf der Siebenbogenbrücke tuckert wieder die Bahn vorbei, ein flanierendes Pärchen mit Sonnenschirm mustert ihn ebenfalls.

»Also ist alles in Ordnung?«, fragt der Schupo und kommt noch einen Schritt näher.

»In Ordnung«, sagt Schmidtill, nimmt seine Schuhe und seine nasse Kappe und geht flussaufwärts davon. Die Wut in seinem Bauch verdrängt den Hunger.

Er legt den Kopf ins Genick. Sieht Schwalben und Mauersegler in der Luft, schließt die Augen, stellt sich vor, wie sie hinabstürzen und Wibbeler wie eine Rundsichel den Hals durchtrennen.

Tote Ratten fischen

Isen, Oberbayern
2. Juni 1922

Außer auf Spaziergängen in Feld und Wald begleitete Oswald Spengler den Forstrat Georg Escherich besonders gerne zum Fischen an den Forellenbach, unweit des Forsthauses. Meist trug dann Spengler das Lagl den Berg hinunter, selbst wenn er den Eimer für die gefangenen Fische nie so nannte. Denn Escherich fand, dass es nichts schadete, wenn Spengler seine rot getupften Häftlinge lebend nach Hause brachte.

Heute gingen die beiden Männer an den vielgewundenen Schinderbach. Auch der kleine Seppl aus der Nachbarschaft war als Fischerbub dabei. Spengler war nicht sonderlich glücklich darüber, dass der Bengel sie begleitete, denn er hatte sich fest vorgenommen, heute mit dem Forstrat über seine Pläne zu sprechen. Zu geheim waren diese, als dass sie an Kinderohren gelangen sollten. Der Bub könnte sich damit wichtig machen. Wusste Spengler doch selbst, wie bedeutsam Worte waren, um das Ansehen einer Person zu steigern oder zu vernichten. Was ein Grund war, warum er diese Pläne verfolgte.

Sie verließen das Forsthaus nach dem Mittagskaffee. Escherich trug die lederne Angeltasche über der Schulter, an der Linde vorbei, die in prächtiger Blüte stand. Spengler sog den Duft ein, Hummeln und Bienen summten über ihm. Ein Bauer mit Holz auf dem Fuhrwerk trieb seine Pferde an, grüßte die Männer müde. Der Kramer hatte Obst und Gemüse nach innen gebracht, um sie vor der Sonne zu schützen. Die Fensterläden in der Lehrerwohnung und auch an den Häusern ins Tal hinunter waren geschlossen, um die Hitze draußen zu halten. Seppl schleppte den von Escherichs Haushälterin mit Köstlichkeiten vollgepackten Strohkorb, dass sich sein kleiner Körper unter der Last bog: Kirschen, rote Johannisbeeren, Stachelbeeren und Rhabarberkuchen. Da bat der blondschopferte Bub den Forstrat, die Fischertasche ebenfalls tragen zu dürfen. Ob er dafür nicht noch zu klein sei, wollte Escherich wissen und maß ihn in seiner kurzen, speckigen Lederhose. Gar ned, widersprach der Bub selbstbewusst, was Spengler als mangelnden Respekt an dem Älteren betrachtete, der dem Zwack schon alleine darum die Tasche nicht gegeben hätte. Er selbst hätte sie allerdings auch nicht tragen wollen, der Holzeimer brachte ihn in seinem Homespun-Anzug schon genügend ins Schwitzen. Nach kurzem Zögern stimmte der Forstrat zu, rückte sich seinen Trachtenhut zurecht und gab Seppl die Tasche mit dem Hinweis, dass er gut darauf aufpassen solle. Mit stolzgeschwellter Brust hing der sie sich über die Schulter und fasste mit der rechten Hand danach, dass sie nicht auf dem Feldweg schleifte, der aus dem Markt hinausführte. In der anderen Hand den Strohkorb. Nach wenigen Metern fing er an zu schnaufen. Schweißperlen sammelten sich auf seinem rotbackigen Gesicht. Und Escherich sah Spengler verschwörerisch an.

Am Schinderbach angekommen, stellte Seppl Korb und Tasche verantwortungsbewusst im Schatten ab. Erst dann ging er zum Ufer und tauchte seinen Kopf ins Wasser. Wie er sich aufrichtete, fielen die Tropfen von ihm ab auf sein rot-weiß kariertes Hemd. Er zog sein Sacktuch aus der Lederhose und wischte sich das Gesicht trocken. Schaute zu dem großgewachsenen Escherich hinüber, der sich den Trachtenhut ein wenig nach oben schob und sich ebenfalls mit einem Stofftaschentuch den Schweiß von der Stirn wischte. Dann nickte er dem Buben zu. Seppl öffnete erfreut die Tasche, holte die vierteilige hölzerne Angelrute und die Metallrolle heraus, steckte sie zusammen. Um der aufsteigenden Enge in seiner Brust, ob dieser Vertrautheit der beiden, zu entfliehen, tastete sich Spengler vorsichtig an die Uferböschung des schmalen, leise vor sich hin glucksenden Schinderbachs heran. Nichts wäre tragischer, als wenn er ins Wasser stürzen und der Pfarrer oder andere Honoratioren des Weges kommen und ihn in einer derart misslichen Lage erblicken und es weiterverbreiten würden. Er beugte sich über das Wasser, das hier in einer kleinen Senke ruhiger floss: sein dunkles Gesicht. Die steile Stirn. Sein mächtiger, hochgetürmter Schädel. Die nah beieinanderliegenden Augen: fremd. Bestialisch. Er hob den Holzeimer und hieb ihn in sein entstelltes Spiegelbild. Versuchte, ihn in den Fluss einzutauchen, um ihn mit ausreichend Wasser zu füllen. Aber das Holz trieb immer wieder nach oben. Irgendwie schaffte es Spengler dann doch, ohne hineinzufallen. Das kühle Wasser spülte über seine Hände, regte seinen Kreislauf an und wusch die Schwere aus seinem Körper, die die nachmittägliche Hitze und sein Spiegelbild hervorgerufen hatten. Es durchweichte aber auch die Ärmel seines Sakkos.

Die zerzausten, schmutzigen Federn entdeckte er erst, als er den Frosch das erste Mal quaken hörte. Die kleinen Federn an den Kielen zu einem Büschel verklebt, wie ein zermatschter Federball. Zwei Schritte weiter noch ein Dutzend, grau bis grün schimmernd, handlang, ebenfalls an den Enden verklebt, als wären sie gerade herausgerissen worden.

Am Uferhang weitere verstreute Federn. Aber von dem toten Tier keine Spur. Spengler tastete sich mit dem vollen Eimer die Böschung hinauf. Das Wasser schwappte über den Rand. Die gleißende Sonne stach darin in einen dunklen Himmel. Das überlaufende Wasser nässte nun auch Spenglers weiße Socken über den schwarzen Halbschuhen.

Escherich bemerkte glücklicherweise von alldem nichts, er knotete bereits den weiß-roten Schwimmer an der Leine fest, zwei Bleie und der Angelhaken folgten. Spengler stellte den gefüllten Holzeimer ab. Escherich öffnete die runde Munitionsdose und Spengler sah die rot-weiß-braunen Tauwürmer, die sich in der feuchten braunen Erde rollten. Escherich griff nach einem Wurm, steckte die Spitze des Hakens mehrfach, ohne eine Miene zu verziehen, in das Fleisch des Wurms, der nicht einmal blutete: Ein Teil hing gewunden am Haken, wie ein von einem Kleinkind gebundener Schnürsenkel, das andere Ende lapperte wie ein schlaffer Penis mit Klümpchen schwarzer Erde vom Haken, schwang leicht auf und ab.

Erst als der Wurm im Wasser verschwand, konnte Spengler seinen Blick wieder abwenden. Spürte die Nässe an den Ärmeln seines Sakkos. Unter seinen Achseln. Die aufsteigende Wiese am Waldrand, hinter dem Schinderbach, verschwamm. Er kniff die Augen zusammen. Sein Herz schlug schneller. Pumpte die Schwäche durch die Adern, sog die Kraft aus seinem Körper, der leicht schwankte. Er zog seine Hose nach oben. Und Seppl ahnte, was Spengler vorhatte, schrie: »Der Herr Professor soll warten, bevor er sich hinsetzen tuat«, worauf Spengler zusammenzuckte. Seine Arme begannen zu kribbeln. Escherich stand im Wasser, die Angelrute auf und ab bewegend, diesem weltgewandten Mann konnte die Hitze nichts anhaben. Er hatte selbst den Widrigkeiten in Äthiopien und Kongo die Stirn geboten.

Hätte ich nur einen Menschen von dem entsprechenden geistigen Range bei mir gehabt! Was hätte ich alles fertig machen können! Dinge, die mir nun für immer entglitten sind! Es gibt nichts furchtbareres als diese Momente der absoluten Verzagtheit. Tagelang, wochenlang habe ich nicht weiter arbeiten können. Mein ganzes Werk schien mir Plunder, und der Ekel hinderte mich weiter zu schreiben. Oft habe ich mich nur mit äußerster Anstrengung gezwungen fortzufahren, und oft genug habe ich alles vernichtet, mehrere Male, und fing von vorn an.

Ich glaube nicht, dass dies so gegangen wäre, wenn ich einen Freund gehabt hätte.

»Ich tua die Deckn aus dem Korb holen«, sagte der Bub und riss Spengler damit aus seinen Gedanken. Also wartete er, dessen Magen sich bei diesem erneuten *tua*, wie bei jedem bayerischen Idiom, das nicht aus dem Mund von Escherich oder dessen Frau stammte, nun auch noch wie seine Augen zusammenkrampfte. Insgeheim war er dem Rotzlöffel dankbar, trug er doch dazu bei, dass es so aussah, als würde er sich nur seinetwegen auf der Decke niederlassen. Er, der nicht einmal wie Escherich im Krieg gedient hatte, aufgrund seiner Herzschwäche.

Seppl breitete ungeschickt die Decke aus, brauchte dafür unendlich lange, dass Spengler schon meinte umzukippen. Und dann knickten seine Knie wirklich ein. Er setzte sich erleichtert, wobei er hoffte, dass ihm die Erleichterung nicht anzusehen war, neben den Buben auf die Decke. Mit zitternden Händen, die Ellbogen auf den angewinkelten Knien. Er war bereit, wenn ein Fisch anbiss. Der Schatten der Weide auf ihm. Die hochaufragenden Brennnesseln neben ihm.

Die Junihitze hing über dem Tal, verzerrte die Wiesen, so als würden Spenglers Kopfschmerzen auf seine schlechten Augen schlagen; vor ihm das gallengrüne Wasser. Mit zittrigen Händen nahm er von Seppl die Flasche entgegen.

Trank vom aufgewärmten Wasser mit Kirschsaft, das die Übelkeit noch verstärkte. Spengler musterte Escherich erneut, der immer noch im Bach stand. Das Wasser umspülte die Stiefel im sandig-steinigen Bachbett, bildete Hufeisen. Ob er seinen Plänen zustimmen würde, die Holzwirtschaft als Sozius zu gewinnen? Da richtete Seppl, von dessen Kinn Kirschsaft tropfte, das Wort an Spengler mit der Frage, ob der Herr Professor als Kind auch der gewesen sei, wo das Lagl getragen oder gar Forellen gefischt habe. Weil, und das dachte sich Spengler nur, er sich fragte, ob man, wenn man als Kind Forellen fischt, trotzdem ein derart berühmter Mann werden kann, wie der Herr Professor es geworden ist. Und nicht zuletzt, weil der Seppl von seinem Vater gehört hat, dass der Spengler aus München ein reicher Mann ist, weil er so viele Bücher verkauft hat. Der Seppl malte sich aus, sprach aber auch das nicht aus, wie viel Bärendreck er für sich und seine Spezln bei der Kramerin kaufen könnte, wenn er derart reich wäre.

Die Sonne schnitt wie ein arabischer Dolch vom Himmel. Spengler nickte, schaute nach innen und sagte, dass sie natürlich auch Forellen fischen gewesen seien, täglich, mit einer ganzen Bande von Kindern.

Während Spengler das Fischen mit Händen und großen Gesten entgegen seiner Gewohnheit bildreich ausmalte, den beteiligten Kindern Namen und den Forellen Gewicht und Größe gab, stand er innerlich wieder hinter dem Haus in Soest, in dem sie in der Wohnung im Hochparterre gehaust hatten. In der Wohnung mit dem »Universalzimmer«, wie es alle nannten, in dem sich das Leben abspielte, und den zwei verschlossenen Zimmern, in denen die besseren Möbel aufgestellt waren. Wo sein erstes Gedicht entstand. Er trug es monatelang im Gedächtnis, ohne Anfang und Schluss, eine Vision, in eine Anzahl Verse gesetzt. Niemals zuvor hatte er daran gedacht, etwas aufzuschreiben oder gar anderen zu erzählen. Und dann hatte er es doch niedergeschrieben:

Heute steigt er schroff und finster
Auf in dichtem Nebelschleier
Trübe heult der Wind im Ginster
In der Ferne krächzt ein Geier.

Die Mutter verbrachte Stunde um Stunde damit, Farbe auf Leinwand zu pinseln. Seine Mutter, von der er – außer den Kopfschmerzen – die unaufhörliche Lebensangst hatte. *Wenn ich mein Leben betrachte, ist es ein Gefühl, das alles, alles beherrscht hat: Angst. Angst vor der Zukunft, Angst vor Verwandten, Angst vor Menschen, vorm Schlaf, vor Behörden, vor Gewitter, vor Krieg, Angst, Angst. Ich habe nie den Mut gehabt, das anderen zu zeigen. Sie hätten mich auch nicht verstanden. Ich glaube, dass niemand in einer so ungeheuren inneren Vereinsamung lebte (ich erinnere mich an mein sechstes Jahr, wo es auch schon so war). Und so begann ich zu lügen, weil ich mich fürchtete, weil ich mich nicht verraten wollte, denn ich wagte es nicht, über mein Inneres zu reden.*

Eine fette Bisamratte plumpste in den Schinderbach. Spengler sah ihre braunen, strähnig-nassen Haare und den langen Schwanz. Sie bewegte sich lautlos flussaufwärts, hinterließ ringförmige Wellen.

Ach, was hätten sie für einen Spaß zusammen gehabt, behauptete Spengler dem Seppl gegenüber und riss wie zur Untermalung einen Grashalm ab. Der Bengel hing gebannt an den schmalen Lippen des Philosophen, der nun zu schwadronieren begann, wie er die Forellen mit den Händen gefangen habe. Und ja, eine Forelle habe er mit der Eisenstange erschlagen, nachdem ihm das Fangen mit den Händen zu wenig Herausforderung gewesen sei. Seppl saß ihm mit offenem Mund gegenüber, eine Rotzglocke hing an seiner Nase, die er vor lauter Spannung nicht bemerkte.

Spengler sah sich an der Pumpe in Soest stehen, neben sich seine jüngeren Schwestern, Gertrud und Adele, gemeinsam den quietschenden Pumpenschwengel in Bewegung setzend, er mit dem Eimer in der Hand, sie den Schwengel auf und ab bewegend, einmal, zweimal, dreimal. Er blickte forschend in die Pumpennase, in das schwarze Loch. Horchte, mit angelegtem Ohr, ob da etwas gurgelte, floss, nach oben gepumpt wurde. Und noch ein Blick hinein. Er hörte etwas. Da spuckte die Nase; eine zappelnde Ratte landete in seinem Gesicht, brennender Schmerz, Kratzer, blutige Streifen. Die Schwestern flohen kreischend. Die Ratte floh Haken schlagend, jene, die nach ihr von der Pumpe ausgespien wurden, taten es ihr gleich.

Spengler ging erneut zum Ufer, hoffte, die Bewegung würde auch Bewegung in seine Gedanken bringen, ihn der Vergangenheit entreißen. Er goss das Wasser aus dem Eimer langsam ins Gras, da er nach einer Ermahnung des Forstrates gelernt hatte, als er es einmal gedankenlos in den Fluss gekippt hatte, dass er anders die Forellen vergraule. Dann beugte er sich nieder, ein Bein aufgestellt, dass seine weißen Hosen keine Grasflecken davontrugen, und schöpfte frisches Wasser. Den Eimer stellte er in die hochgewachsene Wiese, unweit des Ufers. Taumelte zurück zur Decke. Der Anblick des wuchtigen, aufgebogenen Karpfens im Gras stoppte ihn. Er klemmte den Kneifer fester vor die Augen und beugte sich nach unten. Jetzt roch er den toten Fisch. Das Maul aufgerissen, in der leeren Augenhöhle kringelte sich eine Made. Flossenwärts, hinter den Kiemen, klaffte ein Loch, zur Hälfte gefüllt mit Sand, überspannt von drei Grätenbögen. Unzählige Maden schoben sich gegenseitig hin und her, als wären sie eins. Glänzend grüne Fliegen schwirrten aufgeregt um den Kadaver.

Um zur Ruhe zu kommen, setzte sich Spengler wieder auf die Decke, sagte zum Seppl, sie hätten einmal auch einen Raubfisch gefangen, einen Waller. So groß sei der gewesen, Spengler breitete seine langen Arme aus, dass die Halbmonde unter seinen Achseln zu sehen waren. Da befahl der Forstrat, weiter bachaufwärts zu gehen, da die Fische hier und heut' nicht beißen würden. Spengler stand viel zu schnell auf, Sterne blitzten vor seinen Augen. Wie der Weihnachtsstern auf dem Christbaum, der das einzige Heil in seiner Kindheit gebracht hatte. In Gedanken an Weihnachten versunken, vergaß Spengler das Lagl. Entkam seiner Kindheit nicht, lag als Siebenjähriger im Bett, im Schlafzimmer. Wie er dem Nachtlichtchen zusah, das immer kleiner wurde, knisternd erlosch ... Trostlosigkeit. Das kleine Schauspiel. Wie er sich drehte und wand; von der einen zur anderen Seite. Wie er bereits entsetzliche Träume hatte, obwohl er noch nicht schlief. *Ich fühlte mich in meinem Bett so einsam in der Welt, dass mir das Herz schlug. »Mama ich habe Angst.« Vater, wenn ich ihn atmend nach Hause kommen hörte, schlaflos, mitleidig. Wie er nachts sein Testament schrieb. Vor dem Vater schweigender Hass, Respekt, Mitleid. Die Bettdecke erweiterte sich zu unendlichen Flächen, ich zog sie heran und sie wurde immer größer. Schreckliche Wesen mit Fratzen und Krallen saßen darauf. Die Stube änderte ihre Form, die Wände drehten und schoben sich, dass mir ganz schwindelig wurde, es mir die Brust einklemmte.*

Da warf der Forstrat eine Forelle heraus und rief dem überraschten Spengler »Das Lagl!« zu. Der aber stand mit leeren Händen da. Wusste nicht, wo er den so dringend benötigten Behälter gelassen hatte. Die Forelle zappelte am Angelhaken. Schlug fast aus mit ihrem Schwanz. Bog und krümmte sich. Die Schuppen glänzten in der Sonne. Escherich sah Spengler mit einem durchdringenden Blick an, dem der sich nicht entwinden konnte. Der Junge habe ihn stehen lassen, antwortete er. Der Bub sah den Forstrat an. Der Forstrat sah Spengler an. Der kleine Seppl wetzte auf dem niedergedrückten Gras zurück. Außer Sichtweite, erhob Escherich die Stimme, schalt den berühmten Autor wieder einmal, was er sich eigentlich dabei gedacht habe, der ihm vertrauensvoll übertragenen Aufgabe derart nachlässig nachzukommen. Es sei ja nicht zu viel verlangt, den Eimer bereitzuhalten, wenn eine Forelle angebissen habe. Wie sollten sie da Größeres bewegen, wenn er nicht einmal dazu in der Lage war. Die Forelle zappelte weiter um ihr Leben, die Rute bog, senkte und hob sich. Der Fischleib drängte ins Wasser zurück, wo er gezeugt, geboren und aufgewachsen war. Da trat diese Stille ein und Spengler öffnete den Mund ... endlich: der Seppl mit dem Lagl.

Auf diese schlimme Erfahrung gab Spengler an diesem Tag den Eimer nicht mehr aus der Hand und war stolz, im Forsthausgarten die eineinhalb Dutzend Forellen in den Kalter geben zu können, die in dem frischen Wasser rasch zu neuem Leben erwachten. Was Vieren von ihnen wenig nützte.

In der großen Küche ließ er es sich nicht nehmen, einen Fisch selbst zu erschlagen und auszunehmen. Er packte den zuckenden Fischleib. Hob den schweren Stock, schlug zu. Und schon gab der Fisch einen letzten Zuck von sich, lag still da. Mit nur einem Schlag! Zustimmungsheischend blickte er sich um nach Escherich, dessen Frau. Die fesche Köchin mit ihrer weißen Schürze und dem schwarzen Rock griff nach dem erschlagenen Fisch, um ihn weiterzuverarbeiten. Doch Spengler bestand darauf, den Fisch eigenhändig auszunehmen, wollte damit sein Missgeschick von heute Nachmittag wieder gutmachen. Also umfasste er mit zittriger Hand das kleine, spitze Messer und zog es kratzend über den Wetzstein. Der Forstrat, seine Frau und die Köchin standen gespannt um ihn herum. Spengler packte die nasskalte Bachforelle, legte den Daumen an den Kiemen an, versuchte Ekel und Würgen zu unterdrücken. Stieß die Messerspitze in das weiße Loch hinter der Schwanzflosse, in den After, hörte, wie Escherich ein Schnaufen ausstieß und »Nicht zu tief!« flüsterte, »die Gallenblase«. Worauf Spengler die Messerspitze ein wenig anhob und den Leib nach vorne hin durchtrennte. Das Ratzen des Fleisches durchschnitt die Stille. Schleimige Fleischfetzen blieben am Messer hängen. Das weißliche Innere des Fisches, seine Gedärme, der Magen, die dunkle Leber. Spengler legte das Messer zur Seite, griff nach dem Magen, rupfte daran, worauf ihm Escherich den Fisch kommentarlos aus der Hand riss. So ein Fisch sei kein Esel, an dem man zerren und reißen könne. Der Forstrat packte den Fisch fest mit seiner Linken und griff mit der anderen Hand nach dem Messer. Setzte es unter den pfeilförmigen Kiemen an. Und schnitt den Knochen knacksend durch. Spengler beutelte es unmerklich, auf seinen Unterarmen bildete sich Gänsehaut. Jetzt klaffte das Maul des Fisches weit auf, das tote Viech glotzte Spengler aus seinen schwarzrunden Augen an. Escherich schob seinen Zeigefinger in den waidwunden Bauch und den Daumen in das Maul, gefolgt vom Daumen der anderen Hand. Er riss das Fischmaul noch weiter auf, das Innere färbte sich blutrot, es knackste, die Finger fuhren weiter hinein, rissen es zur Gänze auseinander, holten die Gedärmschlingen hervor. Dann legte er den Fisch in die andere Hand, kratzte mit einem Silberlöffelchen die Nerven vom Kopf des Fisches bis zum After heraus, schob das Dunkelrot nach hinten zu einer Schlange, wo die Gedärme in das weiße Waschbecken klatschten. Spengler fühlte sich, als würden ihm die Innereien ebenso herausgedrückt. »Sodala«, postulierte Escherich und spülte die verbliebenen Überreste aus dem

Fisch. Spengler ging, ohne sich zu verabschieden, auf das Klosett. Gerade noch rechtzeitig.

Escherich erwartete Spengler bereits im Garten, mit zwei Stamperln Schnaps in der Hand. Er musterte den bleichen Gast, reichte ihm ein Glas und sie prosteten sich zu. Dann bat er Spengler, Platz zu nehmen und von seinen Plänen, die Presse betreffend, zu berichten.

Fränkische Tagespost
14. Oktober 1922

Außer Verfolgung

Der »Fränk. Kurier« vermag zu melden: »Außer Verfolgung gesetzt wurde durch Beschluss der Strafkammer des Landgerichts Fürth der Student Hans Schachtel, der am 17. August frühmorgens den Arbeiter Max Schmidtill erschoss und gegen den das Verfahren wegen Körperverletzung mit Todesfolge schwebte. Die Untersuchung hat zweifellos ergeben, dass Schachtel in Notwehr gehandelt hat.«

Diese Meldung des völkischen Blattes wird wohl zutreffend sein. Zwar ist es ein starkes Stück, mit dem die Öffentlichkeit sich abfinden soll, aber das erste Mal ist es ja nicht, dass ein »vaterländischer« Pistolenschütze ein Menschenleben auslöschen darf, ohne sich in einer öffentlichen Gerichtsverhandlung verantworten zu brauchen. Es wird ja gemeldet, die Untersuchung habe ein »zweifelloses« Ergebnis gehabt. Ab und zu sitzen die Richter über Fälle, bei denen sie sich vergeblich fragen, warum es die Anklagebehörde bei dem fragwürdigen Ergebnis der Untersuchung doch zur Verhandlung kommen lässt, aber in diesem Falle ist das Ergebnis »zweifellos« für den Angeschuldigten günstig. Er steht zwar unter der ebenso schweren wie zweifellosen Anschuldigung, einen Menschen erschossen zu haben, aber angeklagt wird er nicht. Das Publikum muss dem Untersuchungsrichter so viel Vertrauen entgegen bringen, dass er ohne Ansehen der Person, nach bestem Gewissen gerecht entschieden hat. Bei den Verhältnissen in unserer bayerischen Justizpflege wird das dem Publikum nicht schwer fallen. Der Einzige, der wider den Angeschuldigten hätte aussagen können, ist tot. Er hatte zwar nicht einmal einen Schlüssel bei sich, aber dennoch ergab die Untersuchung zweifellos, dass der in Notwehr gehandelt hat, der ihn vom Leben zum Tode beförderte.

Geheime Pläne

Fürth

3. Juni 1922

Emma tanzte vor Übermut fast den Berg die Obere Fischergasse hinunter. An dem schiefen Eckhaus mit der Tür zur Leihbücherei ihres Vaters bog sie links in den schmalen Weg mit den Fachwerkhäusern und den Schindeln an den Hausfassaden ein. Georg hatte ihr heute tatsächlich das Du angeboten, allerdings »nur unter vier Augen und privat«, wie er betonte, ansonsten blieb er für sie der »Herr Gumbrecht«. Gleichzeitig hatte er ihr einen blauen Seidenschal in die Hand gedrückt. Konnte sie das überhaupt annehmen? Sie griff in ihre Handtasche, fühlte den weichen Stoff. Da aber schlug ihr schon wieder der Gestank des Viertels entgegen: Urin, Kot, Fisch. Georgs Duftwasser dagegen … Emma wich den Schusser spielenden Kindern aus. Max und seine Duftwässer: Er war nun auch nicht wirklich reich, aber er brauchte das, wenn er mit den Frauen tanzte – und sonstwas mit ihnen tat. Was, wenn die

Frauen ihm drohten zu lügen, wenn er nicht das tat, was sie wollten? Wenn sie ihm drohten, dass sie seinem Chef erzählen würden, er habe sie unsittlich berührt, obwohl es gar nicht stimmte?

Andererseits: Wer glaubte schon den Frauen? Hans Schachtel belästigte ständig die Arbeiterinnen in der Fabrik, gerade gestern war er Trude in einer Ecke der Halle wieder an die Wäsche gegangen. Und keiner sagte was. Eigentlich müsste sie Georg darauf ansprechen, was sein Sohn trieb. Aber dann würde Georg ihr und wahrscheinlich auch Trude kündigen. Ihr Übermut verschwand. Da sah sie Vati vor sich watscheln. Er stützte sich bei jedem Schritt auf seinen Stock. Schon lange hatte sie ihn nicht mehr von hinten laufen gesehen, sie ging ansonsten immer neben ihm. Wie schlecht du doch läufst, Vati, sagte sie sich und wurde von einer Welle der Zuneigung erfasst. Vielleicht hast du doch Recht, wenn du dich so vehement gegen Autoritäten und Hierarchien wehrst. Was weiß ich eigentlich über dich, du alter Sturschädel?

Emma folgte ihm nach Hause, in den Hintereingang der Unteren Fischergasse 13. Stieg die Stufen zur Dachgeschosswohnung hoch. Ihr Vater zog gerade ächzend seine Schuhe aus, begrüßte sie mit einem: »Na Madla, wie war's in der Fabrik?«

»Bassd scho«, antwortete sie maulfaul.

»Ist es deiner Kollegin schon wieder besser gegangen?«

»Bassd scho.«

Trude hatte heute in der Fabrik immer noch ausgesehen wie der wandelnde Tod. Trotzdem hätte Emma am liebsten die ganze Zeit gelächelt. Was war bloß mit ihr los? Das bisschen Lob von Georg? Von dem Bohnenkaffee? Oder doch von dem Geschenk? Musste sie jetzt vorsichtig sein? Zu nahe gekommen war er ihr nicht. Sie spürte, wie ihre Wangen bei dem Gedanken rot wurden. Ihr Vater musterte sie mit seinen wachen grauen Augen. Er sagte nichts, schaute sie einfach nur an. Ihre Wangen brannten immer stärker. Sie musste sich etwas einfallen lassen. Setzte sich ihm gegenüber, da er immer noch keine Anstalten machte, den *Syndikalist* aufzuschlagen oder mit der Lithographie auf dem Steinblock fortzufahren oder an einem Artikel oder Gedicht zu schreiben.

»Du, Vati«, sagte sie, schenkte sich Wasser ins Glas und nahm einen Schluck im Stehen. Dann drehte sie den Stuhl um, setzte sich und legte die Arme auf die Lehne. Hinter ihrem Vater tickte die große Standuhr. Die Katze namens Mühsam hüpfte aus dem Eck auf Vaters Schoß und er begann, sie zu streicheln. Er beobachtete sie noch immer, sagte nichts. Sein Gesicht hatte die letzten Jahre viele Falten bekommen, die Farbe unterschied sich kaum von der gekalkten Zimmerwand. Wenn sie ihn jetzt auf seine Gesundheit ansprechen würde, täte er nur Verdacht schöpfen. Sie musste ein emotionales Thema anreißen, um aus der Zwickmühle zu kommen.

Da klopfte es. Emma sprang zur Tür und öffnete. Ein junger, stoppelbärtiger Bursche trat ein. Der gleiche, der bei Rockers Rede den Störenfried rausgeschmissen hatte. Als er Emma sah, nahm er nervös seine Kappe ab und drehte sie in den Händen.

»Magst du uns im Stadt Venedig ein Bier holen?«, sagte ihr Vater, und Emma stand widerwillig auf. »Bitte, Emma«, sagte er nachdrücklicher, drückte ihr drei Münzen in die Hand. »Vati, das Bier ist schon wieder teurer geworden.« Also gab er ihr noch zwei Münzen und schob sie nach draußen, schloss die Tür hinter ihr. Sie setzte zwei Schritte auf die Treppenstufen, kehrte dann aber wieder um und legte ihr Ohr an die Holztür. Das Letzte, was sie aus dem Mund ihres Vaters hörte, war »Säure« und »Verhandlungsposition«. Dann machte sie sich lieber auf den Weg, um sich nicht beim Lauschen erwischen zu lassen.

Nachdem sie widerwillig einen Humpen Bier geholt und ihn Vati gebracht hatte, verkroch sie sich, wie so oft, in seiner Leihbücherei. Dort sollten die »Volksseelen gebildet« werden, wie es sein Freund Gustav Landauer formuliert hatte, der in der Räterepublik in München Bildungsminister gewesen war und mit den anderen Revolutionären die Prügelstrafe in den Schulen abgeschafft hatte; theoretisch. Vielen Lehrern war das egal, was Emma in der Schule selbst erlebt hatte, sie handelten noch nach dem Geist der Kaiserzeit, waren im Krieg gewesen und da waren Prügel noch das geringere Übel. Schon hatte sie Georgs Seidentuch in der Hand und fühlte sich umgehend besser.

Die Tür ging auf und Max schlurfte herein. Hastig schob sie das Tuch zurück in ihre Manteltasche. Sie sah ihm an, dass etwas geschehen war. Sie hatte ohnehin schon schlechte Laune, wenn Max sie jetzt auch nicht aufheitern konnte, sollte er doch lieber wegbleiben.

»Na, wieder eine alte Kundin gehabt?«

»Mhhh«, knurrte Max. Er ging zum Bücherregal, auf dem sich die Schmöker bis zur Decke stapelten. Manche ordentlich alphabetisch sortiert, andere lagen kreuz und quer, schwarz und rot, weil der Platz nicht mehr ausreichte. Emma spürte, dass er jetzt lieber lesen würde, um nicht mit ihr sprechen zu müssen – deswegen war er ja wohl auch gekommen.

Sie tat zwei Schritte zu ihm. War ihm jetzt so nah, dass sie seinen Atem hören konnte. Las stumm, was auf den Buchrücken stand: *Fabrik und Zuchthaus*, *Freie Frauen*, *Frauen und Abenteuer*.

»Such dir doch endlich eine anständige Arbeit als Schreiner.«

Er atmete laut ein und wieder aus, seine Kiefermuskeln spannten sich an.

»Du denkst wohl, du bist jetzt was Besseres?«

Sie legte ihre Hand auf seine Schulter. Aber er schüttelte sie ab.

»Weil du jetzt in der Schreibstube sitzt und dir die Hände nicht mehr dreckig machen musst.«

Emma fühlte, wie ihr das Blut ins Gesicht schoss. »Ah, daher weht der Wind, ei … neidisch?«

»Bitte, Herr Gumbrecht.« Max drehte sich so blitzartig um, dass Emma erschrak, machte einen Knicks. »Gerne, Herr Gumbrecht. Oder seid ihr mittlerweile schon per du?« Seine Lippe zitterte. »Du weißt genau, dass Arbeit gerade schwer zu bekommen ist.«

Emma drehte sich weg von ihm.

»Kann mich ja schlecht vor Gumbrechts Auto werfen in der Hoffnung, dann auch eingestellt zu werden.«

»Du lässt dich einfach zu sehr hängen, das ist das Problem!«

»Weißt du, was das Problem ist?« Max hob den Zeigefinger, hielt ihn vor Emmas Gesicht. »Dass …«

Emma richtete sich auf. »Nimm den Finger aus meinem Gesicht!«

Max dachte gar nicht daran, den Finger herunterzunehmen. »Das Problem ist«, sagte er mit gepresster Stimme, »dass du nicht mehr solidarisch mit der Arbeiterklasse bist. Weil du denkst, du bist was Besseres. Weil du auf dem Schoß vom Chef sitzt«, stieß Max aus, drehte sich um und ging.

Kaum war er weg, kam ihr Vater in die Bücherei. Er zog sich mit dem Krückstock einen Stuhl heran und setzte sich stöhnend.

»Was wollte der Mann von dir?«, fragte Emma.

»Hat er dir gefallen, der Paul? Fesch ist er ja.«

»Ich weiß ned. Unrasiert und dicke Augenringe und knetet seine Mütze, das nennst du fesch?«

»Auf jeden Fall besser als dein parfümierter und rausgeputzter Sozi.«

»Woher willst du denn das wissen?«

»Weil Paul ein tüchtiger Genosse ist.«

Emma hatte keine Lust mehr auf diese Diskussion, warum der Max ein schlechter Genosse ist und wer ein guter Genosse. »Also, erzähl, was wollte dieser Paul von dir?«

Aber ihr Vater ignorierte diese Frage einfach weiter. Er nahm ein Buch auf, das auf der Fensterbank gelegen hatte, und stellte es zurück zwischen die anderen. »*Die Tat* von Alexander Berkman.« Er lächelte. »Wie passend. Darin beschreibt Berkman sein Attentat auf den Fabrikanten Frick 1892 – genau so ein Ausbeuter wie die Spiegelfabrikanten hier, und auch der wurde bestreikt.«

Emma zuckte zusammen.

»Der Frick ist zusammengebrochen, obwohl er nicht tödlich getroffen war. Sofort haben seine Leute Berkman zu Boden geworfen. Berkman feuerte trotzdem noch mehrmals auf Frick, traf ihn aber nur schlecht. Der junge Russe wurde festgenommen und nicht lange darauf zu 22 Jahren Zuchthaus verurteilt, wovon er ungefähr die Hälfte absitzen musste. Dass Frick nicht gestorben ist, hat Berkman vor dem Galgen gerettet. Die unmittelbare Folge des Attentats war eine große Hetze gegen die Anarchisten. Vor allem suchte man Mitschuldige. Die Presse tobte. Besonders beargwöhnte man die Gruppe um den *Anarchist*, der Berkman angehörte, die aber selbst von dem Attentat überrascht worden war. Aber sehr zum Leidwesen der Polizei und der Reporter ließ sich keine Beziehung der Gruppe zu Berkmans Tat feststellen. In *The World* erschienen Skizzen aus dem *Groben Michel*, die künstlerisch gar nicht übel waren, sie brachten auch Bilder von Emma Goldman und verschiedenen anderen Anarchisten. Obwohl Emma Goldman selbst unter Verdacht stand, war sie unermüdlich und organisierte Berkmans Verteidigung. Damals wurde mir bewusst, wie wichtig eine Presse von links ist.«

»Und ist jemand wie Berkman für dich auch ein tüchtiger Genosse? Wäre dir das recht, dass ich einen Freund habe, der Attentate auf Fabrikanten verübt? Vielleicht hier in Fürth?«, Emma konnte jetzt nicht mehr an sich halten.

Emmas Vater lächelte. »Du weißt, ich bin im Schatten einer Kaserne geboren und aufgezogen – und so war ich in meiner Jugend sehr begeistert von Heldentaten. Und die Erzählungen von den Helden der Mythen und der Geschichte taten ihr Übriges. Ich wollte es ihnen gleichtun! Als ich ins sozialistische bzw. anarchistische Lager geriet, übertrug sich das auf die Helden des Klassenkampfs. Als ich zum ersten Mal von Berkmans Attentat hörte, war ich von seiner Tat ehrlich begeistert. Sie erscheint mir heute noch als sehr kühn und verwegen. Die Reporter der großen amerikanischen Zeitungen bauschten den Fall Berkman zu einer großen Sensation auf und schreckten vor Übergriffen nicht zurück, sie brachten Charakterstudien und Interviews mit Anarchisten, erdreisteten sich, deren Briefe zu konfiszieren. Ich hatte ein Gedicht verfasst: ›Das Ende mit Schrecken‹, das ich in einem geschlossenen Brief an Sepp nach Amerika geschickt hatte, und staunte nicht wenig, als ich es in der großen New Yorker *The World* wortgetreu übersetzt vorfand.«

Emma gähnte. »Und, wie sieht der Paul das mit der Propaganda der Tat?«

Ein Pfingstspaziergang

Kassel

Pfingstsonntag, 4. Juni 1922

Ein sonniger Pfingstsonntag stand vor der Tür. Trotzdem verabschiedete sich Johanna Scheidemann sorgenvoll von ihrem Mann, dem Bürgermeister von Kassel. Ihre Tochter Liese streifte ihrer Enkelin Hanna noch die blaue Strickjacke mit der Musselin-Blume auf Herzhöhe über.

Auf der Wilhelmshöher Allee tuckerten Automobile vorbei, die weiß gesprenkelten Maler übertünchten gerade riesige schwarze Hakenkreuze, die die Nazen in der Nacht dort hingepinselt hatten. Nachdem Scheidemanns Frau die unverhohlene Drohung entdeckt hatte, rief sie sofort den Malermeister an, trotz des Feiertags. Sie bot ihm den doppelten Preis, um das nicht länger mit ansehen zu müssen. Trotzdem waren die zwei Arbeiter ebenso missgelaunt wie Johanna Scheidemann, hatten sie sich doch auf einen freien Tag mit ihren Frauen und Kindern gefreut. Der Meister bewegt seinen Hintern natürlich nicht selbst hierher, hatte der eine geknurrt. Und der andere: Und das für einen Sozen!

Also stapften die Arbeiter im blau blühenden Rhododendron umher, um dessen duftende Blüten Bienen summten. Und Johanna Scheidemann brebelte leise vor sich hin, um nicht laut loszupoltern und sie nicht gänzlich zu vergraulen. Trotzdem wies sie die Haushälterin an, mit dem versprochenen Kaffee noch ein Weilchen zu warten. Die Maler würden auch ohne Bohnenkaffee schon genug in der immer wärmer werdenden Sonne schwitzen, sagte sie und rümpfte angewidert die Nase. Die Arbeiter lüfteten ihre Kappen und zogen ihre Jacken aus.

Philipp Scheidemann wollte sich von den Drohungen und der schlechten Stimmung seiner Frau den Feiertag nicht vermiesen lassen. Die ganzen Sommerfrischler mit ihren Picknickkörben seien wie ein Schutzschild für ihn, die trauten sich doch nicht, ihn da anzugreifen, hatte er gestern beim Abendbrot argumentiert, in eine saure Gurke gebissen und seinen Oberlippenbart gezwirbelt.

Von der Organisation Consul hatte Scheidemann erstmals im Winter vor einem Jahr gehört. Damals hatte ihm ein Mitarbeiter der Staatspolizei einen Artikel aus der Zeitung *Der Kampf* auf dem Schreibtisch hinterlassen. Überschrieben mit »Die Holzhacker der Brigade Ehrhardt«, wurde darin vor den »Marine-Arbeitsgemeinschaften« gewarnt, die Strohmanngeschäfte mit einem bayrischen Holzhändler machten. Aber »der eigentliche Zweck der Marine-Arbeitsgemeinschaft und des Vertrages mit dem Holzhändler ist natürlich der, die Ehrhardtleute für den Zwecke des Rechtsputsches zusammenzuhalten«, so der Verfasser des Artikels. Natürlich blieb die Aufdeckung in der Ordnungszelle Bayern folgenlos, diesem Paradies für die äußerste Rechte, und nichts geschah. Und so konnte die Organisation Consul unter der Führung von Hermann Ehrhardt, einstiger Marineoffizier und Freikorpsführer, den ehemaligen Finanzminister und Publizisten der Zentrumspartei, Matthias Erzberger, brutal ermorden. Mit acht Schüssen. Zwei davon aus nächster Nähe in den Kopf. Die Organisation Consul, fanatische Gegner des Versailler Vertrages, wollte durch das Attentat einen Bürgerkrieg von links entfachen, damit sie als Ordnungstruppe die vermeintliche Ordnung wieder herstellen konnte.

»Die Täter würden sich unter Hunderten nicht trauen, auf mich zu schießen«, hatte Scheidemann gesagt. »Das würde ihrer Propaganda schaden.« Bei dem Wort »schießen« verschluckte sich seine Frau am Tee und verschwand auf dem Klosett, um ihren Hustenanfall in den Griff zu bekommen. Sogar seine Tochter Liese, die ihm selten etwas gram nahm, schüttelte den Kopf und sagte ermahnend: »Vati!«, den Kopf geneigt in Richtung ihrer Tochter. Darauf lachte Scheidemann und verwuschelte seiner Enkelin die Frisur.

Scheidemann konnte so schnell nichts mehr schrecken, war er doch froh, dass die Revolutionstage vorbei waren, in denen vor seinem Amtszimmer in der Wilhelmstraße regelmäßig Spartakisten vorbeizogen, die ihn lauthals als »Arbeiterverräter«, »Lumpen« und »Büttel der Bourgeoisie« beschimpften. Also klopfte er sich auf den Bauch, der seine Weste spannte: »Wie ein Kasseler-Auflauf mit Sauerkraut, der schützt auch.«

Dass ihm der Bauch wenig nützen würde, ahnte er nicht. Wie immer seit dem Mord an Erzberger im letzten Sommer steckte er sich, bevor er das Haus verließ, die Pistole in die Jackentasche. »Erfüllungspolitiker«, was warf ihm das rechte Gesocks eigentlich vor? Sollte ein Politiker nicht seine Aufgaben erfüllen? Und »Totengräber des nationalen Gedankens«, weil er den Versailler Friedensvertrag befürwortete. Sie, die jubelnd in den Krieg gezogen waren, waren die wahren Totengräber!

Leider hatte wenige Tage darauf seine Frau den an ihn gerichteten Drohbrief geöffnet, in dem stand, dass er der Nächste auf der Todesliste sei. Sie war in Ohnmacht gefallen, mit dem Hinterkopf gegen den Tisch geknallt und hatte sich eine Platzwunde zugezogen.

Weil die Einschläge näher kamen, ließ er die Briefe im Büro nur noch von seiner Sekretärin und zu Hause von seiner Haushälterin öffnen. Die Drohbriefe hätte er in Körben sammeln können. Auch auf der Straße wurde er immer wieder beschimpft. Dennoch trat Philipp Scheidemann an diesem Pfingstmorgen gutgelaunt vor seiner Tochter aus dem Haus, die Hanna an der Schulter vor sich herführte. Die schob einen Puppenwagen. »Meinst du, sie schiebt ihn wirklich den ganzen Tag?«, wollte Scheidemann wissen, aber seine Tochter war sicher. »Darfst uns Frauen ruhig mehr zutrauen.«

Sie erreichten die Elektrische der Linie 1 gerade noch, bevor sie abfuhr. Aufgrund des Feiertages war sie vollbesetzt mit Ausflüglern, die sich auf den Weg zum Bergpark machten. In der dichtgedrängten Menschenmenge konnte Scheidemann unmöglich bemerken, dass ihnen zwei Männer folgten.

Sie fuhren an rostroten und fahlgelben Klinkerbauten vorbei, bis die Umgebung grüner wurde. Die Elektrische mäanderte durch ein Waldstück, auf einem brachliegenden Feld hackten Raben ihre Schnäbel in den Boden. Nach der letzten Kurve erreichten sie die Endstation Wilhelmshöhe und es dauerte ein ganzes Weilchen, bis sich die mit Picknickkörben und Rucksäcken bepackten Menschen aus dem Wagen verteilt hatten.

»Gehen wir zu dem Wasser?«, fragte Hanna, und Scheidemann konnte ihr den Wunsch nicht abschlagen. Am Lac blitzte ein Eisvogel smaragdfarben übers Wasser. Fast eine Idylle, dachte Scheidemann und sah sich besorgt um. Der dunkle Wald stieg steil vor ihnen auf. Liese flitschte für ihre Tochter Steine über die blühenden Seerosen und Hanna hüpfte jedes Mal mit in die Höhe, wenn der Stein auf dem Wasser aufkam. Auf der kleinen Insel saßen Fischreiher auf den gewundenen, moosgrünen Ästen einer Schwarzpappel.

Sie stiegen weiter auf den Berg und Scheidemann hob nun doch den Puppenwagen geduldig über jede Erhöhung, nicht ohne sich immer wieder umzusehen. Als sie ein Mann überholte, griff er in seine Jackentasche. Nahm die Hand aber wieder heraus, als der an ihnen vorübergegangen und nichts geschehen war. Am Fontänenteich angekommen, wollte seine Enkelin den Wagen selbst schieben, um ihrem Baby die Wasserfontäne zu zeigen. Währenddessen packte Liese den Flugdrachen aus. Scheidemann sah zu Herkules hinauf, der auf der Spitze des Berges, auf dem Oktogon thronte. Von hier unten war er nur schemenhaft zu erkennen. An manchen Tagen wünschte sich Scheidemann, er wäre Herkules. Aber er wusste auch, dass nicht weit unter dem Halbgott, in einer Grotte unter dem Wasserfall, Luzifer saß, der scheinheilig auf einer Panflöte spielte, als könne er kein Wässerchen trüben. Scheidemann tastete unauffällig nach seiner Pistole. Der Wind wurde stärker. Er hielt seinen Hut fest. Holte Hannas Drachen ein. »Schade«, murrte die.

»Sonst umarmt er die Äste und lässt sie nicht mehr los«, sagte Scheidemann.

»Das wär wirklich noch schader«, sagte Hanna und jammerte, dass sie nicht mehr weitergehen wolle. »Komm, lass uns die Eisbären suchen«, ermunterte sie ihre Mutter, ließ den Apollotempel links liegen und ging weiter bergauf, an den Kaskaden entlang, in denen das Wasser den Berg hinunterfloss und sich in kleinen Fällen brach. »Die verstecken sich hinter den Bäumen.« Sie überquerte den künstlichen Bach an der steinernen Brücke. Hanna ließ ihre Finger über die weiß befleckten Felsen gleiten, sagte »Spitz!« und zeigte hinauf zum verfallenen Aquädukt. Sie war wieder Feuer und Flamme und folgte ihrer Mutter auf dem gewundenen Weg, der sie unter das dichte Laub einer Buche führte, wo es schattig und dunkel war, das aber auch den Wind abhielt. Trotz der Sorge vor einem Attentat war Scheidemann nun doch vom Weg abgewichen. Er hätte am liebsten sein Jackett ausgezogen, weil sein Hemd ganz durchgeschwitzt war, dann aber hätte man seinen Pistolengurt sehen können. Amseln stoben unter einer Eibe auf. Scheidemann holte seine goldene Taschenuhr heraus und zeigte auf den Sekundenzeiger. »Guck, der läuft auch schon zu den Bären. Und wenn er sich zehnmal gedreht hat«, er ließ die Uhr wieder in seine Tasche gleiten und hob die beiden Hände wie zur Untermalung in die Höhe, »dann sind wir wieder zu Hause bei Oma Hanni und es gibt Kakao.« Demonstrativ schritt er voraus, entfernte sich von Tochter und Enkelin, die maulte: »Ich will keinen Kakao, will Eisbären.«

»Na, dann komm«, sagte ihre Mutter und streckte ihr die Hand entgegen. Sie schmunzelte ihren Vater an. So hatte er es bei ihr, dem Nesthäkchen, auch immer gemacht. »Lass uns zu den Eisbären gehen.« Liese nahm Hanna bei der Hand. Die Äste und Blätter malten dunkle Flecke. Ein junger Mann sprang hinter der Eiche hervor. Baute sich zwischen ihr und ihrem Vater auf. Ein zweiter folgte ihm. Er rannte auf Scheidemann zu, sie schrie: »Vater, schieß!« Scheidemann blieb stehen, drehte sich um und griff im Drehen nach der Pistole. Der Attentäter hielt eine Gummispritze wie einen Revolver vor sich, aus der eine Flüssigkeit herausschleuderte. Scheidemann schoss zweimal in die Luft, Hanna begann zu brüllen. Der Attentäter hatte Scheidemann ins Gesicht getroffen. Mit dem zweiten Mann flüchtete er in den Wald, schleuderte die Gummispritze ins Geäst. Scheidemanns Gesicht verlor jegliche Farbe, er sackte zu Boden und wurde bewusstlos.

Maskenball

München

4. Juni 1922

Bereits von der Straße aus hörte Spengler das Menuett, sah die Schatten, die sich unter den Kronleuchtern und vor dem Fenster der Villa bewegten. Harfentöne und Lachen drangen heraus in die frische Juninacht. Am Torbogen des Hotels Drei Rosen flackerten Kerzen, stand ein Mann in Pagenuniform, der die Herrschaften begrüßte. Cossmann händigte Spengler, Escherich, Gumbrecht und Stinnes die Einladungen aus. Von einer konspirativen Zusammenkunft kann keineswegs die Rede sein, dachte Spengler und sah sich um. Er konnte niemanden entdecken, der ihnen nachstellte. Der Page überflog die Einladungen, bat sie zu folgen und führte sie durch den Flur in die Umkleide. Dort nahm er den Herren die Mäntel ab. »Wünschen Sie Kostüme?«

»Kann nicht schaden, was, Gumbrecht?«, dröhnte Cossmann in seinem Bariton, dass sein grau-strubbeliger Bart nur so wackelte. »Ihre Gattin muss ja nicht wissen, was wir hier treiben.«

Escherich verzog keine Miene, Spengler wandte sich unangenehm berührt ab, um den schwitzenden Gumbrecht nicht länger mit ansehen zu müssen. Der erinnerte ihn in seinem Aussehen und seinen Bewegungen ein wenig an einen Jungen.

Der Page führte sie in einen angrenzenden Raum, eine Garderobe voller Kostüme. Stinnes legte Melone und Mantel ab. Spengler war, als würde er beobachtet.

An den Haken hingen diverse Masken: mit Spitzen und Federn für Frauen, schlicht-schwarz für Männer, eine Pestmaske mit langer Nase, eine Pharaonen-Maske. Spengler schielte zu den drei anderen Männern hinüber. Cossmann warf Gumbrecht einen dunkelgrünen Straußenfeder-Marabu-Schal um den Hals. Wir sind hier, um Großes zu beraten und nicht, um Karneval zu spielen, dachte Spengler verärgert.

Er musterte die Pestmaske. *Die Krankheit der Zivilisation: Zusammenbruch der Kultur und der Recherche.*

Der Page verabschiedete sich und wünschte den Herren erfüllte Kurzweil.

»Folgen Sie mir«, sagte Cossmann, eine schwarze Augenmaske vor dem Gesicht. Spengler setzte die Pharaonenmaske auf, alle drei folgten Cossmann. Entgegen der Erwartung führte der sie nicht die Treppe mit dem roten Teppich hinauf, von wo die Harfe tönte, sondern in einen Nebenraum. Wie hatte er auch nur eine Sekunde annehmen können, dass es Cossmann nicht ernst um die Sache wäre?

Drei Stunden später traten sie aus dem Hinterzimmer. Spenglers Kopf war zu voll, als dass er darüber nachdenken konnte, ob er mit den Ergebnissen zufrieden war. Seine Ohren glühten förmlich. Er hatte die Anwesenden auf absolute Verschwiegenheit eingeschworen. Cossmann hatte gleich darauf das Wort ergriffen, ihm in die Karten gespielt und nicht weniger deutlich, wenn auch mit einer feierlichen Note gesagt: Damit sie nicht in Versuchung kommen würden, sich diese enorm wichtigen Pläne zur Rettung des Vaterlandes, zur Lenkung der Presse entlocken zu lassen, habe er dafür gesorgt, dass sie heute voll auf ihre Kosten kommen. Dabei hatte er gezwinkert und Spengler verschwörerisch angesehen. Der hatte es allerdings zuerst gar nicht bemerkt, da er Gumbrecht gemustert hatte, mit einem gewissen Unwohlsein in seiner Magengrube.

Nun brachte Cossmann sie nach oben, ging voraus, über die Treppe mit dem roten Teppich. Noch bevor sie die große Tür zum Saal erreichten, huschte ein Fräulein mit weißer Perücke, weiß geschminktem Gesicht und einer Maske an einem Stab in der Hand an ihnen vorüber. Verfolgt von einem jungen Mann, ebenfalls mit gepudertem Gesicht, Perücke und Maske. *Meine Zeit ist das Rokoko, da bin ich zu Hause.* Spengler wurde von einem Glücksgefühl des

Ankommens übermannt. Er betrachtete die Rokokofiguren, die junge Frau im weiten Kleid, mit Fächer, dem Jüngling zugewandt. Am Rande der illustren Gesellschaft eine schwarze Statue, ein muskulöser nackter Mann.

Antike Reste erschüttern mich wie ein Traum von Glück, das uns versagt blieb. Rührung stieg in Spengler auf. »Ei der Daus, ein Tränchen«, schalt ihn eine Dame, die plötzlich vor ihm auftauchte und der der Alkohol bereits gehörig auf die Stimme geschlagen hatte. »Versetzt Sie der Anblick meines Dekolletés derart in Wallung?« Sie näherte sich Spengler und flüsterte ihm ins Ohr, dass er sicher weniger zur nehmenden, sondern mehr zur gebenden Zunft gehöre, habe sie gehört. Aber er solle sie nicht festnageln. Er konnte nicht anders und blieb mit seinem Blick in der Ausformung ihres Biedermeierkostüms hängen. Von ihrer ellenlangen schwarzen Zigarettenspitze stieg gekräuselter Rauch auf. Sie fasste ihn an der Hand und zog ihn hinter zwei kichernden Damen her. Spengler griff unterwegs nach einem Glas Sekt, das ein Diener auf einem Tablett reichte. Sie schlüpften durch die Tür, welche die beiden Frauen hatten offen stehen lassen. Hinter einem Paravent zogen sie sich glucksend um – oder aus? Eine Lampe brannte dahinter, und wie ein Schattentheater konnte Spengler dabei zusehen, wie sie sich gegenseitig die Mieder enger zogen, die Hinterteile von sich gereckt, das schwungvolle S des Rückens. Und jetzt rollten sie sich auch noch gegenseitig die Strümpfe nach oben und küssten sich. Lust und Scham erfüllten ihn gleichermaßen. Seine Begleiterin drückte sich plump an ihn, Spengler fühlte ihre Brüste.

Auf der Chaiselongue saßen ein Mann und eine barocke Frau, die sich nicht genierte, dem Kerl immer wieder mit ihren Wurstfingern über seine Schenkel zu fahren, zwischen denen sich unübersehbar etwas regte. Der Mann trug nicht mal mehr sein Hemd, Spenglers Blick wanderte über den halb entblößten Oberkörper, die sehnige Schulter, den Bizeps, wie bei der antiken Statue im Saal. Spengler griff in Gedanken ein Schwert, holte aus und hieb mit der Klinge den Kopf ab, stoppte den Blutfluss, indem er dem Cäsar einen anderen Kopf aufpfropfte: den von Georg Escherich.

»Spengler, alter Denker«, sagte da der junge Mann, dem Spenglers Starren aufgefallen sein musste. »Kommen Sie, stoßen Sie mit uns an. Keine Sorge, ist nur Schampus, keine Blausäure.«

»Wie ich sehe, haben Sie sich mit Herrn Hermann Ehrhardt, dem Herrn Consul, bereits bekannt gemacht«, sagte Cossmann, der plötzlich hinter ihm stand.

Presse

Fürth

6. Juni 1922

Im schiefen Eckhaus in der Leihbücherei brannte bereits die Öllampe, neben Fritz Oerter stand eine volle Tasse Mandelrübenkaffee, mittlerweile kalt. Er las die Zeitungen zum Attentat auf Scheidemann.

»Die *Zeit*, klar, dahinter steht Hugo Stinnes«, brummelte er. »Typisch: Irgendeinen Anhaltspunkt zur Verurteilung der Motive der Tat bietet dieser Bericht bis jetzt nicht. Es wäre daher wohl das Natürlichste, erst einmal ein paar Ergebnisse abzuwarten, bevor man in der Presse über einen politischen Anschlag orakelt und den Verdacht auf bestimmte Kreise zu lenken versucht, die von jeher, besonders scharf aber seit der Revolution, in politischer Gegnerschaft zu Scheidemann gestanden haben.«

Der *Vorwärts* zitierte die deutschnationale Presse, die von einem »Bubenstreich« und »Dummejungenstreich« schrieb. So was sollte ein Streich sein?

Der Mord mit der Klistierspritze. Selbst wenn es also Blausäure war und nicht ein gänzlich harmloser Stoff, so kann es sich bei der ganzen Sache doch nur um einen Dummejungen- oder Narrenstreich handeln. Denn sowenig man mit einer Kinderpistole, Marke »Eureka«, auf Mord ausgeht, so wenig auch mit solchen Mitteln. Aber der Vorfall vom Pfingsttag hat neben diesen im Wesentlichen komischen auch seine ernsten Seiten, und die beginnen da, wo man erfährt, dass Herr Scheidemann mit seiner Mehrladepistole zweimal hinter dem Attentäter hergeschossen hat.

Herr Scheidemann kann wahrscheinlich von Glück sagen, dass er zweimal vorbeischoss, und dass die ins Blinde gefeuerten Kugeln auch unbeteiligte Dritte verschont haben. Hätte er etwa den dummen Jungen, der ihn bespritzte, erschossen, so hätte er einen Totschlag auf dem Gewissen.

Oerter klappte mit zittrigen Händen den *Vorwärts* zusammen, legte ihn zu den alten Ausgaben. Dann nahm er die *Deutsche Zeitung* in die Hand.

Abgesehen davon, dass hierfür keinerlei Beweise oder auch nur Anzeichen vorliegen, erscheint es doch immerhin seltsam, dass ein Fanatiker einen politischen Gegner töten will mit einem Gummibällchen (!) voller verdünnter Blausäure (!) Ein Mensch, der einen politischen Gegner unschädlich machen, also töten will, wählt andere Waffen als verdünnte (!) Blausäure, die kaum tödlich, höchstens entstellend wirkt, mit welch letzterem Erfolge ein politischer Fanatiker nie, ein persönlicher Feind recht wohl, zufrieden sein könnte.

»Hmmm«, brummte Oerter und strich sich durch seinen Oberlippenbart. Kurz vor dem Mord an dem Unabhängigen Sozialdemokraten Gareis hatte sogar der Schriftsteller Ludwig Thoma gegen ihn gewettert. Gareis hatte versucht, die Machenschaften der Bayerischen Einwohnerwehr um den Forstrat Georg Escherich aufzudecken, auf dessen Konto auch Fememorde gingen. Menschen, die Waffenverstecke der Einwohnerwehren verraten hatten, wie Maria Sandmayr aus München, wurden aus Rache brutal ermordet. Obwohl Waffenbesitz illegal war. Die Linken waren nach der Räterepublik und dem Großen Krieg so blöd gewesen, ihre Waffen abzugeben. Die Rechten hatten sie behalten und meuchelten weiter.

Oerter sah auf. Irgendwo im Regal musste auch ein Buch von Thoma zu finden sein. Und schon hielt er es in den Händen: *Briefwechsel eines bayrischen Landtagsabgeordneten.* Darin steckte die Zeitung *Der Kampf.* Oerter zog sie heraus, klappte sie auf. In seiner Kolumne hatte Thoma gegen den »roten Schulmeister« Gareis gehetzt, messerscharf formuliert.

Schauen wir zu, dass nochmal der rote Fetzen durch München getragen wird? Oder schlagen wir jeden Hund tot, der das Vaterland in neues Verderben stürzen will? Wenn solche Leute, wie der Gareis, frech werden und mit Umsturz drohen, dann wissen sie, dass sie eine Schar von Lumpen hinter sich haben. Aber, das soll geschworen sein, sie sollen eine andere Suppe ausfressen müssen, wie die im Mai 1919.

Ja, Worte sind Waffen. Fast sehnsüchtig dachte Oerter daran zurück, wie sich damals die Arbeiter als Antwort auf den Mord an Gareis der syndikalistischen Kampfmethode des Generalstreiks bedient hatten, und wie die Regierung die sozialistischen Zeitungen verbieten wollte, obwohl ihre eigenen Hetzblätter weiter erschienen. Im selben Moment verbat er sich einen nostalgischen Gedanken angesichts eines Mordes. Wie revolutionär auch die Antwort der Arbeiter gewesen war, eine Eskalation der Gewalt in diesem Maße sollte niemals ein Mittel zum Zweck sein. Aber wenn doch Worte Waffen sind … Er setzte sich an den Tisch und schrieb:

An Philipp Scheidemann

Wir haben dich hier öfters angepfiffen
von wegen deiner leicht verdorrten Hand.
Doch nun ein feiger Lump dich angegriffen,
hat sich das Blättchen jäh für dich gewandt.
Wenn einer Gift spritzt aus dem Schießklistier:
dann, Philipp, stehn wir alle hinter dir!

Was wollte denn der nationale Affe?
Versailles rächen? Bist du General?
Für ihn war das Klistier die einzige Waffe
aus seinem reichen Geistes-Arsenal.
Denn was ein richtger, tapfrer, teutscher Mann,
der fängt ein jedes Ding von hinten an.

Die Verbündete

Fürth
17. Juni 1922

Emma suchte sich ihr schönstes Kleid heraus, das sie leider auch bereits an ihrem ersten Arbeitstag getragen hatte. Wochen war das schon wieder her. Und jetzt ging sie mit ihrem Chef aus. War das überhaupt rechtens? Was, wenn es ihm nur um das Eine ging? Wenn ihr Vater davon erfuhr, der machte ihr die Hölle heiß. Der war ihr immer noch gram, weil sie die Arbeit in der Schreibstube überhaupt angenommen hatte. Der alte verbitterte Mann. Er traute ihr nicht mehr so recht, seit er es wusste, das merkte sie. Er hatte ihr ja nicht einmal erzählen wollen, was Paul von ihm gewollt hatte. Aber sie könnte auch heimlich tun!

Sie hatte vorgegeben, mit Max auszugehen, ins Kino, worüber ihr Vater nur kurz die Nase gerümpft hatte. Nicht einmal das Wort »Sozi« war gefallen.

War sie verliebt in Georg, den sie in der Arbeit nur »Herr Gumbrecht« nannte? Er erzählte ihr von fremden Ländern, von Literatur, Kinofilmen und Theaterstücken und von Musik. Wie gerne wäre sie mit ihm ins Stadttheater gegangen. Vielleicht würde er sie heute dorthin ausführen. Letztens war sie auf dem Weg von der Schreibstube an dem »neubarocken Bau«, wie Georg ihr bei einem Bohnenkaffee in seinem Büro erklärt hatte, vorübergegangen. Nach italienischer Renaissance-Baukunst sollte es erbaut worden sein, mit diesem Rondell vor der Tür, das den Vorplatz in saftiges Grün und im Frühling in waches Rot tauchte. Ob Georg mit ihr auch mal nach Italien reisen würde? Dort, wo es auch Goethe hingeführt hatte?

Heute hatte Emma sich mit der Sonntagsseife gewaschen und gehofft, dass Vater nicht ins Zimmer kommen würde. Von ihrer neuen Arbeitskollegin Friederike Wurm hatte sie sich einen Lippenstift ausgeliehen, obwohl sie mit ihr nicht so richtig warm wurde. Stocksteif saß Friederike den ganzen Tag am Schreibtisch, verlor kein unnötiges Wort, arbeitete beflissen. Emma hatte das Gefühl, dass Georg ihr nicht oder zumindest nicht so sehr vertraute wie ihr selbst. Wenn sie nur an Georgs große, feingliedrige Hände dachte ...

Da schlug die Uhr von St. Michael sieben Mal. Emma schreckte hoch. Eigentlich sollte sie jetzt schon bei ihrem Treffpunkt an der Stadtgrenze sein, wo sie niemand sehen und sie schnell in Georgs Automobil hüpfen konnte. Hastig streifte sie ihre Jacke über, trat aus der Stube. Da hörte sie Schritte von unten, ungleichmäßige Schritte. Das konnte nur Vater sein. Emma überlegte ein bisschen zu lange, ob sie sich verstecken und dann an ihm vorbeihuschen und über die Stiege verschwinden sollte. Da stand er schon vor ihr. Sie roch das Bier, sah in seine glasigen Augen, sein von der Anstrengung und vom Alkohol gerötetes Gesicht.

»Madla, wo willst denn hin?« Mit fahrigen Bewegungen hielt er sich am Stiegengeländer fest. »Um diese Uhrzeit?«

»Zu Max doch«, sagte sie und schaffte es nicht, ihm dabei in die Augen zu sehen. »Ein Eintopf steht auf dem Herd«, fügte sie ernsthaft fürsorglich hinzu und küsste ihn schnell auf die Wange. »Iss noch was.«

»Du riechst aber gut«, sagte er versöhnlich.

Sie drückte sich an ihm vorbei und hüpfte die Treppe hinunter. »Emma«, schrie ihr Vater hinterher. »Sind Kohlen da?«

»Verdammt«, entfuhr es ihr. »Ich hol noch schnell welche.« Viel zu spät verließ Emma das Haus. Schwitzend und aus der Puste erreichte sie die Stadtgrenze. Die Uhr schlug halb acht. Ihre Augen suchten die Straße zwischen der Brücke und den Häusern ab, aber Georg oder sein offenes Automobil waren nirgends zu sehen. Sie stützte sich schwer atmend auf ihren Knien ab, sah, dass das Kleid völlig zerknittert war. Sie richtete sich auf, strich über den harten Stoff. Ein Pferdegespann fuhr vorüber, dahinter zwei Radfahrer, dann überquerte sie die Straße, enttäuscht von Georg, weil er nicht länger auf sie gewartet hatte, und von ihrer eigenen Dusseligkeit, wie hatte sie nur die Kohlen vergessen können?

Da knatterte ein Automobil heran und sie wandte hoffnungsvoll ihren Blick in die Richtung, aus der es kam. Sie knetete ihre Hände vor Freude, als sie Georgs lachendes Gesicht erkannte und ihn winken sah.

»Entschuldige bitte«, sagte er, »die rote Pest hat die Nürnberger Straße mit einer Demonstration blockiert, weshalb ich nicht durchgekommen bin.«

»Guten Tag«, sagte Emma und machte gewohnheitsgemäß einen Knicks.

Der Fahrtwind kühlte ihr heißes Gesicht, sie hielt es der Sonne entgegen. Weil sie die Augen schloss, sah sie nicht, wie Georg zu ihr herübersah und erneut lächelte. Sie genoss das Gefühl der Freiheit im Automobil. Georg blieb still und ließ sie. Eine Fliege klatschte gegen ihre Nase, sie öffnete die Augen, sah erst die blutrote Sonne über Nürnberg, dann entdeckte sie ihre Mutter Nanni, viel zu spät. Nanni stand am Straßenrand und wischte sich mit einem Taschentuch über die Stirn. Den Rücken gebeugt, den Leiterwagen neben sich mit einem der schweren Lithographie-Steine darin. Emma zuckte zusammen und machte sich klein, Nanni riss die Augen auf, folgte dem Wagen mit ihrem Blick. Emma erschrak, dass es sogar Georg auffiel.

»Ist dir nicht gut?«, fragte er.

»Bassd scho ...«, murmelte sie, biss sich aber umgehend auf die Zunge.

Er legte ihr die Hand beruhigend auf die Schulter. »Es wird dir gefallen, was wir heute unternehmen«, sagte er, und Emma versuchte, sich zu entspannen. So ein feinfühliger, taktvoller Mann. Sie richtete sich langsam wieder auf.

Weiter die Fürther Straße entlang, fuhren sie an der mittelalterlichen Stadtmauer vorbei dem Abend entgegen. Obwohl es mittlerweile bereits dunkelte, war es immer noch angenehm warm.

»In das Stadtinnere durften früher nur die Kaufleute und Adeligen«, sagte er.

Emma nickte nur, war jetzt froh, dass er sie damit von ihrer Aufregung ablenkte. Auch wenn das, was er sagte, ihr nicht neu war. Sie überlegte, ob sie etwas dazu sagen sollte.

»Das waren noch Zeiten«, fügte Georg hinzu, und etwas in seinem Tonfall missfiel ihr. »Alle anderen mussten in der Südstadt, vor den Toren der Stadt leben.« Emma schwieg weiter.

Georg schaltete, es krachte, als wäre ein Vogel im Getriebe zermalmt worden. Emma sah ihn entsetzt an. Jetzt war es Georg, der errötete.

Sie bogen vor dem Bahnhof in die Südstadt ab und Georg parkte nahe des Opernhauses. Gebannt musterte Emma die erhabene Fassade, hinter der Liebesschwüre geschmettert und blutige Meucheleien begangen wurden. Bald würde sie im Publikum sitzen, zwischen all den feinen Damen mit ihren Fächern, prächtigen Kleidern – sie sah an sich hinunter – und den Männern mit Smoking, Fliege, Zylinder und Monokel.

Auf einmal stand Georg neben der Beifahrertür. Sie hatte nicht bemerkt, wie er ausgestiegen war. Er öffnete die Tür, reichte ihr die Hand und sagte: »Bitte, gnä' Frau.« Sie legte ihre kalte Hand in seine weiche, warme und stieg aus. Eine bitzelnde Vorfreude fuhr in ihre Adern. Viel zu schnell ließ er ihre Hand wieder los. Sie gingen in Richtung Opernhaus, und als sie die breite Straße überquert hatten, strebte Emma zum Opernhaus und Georg genau in die entgegengesetzte Richtung. Fragend schaute sie ihn an.

»Hier lang, meine Liebste«, sagte er und führte sie zu einem Gebäude, über dem »Lichtspielhaus« stand.

Fünf Stunden später lag Emma im Hotelzimmer. Vorbeifahrende Automobile beleuchteten die hohe Zimmerdecke. Sie und Georg waren im Kino gewesen, hatten den Film *Der Spieler* angesehen. Und dann waren sie ins Hotel gegangen, hatten dort gespeist, getrunken und sie war seinem Charme erlegen, hatte Lust auf ihn. Lust auf ihn, sie lachte leise, laut durfte sie das nicht sagen.

Jetzt lag Georg nackt neben ihr. Schlief tief und fest. Emma musste dringend pinkeln. Im Bad hingen seine Kleider ordentlich zusammengelegt über einem Stuhl, nur ein Brief war herausgefallen. Sie lauschte, hörte Georg immer noch atmen. Schließlich nahm sie den Brief, faltete das Papier auseinander. Drei handschriftliche Blätter: »(Streng vertraulich) Zur Besprechung Oswald Spengler mit H. Sti.«, stand darauf. »Emma, Liebling, wo bist du?«, rief Georg plötzlich und Emma hätte vor Schreck fast das Papier eingerissen. Sie hustete, schob das Papier so leise und schnell wie möglich zurück in den Umschlag. Sie rief »Hier!«, pinkelte, spülte, kehrte ins Zimmer zurück und legte sich bäuchlings neben ihn auf das weiße Laken. Er begann ihr zärtlich den Rücken zu kraulen, so, wie sie es sich immer vorgestellt hatte. »Was würdest du davon halten, meine Vertraute zu werden?«, fragte er und küsste sie vom Nacken abwärts.

Der Wille bestimmt die Bewegung

München
22. Juni 1922

Spengler dröhnte der Kopf vom Wein, den er gestern mit Maria Schmidt-Pauli genossen hatte, bevor sie wieder zurück ins Kieler See-Institut musste. Den Hut tief ins Gesicht gezogen, wackelte er auf weichen Knien zur Apotheke und kaufte sich ein Fläschchen Aspirin. Dann erwarb er alle erhältlichen Tageszeitungen am Kiosk am Josephsplatz nahe seiner alten Wohnung. Zu Hause brühte er sich Kaffee auf, schüttete das weiße Pulver hinein und zwang sich sowohl zum Konsum als auch zur Lektüre. Er nahm Zeitung um Zeitung vom Stapel, las unkonzentriert. Die altbekannte Schwermut überfiel ihn und er sah auf. *Ich war nie jung, nie glücklich. Ich habe immer gewünscht und immer gezögert, bis es zu spät war, nie gewagt und alles bereut. Ich wagte nie den letzten Schritt zu tun!* Langsam wirkte das Aspirin, schwand sein Kopfschmerz und mit ihm die Schwermut. Da fiel ihm wieder ein, dass er Escherich schon längst die Skizze zur Presselenkung hätte zukommen lassen wollen, und dachte: *Der Wille bestimmt die Bewegung.* Also setzte er sich an die Maschine und tippte:

1. Frage der wirtschaftlichen Zusammenlegung. Ein allgemeines Schema ist unmöglich. Die beiden Methoden: Kopfblatt oder eine größere Zeitung, die von den Herausgebern der Lokalblätter vertrieben wird, mit einer örtlichen Einlage, die wöchentlich mehrmals erscheint. Anhand der Landkarte Aufteilung Deutschlands in natürliche Interessensgebiete, für welche Methode von Fall zu Fall festgesetzt werden müsste. Durch eine energische Zusammenlegung ist die Wirtschaftlichkeit der Betriebe so gestaltet, dass eine mäßige Kreditbeihilfe für absehbare Zeit genügt. Dezentralisation mit je einem redaktionellen Mittelpunkt.

»Brillant«, murmelte Spengler, köpfte eine Zigarre, lehnte sich zurück, zündete sie genüsslich an, schmauchte, legte sie in den Aschenbecher und tippte weiter.

2. Die dringende Notwendigkeit, eine einheitliche Taktik den politischen und wirtschaftlichen Ereignissen gegenüber zu erreichen.

Er sah Cossmann, Escherich, Stinnes und Gumbrecht vor sich, wie sie zusammen in Escherichs Garten um den Tisch saßen, ihm Respekt zollten und Feuer und Flamme für seine Ausarbeitung waren. »Sehr gut, sehr gut«, fiel er paffend in ihr Lob ein.

Nach Stunden, in denen er die Zeit gänzlich vergessen hatte, tippte er den letzten Punkt:

8. Endlich die schon besprochenen Beilagen, die durch die sehr hohe Auflageziffer und den Anzeigenteil sich selbst erhalten können.

Schwungvoll zog er das Papier aus der Schreibmaschine. Dann legte er es auf die zwei anderen vollgetippten Seiten und legte neues Papier ein:

Sehr geehrter Herr Forstrat!

Die lange versprochene Skizze geht Ihnen hiermit zu. Ich hoffe, dass es nicht zu spät geworden ist, aber ich bin infolge meiner Reise und einer Menge von Arbeit bis jetzt nicht dazu gekommen. Da ich im Juli wieder verreisen muss, so bleibt eigentlich nur die nächste Woche zu einer gegenseitigen Aussprache, wenn Sie zufällig gerade hier sein sollten. Darüber möchte ich nun gern Nachricht haben. Es würde Professor Cossmann und mich sehr freuen, wenn die Umstände unseren geplanten Besuch in Isen gestatten. Ich habe inzwischen auch in Berlin vieles erfahren, worüber ich gern mit Ihnen sprechen möchte. Ich möchte Sie auch daran erinnern, die Arbeit über den deutschen Wald im Auge zu behalten, weil gerade dafür ein weitgehendes Interesse besteht und die Gründe, welche ich Ihnen für diese Arbeit angab, mir immer dringender erscheinen. Zunächst aber bitte ich Sie, mir doch Ihre Dispositionen für die nächste Zeit mitzuteilen …

Mit herzlichen Grüßen, Ihr sehr ergebener O. Spengler

Ende

Fürth

23. Juni 1922

Schmidtill hat sich die Beine lange genug in den Bauch gestanden, um wieder Arbeit zu finden. Vergeblich. Durchgeschwitzt von der beißenden Junisonne, die eigentlich in den Juli gehört, und schmutzig vom Staub der Straße, der längst schon dem Holzstaub hätte Platz machen sollen, steht er auf der Siebenbogenbrücke. Die kümmert das wenig, die erstreckt sich bei Wind und Wetter hinter der Stadt über das Rednitztal, über Wiesen und Äcker, den Fluss. Doch wie die Verhältnisse hat auch die Brücke ihr Gesicht verändert. Arbeiter haben sie im letzten Jahrhundert erbaut und vor zwei Jahrzehnten um eine Betonbrücke verbreitert. Bei der Aufschüttung des Dammes ist ein Gerüst zusammengebrochen, sind sechs von ihnen in die Tiefe gestürzt. Ein Opfer haben die Arbeiter gebracht. So ist es, will man Großes vollbringen. Das Volk, das hierher gepilgert war, um zu glotzen, musste von der Polizei zurückgedrängt werden, damit die Arbeiter ihr Werk vollenden konnten. Ja, im Glotzen sind sie gut, das können sie. Ach, könnte er nur endlich Holz in die Hand nehmen, es zu etwas Größerem zusammenfügen, etwas gestalten.

Lang ist es her, dass das »Cadolzburger Moggerla« auf einem alleinigen Gleis von Fürth nach Cadolzburg über die Brücke getuckert ist. Nun fahren hier auf drei Gleisen die Bahnen nach Nürnberg – Bamberg oder nach Würzburg. Die Republik kann ihre Geschichte entlang der Eisenbahn erzählen: von der deutschen Revolution, vom Kaiserreich, von

Krieg, Tod und Zerstörung. Auch von diesen Tagen, in denen die Mäuler und Bäuche leer sind, die Menschen sich vor der Freibank am Waagplatz mit der Stadtwaage drängen, um minderwertiges Fleisch von notgeschlachteten oder bei Unfällen umgekommenen Schweinen, Pferden und Rindern zu ergattern. Seit dem Krieg und jetzt auch wieder durch die Preissteigerungen drängen sie sich schon lange vor dem angesetzten Termin. Und wenn der Verkauf losgeht, haben drei Schutzleute vollauf zu tun, um die Ordnung aufrechtzuerhalten. Einmal, als bekannt wurde, dass auch Nürnberger, Zirndorfer und Burgfarrnbacher anwesend waren, die einkaufen wollten, gab es unter der Menge eine große Erregung. Wenn die Polizei nicht eingegriffen hätte, wäre es zu Tätlichkeiten gekommen. Kurz nach vier Uhr musste die Freibank geschlossen werden, da schon ausverkauft war, obwohl bis sieben Uhr geplant. Viele Hunderte mussten unverrichteter Dinge zurückkehren.

Bis vor kurzem hat Max noch geglaubt, dass jetzt Zeit sei für die Republik, für das Parlament. Aber die Schlagzeilen lassen ihn in letzter Zeit immer öfter zweifeln: die Ordnungszelle Bayern, der Fememord an Gareis, das Scheidemann-Attentat, der drohende Spiegelarbeiterstreik …

Und Emma, die lässt ihn auch verzweifeln.

Er hat seinen Augen kaum getraut, als er Emma heute Morgen mit dem Fabrikanten Gumbrecht aus dem Hotel kommen sah, weil er sich in Nürnberg bei einer Schreinerei beworben hatte; vergeblich. Hat ihn sein Gefühl also wieder einmal nicht getäuscht … Als hätte der andere, der junge Bursche, nicht schon gereicht.

Schmidtill geht weiter, steht jetzt über dem zweiten Bogen der Brücke, unter dem die grünbraune Rednitz dahinfließt. Von hier kann er auf das Männer-und-Frauen-Zahlbad schauen, wo Emma gerne schwimmt. Schon oft hat er versucht, ihren muskulösen, fast weißen Körper in ihrem schwarzen Badeanzug zu erkennen. Aber die Entfernung war einfach zu groß. Würde er irgendwann wieder Arbeit haben, wird er sich ein Fernrohr kaufen, für schlechte Zeiten. Dann kann er, falls er sich den Eintritt ins Zahlbad wieder einmal nicht leisten kann, sie zumindest von hier aus bewundern. Aber vielleicht ist sie bis dahin auch schon seine Frau. Ständen da nicht ihr in der ganzen Republik bekannter Vater und seine Genossen im Weg, die so manch einen aus der SPD für eine mindestens genau so große Gefahr für die junge Demokratie hielten wie die Kommunisten und die Braunhemden. Aber vielleicht ist sie bis dahin auch Gumbrechts Frau, ha! Ob das dem alten Oerter besser gefallen würde?

Da tufft vom Fürther Hauptbahnhof der Adler heran. Schmidtill drückt seinen Bauch fest gegen das Geländer. Die überhitzte Lok passiert ihn, ihr Kohlequalm hüllt ihn ein. Der kühle Zugwind der Waggons. Die darinsitzenden Menschen, von denen er lediglich die Köpfe sehen kann. Die Kühle der Rednitz, die zu ihm heraufweht, verspricht Erleichterung, ein Ende der Sorgen. Er stellt einen Fuß auf das Geländer. Zögert. Dann kann er Emma im Zahlbad nicht mehr von der Männerseite aus beobachten. Wie sie die Blicke der Männer auf sich zieht. Wie sie ausgelassen wie ein Kind die Arme in die Luft wirft und hemmungslos im Wasser herumplanscht. Er sieht auf den dunkelgrünen Fluss, dessen kräuselnde Wellen ihn an ihren spöttischen Mund erinnern. Beugt sich nach vorne, spannt seine Waden an. Wenn er Emma schon nicht haben kann, dann …

Mit seinem letzten Geld hat sich Schmidtill eine Flasche Absinth gekauft und hinuntergekippt. So kampflos wird er nicht aufgeben. Wie immer, wenn es ihm schlecht geht, zieht es ihn in die Gustavstraße. Vielleicht, weil er Emma dort in seiner Nähe weiß. Vielleicht, weil er dort Menschen sieht, denen es genauso elend geht wie ihm, oder noch beschissener.

Betrunkene Süßwassermatrosen verschlägt es vom Nürnberger Hafen hierher auf der Suche nach einem Hauch von Zuhause auf einer warmen Haut. Geschäftsmänner, Kapitalisten aus der ganzen Welt, die die berühmten Fürther Spiegel kaufen und bis nach Venedig verschiffen, was die Venezianer natürlich vehement bestreiten würden, werden als Gäste der Spiegelfabrikanten zur Krönung des Geschäfts nicht selten in eines der Fürther Bordelle geführt.

Emma versteht nicht, wie er sich fühlt, wenn er sich den alten Schachteln, die nach Einsamkeit und Verwesung müffeln, an den Hals werfen muss. Er spricht es nie aus, dass er sich dabei fühlt, als würde er sich verkaufen. Das Lesen von Gedichten, die er aus der Leihbücherei ihres Vaters mit nach Hause nimmt, hilft ihm dann. Wie das Gedicht, von dem er nicht mehr weiß, wer es geschrieben hat. Darin ging es um Christen auf einem Schiff. Die ersten Zeilen hat er sich gemerkt:

Unser Leben ist ein Meer,
Die Begierden sind die Wellen,
Die sich grausamlich aufschwellen
Und uns werfen hin und her.

Jetzt beleuchtet der pralle Mond den wankenden Schmidtill schwach, als er sich an einem Poller neben dem Haus abstützt, um nicht umzufallen. An vielen Orten in Fürth sind sie angebracht worden, damit die Fahrer der Fuhrwerke, auf denen Glas, Holz oder Spiegel transportiert werden, keine Schäden an den Häusern hinterlassen. Schmidtill taumelt weiter über die breite Königstraße und taucht dann ab in die Dunkelheit, in den engen Durchgang unter dem Fachwerkhaus zur Waaggasse, hört Scherben klirren. Er muss zweimal hinsehen. Sich vergewissern, ob da wirklich zwei Typen in der Dunkelheit, an die Wand gedrängt, neben einem mannshohen Kerl stehen, ihn festhalten. Der eine stopft ihm etwas ins Maul.

Als Schmidtill den schweren Kopf wieder hebt, stehen die drei immer noch an der Hauswand, er hatte also keine Wahnvorstellung. »Friss die Scherben!«, zischt der eine. Ist das nicht der Kerl, der mit Emma vor der Fabrik und Wibbeler auf der Bank? »Maul auf!«, der andere. Der Dritte wehrt sich wie ein Berserker gegen das Mahl, als würden sie ihm Gift verabreichen wollen. Da schlägt der Festgehaltene den einen zu Boden. Der rappelt sich sofort wieder auf. Der stehen geblieben ist, hält dem Dritten die Nase zu. Schmidtill geht auf sie zu. Breitbeinig. Will dem Gepeinigten helfen. Der versucht sich loszureißen. Erst stärker, dann aber immer schwächer. »Lassst ihn iiinnn Ruuhhhe!«, lallt Schmidtill, holt aus, trifft einen der Schläger auf die Nase. Sie lassen von ihrem Opfer ab, das sackt auf dem Boden zusammen. Jetzt erst erkennt Schmidtill, dass der eine braune Uniform trägt. Schmidtill kippt jetzt auch um. Dass ihm das Büchlein *Die Sabotage* von Émile Pouget aus der Tasche rutscht, das er in Fritz Oerters Leihbücherei heimlich eingesteckt hat, bekommt er nicht mehr mit unter den Tritten der beiden Typen.

Denkschrift

Fürth

23. Juni 1922

»Da du ja meine Vertraute bist«, Georg strich ihr sanft über den Rücken, »tippe bitte diese Denkschrift ab. Und ...«,

Georg machte eine bedeutungsschwangere Pause, »... achte darauf, dass sie niemand sieht.«

Mit schwitzigen Fingern nahm sie das Papier und begann, es mit der Mercedes abzutippen. Georg ließ sie alleine.

»(Streng vertraulich) Zur Besprechung Oswald Spengler mit H. Sti.«, las sie wieder. Na, schau mal einer an. Das ist doch der Brief, den Georg im Hotel dabeihatte. Warum er wohl erst jetzt auf die Idee kommt, eine Kopie davon anzufertigen? Und warum benötigt er überhaupt eine Kopie? Ist etwas vorgefallen und er sammelt Beweise gegen Spengler? H. Sti.?

Es handelt sich um die ersten Schritte zu einer nicht öffentlichen Organisation der Rechtspresse.

Die beiden wichtigsten Gründe dafür sind:

1. Der wirtschaftliche Zusammenbruch der Zeitungen, der schon ein Drittel erfasst hat und nach Angaben der Zeitungsverleger auf ihrer letzten Tagung bis Oktober ein weiteres Drittel erfassen wird (vertraulich). Als Gegenmittel sind weitgehende Ringbildungen mit Zusammenlegung des Außendienstes und des redaktionellen Betriebs in Entwicklung begriffen.

2. Die dringende Notwendigkeit, eine einheitliche Taktik den politischen und wirtschaftlichen Ereignissen gegenüber zu erreichen. Bis jetzt waren die einzelnen Redaktionen auf sich angewiesen und ihre Haltung demnach lediglich der Ausdruck persönlichen Ehrgeizes, akademischer Weltfremdheit oder vollkommener Hilflosigkeit gegenüber den eigentlichen Aufgaben des politischen Journalismus.

Es ist einerseits beabsichtigt, die Redaktionen in immer engere Fühlung zu bringen, wozu schon wesentliche Schritte geschehen sind, und andererseits eine materielle Stützung derjenigen Presse vorzunehmen, die höheren politischen Aufgaben und Gesichtspunkten gewachsen ist.

Handschriftlich hatte Spengler noch vermerkt: »Inzwischen ist durch die offenkundige Absicht der Linksradikalen und der Regierung, die nationale Presse zu zerstören, die Gefahr ungeheuerlich geworden.«

Emma war eine sehr sorgfältige Sekretärin. Auch wenn sie dazu nicht extra aufgefordert worden war, legte sie ein Kohlepapier und ein zweites Blatt in die Maschine, bevor sie zu tippen begann. Als Georg zurückkam, hatte sie den Durchschlag sicher in ihrer Arbeitstasche bei ihrer Jausenschachtel verstaut.

Georg nahm ihr die Kopie der Denkschrift ab und ging in sein Büro. Sie hörte, wie er den Schlüssel in den Safe schob, ihn auf- und dann wieder abschloss.

Brief Escherich an Spengler
Isen, 23.6.1922

Sehr verehrter Herr Dr. Spengler!

Haben Sie herzlichen Dank für das mir zugegangene Material zu meinem Vortrag »Der Bauer und der Landfriede«. Ich werde versuchen, die darin enthaltenen wertvollen Gedanken noch in mein fertiges Konzept einzuarbeiten.

Sehr wird es mich freuen, wenn Sie mit Prof. Cossmann nächste Woche hierherkommen. Ich schlage Ihnen den Mittwoch oder Donnerstag vor und bitte um möglichst baldige Mitteilung, um danach meine weiteren Reisedispositionen treffen zu können …

Mit den besten Grüßen, denen sich auch meine Frau anschließt, bin ich Ihr sehr ergebener Escherich

Reichstag, 233. Sitzung
Freitag, den 23. Juni 1922

Präsident: Das Wort hat der Herr Abgeordnete Dr. Helfferich (D. Nat.)

Dr. Helfferich, Abgeordneter: Meine Damen und Herren! Die Tagesordnung, die seit vorgestern den Reichstag beschäftigt, ist ein ernstes Dokument deutscher Not. Sie bezieht sich auf die Fronarbeit, die das deutsche Volk leisten soll, neue Drohungen, neue Diktate und neue Demütigungen.

Deutschlands ganzer Jammer muss jeden erfassen, der vorgestern die Ausführungen mit anhörte. Da reihte sich ein Notschrei an den andern, einer dringender als der andere. Da folgte eine Anklage auf die andere, eine wuchtiger als die andere, Anklagen gegen diejenigen, die das Selbstbestimmungsrecht der Völker, die Demokratie und die Völkerversöhnung als Mittel einer gleisnerischen Verführungskunst missbrauchten und mit diesen großen Worten ungezählte Deutsche verwirrten und betörten, gegen diejenigen, die jetzt gegenüber dem deutschen Volke nichts kennen als schrankenlose Willkür, brutale Tyrannei, Verachtung und Hass, Vernichtungswillen und Zerstörungswut.

(Sehr richtig! bei den Deutschnationalen. – Zurufe von der äußersten Linken.)

Da trat aus allen den Misshandlungen, die man uns heute ungestraft antun darf, das Bild des geachteten und gefürchteten deutschen Kaiserreichs vor unsere Augen,

(Sehr gut! rechts – Unruhe und Zurufe auf der äußersten Linken)

das Glück unserer Vergangenheit und die Sehnsucht unserer Zukunft,

(lebhafter Beifall rechts – andauernde Zurufe und Widerspruch links)

das Bild des deutschen Kaiserreichs, das die Macht hatte, sein Recht zu schützen, das Bild des deutschen Kaiserreichs, das weniger als irgendein anderer großer Staat der Welt seine Macht missbraucht hat, um das Recht anderer zu beugen,

(Sehr richtig! rechts; Zurufe links)

das Bild des deutschen Kaiserreichs, dessen Macht Jahrzehnte hindurch der stärkste, sicherste Hort des Friedens und gesegneter Arbeit war.

(Sehr wahr! und Bravo! rechts. – Gegenrufe links.)

– Die Herren, die hier widersprechen, möchte ich doch bitten, sich etwas in die Dokumente zu vertiefen, die das Auswärtige Amt jetzt veröffentlicht hat.

(Sehr richtig! rechts.)

Diese Dokumente sind ein monumentales Denkmal des Friedenswillens Deutschlands,

(Sehr richtig! rechts.)

ein monumentales Denkmal des Friedenswillens des Mannes, von dem Sie, meine Herren (nach links), der Welt immer nur die Kürassierstiefel gezeigt haben!

(Sehr wahr! bei den Deutschnationalen.)

Sie sind ein monumentales Denkmal des Friedenswillens eines Bismarck, der turmhoch über den impotenten Friedensbewegungen steht, denen Sie heute das Wort reden.

(Zurufe links.)

Die aufrichtigen und einsichtigen Friedensfreunde der Welt hätten alle Veranlassung, Jahr für Jahr in Friedrichsruh am Grabe des Fürsten Bismarck einen Kranz von Lorbeer und Palmen niederzulegen.

(Beifall rechts. – Abgeordneter Malzahn (USPD): Sie sind wohl verrückt! Glocke des Präsidenten.)

Wenn uns etwas aus der Vergangenheit und aus der Hoffnung für die Zukunft herausriss und wieder mitten in die rauhe Gegenwart stellte, wenn uns irgend etwas die Not und das Elend der Gegenwart doppelt und dreifach fühlbar machte, dann war es das Schriftstück, das der Herr Minister des Auswärtigen in Beantwortung der Interpellationen hier vorgelesen hat. Auch dieses Schriftstück ist in seiner ganzen Nüchternheit ein furchtbares Dokument der Anklage.

(Sehr richtig! rechts.)

Was in diesem Schriftstück zugegeben und bestätigt, was in ihm noch über die von den Interpellanten vorgebrachten Tatsachen hinaus festgestellt wurde, das ist schlechthin erschütternd für jeden, der noch ein deutsches Herz in der Brust hat; ich hoffe, auch erschütternd für das Ausland, soweit es sich noch ein objektives Urteil und ein menschliches Gefühl bewahrt hat. Wir danken dem Herrn Minister des Auswärtigen für diese Feststellung. Aber es gibt Augenblicke, in denen auch ein Minister des Auswärtigen von dieser Gabe keinen Gebrauch machen sollte. Vorgestern war ein solcher Augenblick. Deshalb kann ich – es liegt keine persönliche Spitze in dem, was ich sage – kein Verständnis für die, ich will einmal sagen, mehr als abgeklärte Art der Kritik des Herrn Ministers an den Zuständen finden, an diesen Zuständen, die zum Himmel schreien …

(Abgeordneter Crispien (USPD): Ein unverschämter Hetzer sind Sie!)

– Die »Unverschämtheit« ist bei Ihnen schon längst ein parlamentarischer Ausdruck, deswegen sei Ihnen das Wort gestattet. Der Minister hat den letzten Teil seiner Ausführungen eingeleitet mit den Worten: »Das Bild, das ich Ihnen entrollen durfte – entrollen durfte! –, ist kein erfreuliches.« – Bei Gott, die Limonade ist matt! Nein, das Bild ist nicht nur kein erfreuliches; es ist ein empörendes und herzzerreißendes und zum Himmel schreiendes Bild der Leiden eines deutschen Volksteils, der sich im wörtlichsten Sinne des Wortes verraten und verkauft fühlt.

(Lebhafte Zustimmung bei den Deutschnationalen. – Große Unruhe und Zurufe links: Die Früchte Ihrer Politik!)

– Das Schamgefühl scheint hier keinen Platz mehr zu haben.

(Andauernde lärmende Zurufe links. – Glocke des Präsidenten.)

Wenn ich das Wort »verkauft« und »verraten« ausgesprochen habe, so habe ich das aus bestimmten Gründen getan. Ich erinnere an den schändlichen Betrug – und stelle ihn für diejenigen, die ihn noch nicht kennen, fest –, der bei den Vorverhandlungen von Versailles von der französischen Regierung begangen worden ist.

(Abgeordneter Müller (SPD): Die ganze Erregung ist vor dem Spiegel einstudiert! – Pfui-Rufe bei den Deutschnationalen. – Erneuerte Rufe von den Sozialdemokraten: Einstudierte Geste! – Gegenrufe von den Deutschnationalen: So etwas wie Müller ist mal Reichskanzler gewesen!)

– Ich antworte nicht; denn die Verachtung hat keine Worte.

(Sehr gut! bei den Deutschnationalen.)

Meine Damen und Herren! Die Verpflichtung, die, wenn auch in bedingter Form, übernommen worden ist, ist nach meiner Ansicht helllichter Wahnsinn, ist mehr als das, ist ein Verbrechen.

Es ist eine Schamlosigkeit, wenn Nationen, die für eine solche Verschwendung verantwortlich sind, von dem ausgesaugten deutschen Volke Sparsamkeit verlangen und eine Sparsamkeitskontrolle hier herschicken wollen.

Die Schweinerei wird nun doch bald zu groß! Da kann ich nicht mehr mit! Wir wünschen, dass auch die deutsche Regierung ein deutliches Wort über diese Schamlosigkeit findet, von der ich eben gesprochen habe. Wir wünschen, dass auch die deutsche Regierung dazu beitragen möge, die Welt, an deren Urteil ihr doch so viel liegt, darüber aufzuklären, nicht nur in Denkschriften, die draußen niemand liest. Sondern mit einem offenen, freien Worte aus dem Munde des höchsten Beamten des Deutschen Reichs.

(Sehr richtig! rechts.)

Wir wünschen, dass die Welt darüber aufgeklärt wird durch den deutschen Reichskanzler, wer in Deutschland verschwendet und wo in Deutschland zu sparen ist, wer von dem Mark des deutschen Volkes zehrt und wer von dem Lasttier, dem man das

Futter entzieht und das Blut abzapft, verlangt, dass es Lasten trage, wie sie in der Welt noch nie gesehen worden sind.

(Lebhafte Zustimmung rechts.)

Und wir verlangen nicht nur das Wort, – wir verlangen auch die Tat.

Meine Damen und Herren! Solange der Eindruck in der Welt besteht, dass man mit dem Finger am Abzug von einer deutschen Regierung alles erreichen kann, so lange gibt es keine Rettung. Der Weg zur Rettung wird sich uns zeigen, wenn eine deutsche Regierung da ist, die gegenüber dem Unerfüllbaren Rückgrat zeigt. Die Rettung wird kommen, wenn die Welt begriffen hat, dass sie es in Deutschland wieder einmal – lassen Sie mich das mit einem Wort zusammenfassen – mit Männern zu tun hat!

(Stürmischer anhaltender Beifall rechts. – Lärm links. – Erneuter Beifall rechts. – Händeklatschen auf den Tribünen.)

Unter Verdacht

Fürth, Mittelfranken

23. Juni 1922

Gegen sieben machte sich Emma auf den Nachhauseweg und malte sich aus, was das, was in der Denkschrift stand, für Folgen haben würde: für die Menschen, die Zeitung lasen, für die Arbeiterinnen, aber auch für Max, Vati und Mutti. Als sie am Grünen Baum in die Fischergasse einbiegen wollte, wäre sie fast in eine Kutsche mit Bierfässern auf dem Anhänger gelaufen, die über die Gustavstraße rappelte. Der Kutscher pfiff, riss sie aus ihren Überlegungen und sie konnte gerade noch zur Seite springen. Am windschiefen Häuslein von Vatis Leihbücherei brannte kein Licht mehr, was Emma nicht verwunderte. Vati war die letzten Tage von morgens bis abends unterwegs gewesen, um seine Genossen im Arbeitskampf in der Spiegelfabrik zu unterstützen. Sie wollten mehr Geld und diskutierten seit Tagen, wie sie es taktisch am besten angehen sollten, welche Kampfmethoden sie wählen sollten. Emma hatte lediglich davon gehört, weil sie Nanni und Vati belauscht hatte. Es war nur noch eine Frage der Zeit, bis der Arbeitskampf losging. Aber wie sah der aus: Streik? Oder sogar Attentate wie auf Frick in den USA durch den Freund von Emma Goldman? Und wie sollte sie sich dann stellen, wo sie doch einerseits Trude und Vater nur zu gut verstehen konnte? Doch Gewalt, das ging gar nicht.

Sie bog in die Pfarrgasse ein. Sah am engen Eck, wo es links zum Haus ging, in dem sich ihre Dachgeschosswohnung befand, einen gebeugten Schatten stehen: Vater! Er rief etliche Male nach der Nanni, dass sie ihm aufsperren solle, aber Nanni schien ihn nicht zu hören. Als Emma herantrat, kam auch die alte Nachbarin, Angela Hucke, um die Ecke geschlichen und raunte ihm zu: »Nehmen Sie sich in Acht, Herr Oerter, an der vorderen Haustür stehen Schutzleute und warten auf Sie, die wollen Sie verhaften.« Verhaften? Plant Vati jetzt wirklich ein Attentat?, dachte Emma.

»So«, sagte Oerter zur Hucke, »das ist ja ganz interessant, was Sie da sagen. Ich danke Ihnen. Wir wollen einmal sehen, was da los ist.« Emma war erstaunt, wo ihr Vater seine Ruhe hernahm. Er humpelte das enge, langgezogene Trepplein in die Straße am Ufer der Rednitz hinunter, genannt Brunnsgässla, nach seiner Funktion und seinem Geruch. Ihr fielen die Kopien der Denkschrift in ihrer Tasche wieder ein, die die Polizei besser nicht finden sollte … Also rannte sie zurück, die Pfarrgasse entlang. Hastig öffnete sie die Tür zur Leihbücherei und zwängte sich hinein.

Dort zog sie *Im Nebel* von Leonid Andrejew heraus und versteckte die Abschrift darin. Dann wetzte sie den Berg hinunter in die Untere Pfarrgasse, zum Vordereingang ihrer Wohnung. Auch aus verschiedenen Hausfluren in der Nähe guckten Polizeihelme. An der vorderen Haustür stand ein Polizist.

»Ja, was gibt es denn da?«, fragte ihr Vater.

»Sind Sie Herr Oerter? Zu Ihnen muss ich«, sagte ein Kriminaler in Zivil.

»Guter Mann, ich komm ja selber nicht zu mir, ich habe ja keinen Schlüssel und bin mit Ihnen ausgesperrt.« Und wieder brüllte Oerter: »Nanni!« Endlich hörte sie und sperrte auf. Oerter und die Polizisten kletterten stumm in die Dachwohnung hinauf.

»Sie haben heute Nachmittag Besuch gehabt«, behauptete der Schandi.

»Ich weiß es nicht«, sagte Oerter, »denn ich bin seit Mittag nicht heimgekommen.«

»Herr Oerter«, sagte der Kriminaler ernst. »Sie werden sowohl verdächtigt, Brot als Mittel der Sabotage mit Glassplittern verunreinigt zu haben, als auch des Sprengstoffschmuggels. Wenn Sie uns sagen, um wen es sich bei dem Mann gehandelt hat, kann sich das für Sie günstig auf Ihr Strafmaß auswirken.«

»Welches Strafmaß?«, fauchte Oerter.

»Sabotage mit Glasscherben? Sprengstoffschmuggel?«, fragte Emma.

»Emma, halte dich da bitte raus«, sagte Nanni.

»Das ist doch erfunden und erlogen!«, sagte Oerter. »Nur weil ich Anarchist bin, bin ich doch nicht gleich ein Bombenleger. Ich sage ab sofort überhaupt nichts mehr.« Oerter verschränkte die Arme und sah zu Boden.

»Das wird Ihnen auch nichts helfen«, sagte der Kriminaler und winkte zwei Schutzleute herbei. »Abführen!«

Sabotage

Fürth

24. Juni 1922

Schmidtill kann immer noch nicht glauben, dass er das getan hat. Seine zugeschwollenen blauen Augen will er dennoch nicht reiben, sie würden sonst noch mehr brennen. Reicht schon, dass ihn ein Genosse frotzelt: »Siebenschläfertag, oder was?«

Vorgestern war er noch abgestürzt, wollte sich das Leben nehmen, war in eine Schlägerei verwickelt. Irgendetwas tief in ihm drin sagt ihm, dass er dem Malträtierten sogar geholfen, die Schläger – und Mörder? – in die Flucht geschlagen hat. Und dass ihm einer von ihnen verdammt bekannt vorgekommen ist. Zum Teufel!

Und dann hat er sich bei Gumbrecht beworben, der ihn noch am selben Tag einstellte. Der vermaledeite Sohn Schachtel nahm ihn noch im Flur der Spiegelfabrik zur Seite. Interessanterweise mit einem blauen Auge. Hat sich Schmidtill doch nicht getäuscht und war Schachtel es gewesen, der dem Arbeiter Scherben ins Maul gestopft hat? Aber bevor er weiter darüber nachdenken kann, stellt Schachtel eine Forderung auf. Ja, so waren sie, die Kapitalisten. Als würde es noch nicht ausreichen, dass er, Schmidtill, seine Lebenszeit verkaufen musste, um überleben zu können. Er müsse auch noch einen Stein in eine Villa an der Hornschuchpromenade werfen, hat Schachtel gefordert, sonst könne er gleich wieder kehrtmachen. Vermutlich in eine Villa, die einem von Gumbrechts Konkurrenten gehört.

Jetzt steht er hier: in Lohn und Brot als Schreiner bei Gumbrecht. Die Stimmung unter den Arbeitern ist wegen des bevorstehenden Streiks angespannt. Denkt Schachtel, er hätte ihn jetzt doppelt in der Hand? Und Schmidtill würde als Streikbrecher arbeiten?

Die Sägen, mit denen die Holzrahmen für die Spiegel zurechtgeschnitten werden, kreischen nur noch lauter durch sein Gehirn. Da sieht Schmidtill durch die Glasscheibe, wie sich eine dralle Arbeiterin im Saal nebenan umschaut. Ein Fläschchen aus ihrem Kittel nimmt, es öffnet. An die Zahnräder der Maschine anlegt. Hebt und senkt. Als würde sie etwas daraus hineinleeren. Und weiterarbeitet, als wäre nichts geschehen. So plump, dass er kaum anders kann, als es zu sehen? Soll das eine Prüfung sein? Ob er ein Klamphaferl ist, der eine Genossin verpetzt? Auf der anderen Seite weiß er nicht einmal, ob sie überhaupt eine Sozialdemokratin ist. Sie kann ebenso gut eine Kommunistin oder Syndikalistin sein. Aber eine Sozialdemokratin sabotiert sicherlich nicht den eigenen Betrieb …

Er scheint zu lange unentschlossen gestarrt zu haben, plötzlich steht der Vorarbeiter neben ihm und fragt: »Schmidtill, was gibt's?«

»Ich, ähhh … wollte nur …«

»Ja?«

»Weil ich nicht weiß …«

»Ah, wegen der Versammlung nachher. Im Hof.«

»Genau.« Schmidtill nickt, obwohl er unsicher ist, was der Vorarbeiter meint.

»Der Gumbrecht wird's allerdings ned gern sehen. Erst holt er dich von der Straße und dann streikst …«

Da kommt ein dicker, kleiner Mann mit Anzug und Krawatte auf Schmidtill zu und winkt ihn stumm mit sich. Bernhard Kirst, die rechte Hand von Georg Gumbrecht. Der gleiche Mann, der auch beim Bewerbungsgespräch mit dabei war.

Kaum hat sich Kirst umgedreht, rümpft der Vorarbeiter die Nase und spuckt aus. Die Arbeiterinnen, die die Szene mitbekommen hatten, glotzen herüber. Manche mit offenkundiger Abscheu, andere sehen sofort wieder zu ihrer Maschine oder zu Boden, als der Anzugträger ihre Blicke erwidert.

Schmidtill folgt Kirst. Bei jedem Schritt sticht seine Rippe, wird die Luft knapp. Aber er kann an seinem ersten Arbeitstag nicht schon krank sein. Also beißt er die Zähne zusammen und steigt Kirst stumm hinterher die Metalltreppe hinauf. In den Teil, wo sich die Verwaltung befindet. Oben angelangt, dreht er sich um. Die Arbeiterin steht immer noch vor der rauchenden Maschine. Schaut ihm hinterher.

Kirst führt ihn den Gang hinunter, aus dem Sichtfeld der Fabrikarbeiter. Öffnet eine Tür. Zigarettenqualm schlägt ihm entgegen. Durch den Rauch kann er nur schlecht erkennen, wer dort alles um den Tisch sitzt. Ein Dutzend Männer, Arbeiter. Jeder hat einen Krug und einen leeren Teller vor sich stehen. Da riecht Schmidtill das gebratene Fleisch: Schäufele. Das ist wohl ein Marionetten-Betriebsrat, denkt er.

»Darf ich vorstellen, Max Schmidtill.«

Schmidtills Magen knurrt.

»Servus!«, tönt es aus dem Grau.

»Er hat nicht nur Hunger mitgebracht …« Die Männer lachen. Max spürt, wie er rot wird, und ist froh über die Mauer aus Rauch zwischen sich und den Männern.

»Ein Genosse und Mitglied des Allgemeinen Deutschen Gewerkschaftsbundes.«

Woher weiß der das bloß?, denkt Schmidtill. Seine Knie werden weich. Kirst schlägt ihm vermeintlich kameradschaftlich auf den Rücken. Er spürt jeden Schlag dieser Nacht noch einmal. Am liebsten würde er vor Schmerz laut aufschreien.

»Genosse?«, stänkert ein breitschultriger Mann mit Ballonmütze und aufgekrempeltem Hemd, dessen Teller als einziger noch gefüllt ist: mit Klößen und Schweineschulter. »Wer hat uns verraten?« Ein Kommunist, denkt Schmidtill.

»Bitte setz dich«, sagt Kirst, zieht einen Stuhl heraus und drückt Schmidtill mit sanfter Gewalt nach unten. »Essen wird überbewertet.«

Kirst setzt sich ebenfalls und zündet sich eine Zigarre an. Schmidtill muss husten. Sein Magen knurrt wieder.

»Schmidtill würde sich gerne in den Betriebsrat einbringen und die junge Demokratie stärken ...«

In was bin ich da bloß hineingeraten?, denkt Schmidtill.

»Und da Henrik Hühn ja leider von uns gegangen ist ...«

»Ja, leider ...«, tönt der Kommunist.

Einer mit Seitenscheitel springt auf und geht ihm an die Gurgel. »Halt dein verdammtes rotes Maul!«

Wibbeler!

Kirst trennt Wibbeler und den Kommunisten. »Wenn ihr nicht aufhört, dann verweise ich euch beide der Fabrik.«

Grummelnd setzen sie sich wieder. Der Kommunist zündet sich eine Zigarette, Wibbeler eine Pfeife an.

»Also, Schmidtill würde gerne bei uns mitarbeiten. Lasst uns darüber abstimmen ...«, sagt Kirst.

Schmidtill überlegt, ob er einwerfen soll, dass der Betriebsrat ja wohl von den Arbeitern gewählt wird – und dass er überhaupt gar nicht die Absicht hat, sich zur Wahl zu stellen. Was wird hier gespielt? Wenn ich mich schon von Schachtel zum Steinewerfen einspannen lasse, kann ich auch Marionette im Betriebsrat sein – aber will ich das überhaupt? Ich bin doch ein Arbeiter und kein Knecht!

Die Gedanken ziehen ihm förmlich die Energie aus dem eh schon von der Schlägerei geschwächten Körper. Er seufzt laut auf. Und vor allem bin ich noch viel zu lädiert für einen klaren Gedanken ... Trotzdem öffnet er den Mund, um zu widersprechen, da wiederholt Kirst:

»Wer ist dafür, dass Max Schmidtill vom ADGB Mitglied wird?«

Alle bis auf Wibbeler und den Kommunisten heben die Hand.

»Schön«, sagt Kirst, und alle bis auf die zwei klatschen.

»Herzlich willkommen. Und nun an die Arbeit. Ich habe gehört, es soll gleich bei einer Versammlung über den Streik abgestimmt werden.«

Die Männer stehen auf.

»Und du bleibst bitte noch kurz bei mir, Schmidtill.«

Beim Hinausgehen rempelt ihn Wibbeler an, Kirst lässt ihn kommentarlos gewähren.

Schmidtill bleibt stehen, kommt nicht umhin, auf den verbliebenen Teller mit Essen zu glotzen. »Setz dich und lass es dir schmecken.«

Schmidtill lässt sich nicht zweimal bitten. Er verschlingt die kalten Klöße und das nicht weniger kalte Schäufele, das wie ein schlecht Geräuchertes schmeckt.

»Lieber Schmidtill«, Kirst setzt sich neben ihn. »Du weißt, dass durch den Arbeitskampf harte Zeiten bevorstehen.«

»Freilich!«

»Das Problem sind die Syndikalisten, die Anarchosozialisten, die Hyänen des Schlachtfeldes. Die warten nur darauf, dass unsere Einheit Schwäche zeigt.«

Schmidtill hat jetzt auch den zweiten Kloß verdrückt, sieht sich nach Bier um.

»Die schaden der ganzen Arbeiterklasse.« Kirst knallt ein Stück Papier auf den Tisch. »Hier, von der Polizei.«

»Die Freie Arbeiter-Union Deutschland FAUD verfügt über eine Truppe von Radfahrern, die mit Fläschchen voller Salzsäure ausgerüstet ist, um Terrorakte in Fabriken zum Zwecke der Sabotage zu vollziehen«, liest Schmidtill.

Und denkt: Die Polizei warnt schon die Fabrikbesitzer, und die von der FAUD agieren noch so plump offensichtlich? Was ist da los? Ist die Frau mit dem Fläschchen an der Maschine ein Agent provocateur?

»Ich würde sagen, du sorgst für die Entlassung der syndikalistischen Rädelsführer …« Kirst reicht ihm einen Krug und eine Bierflasche, köpft den Verschluss, der laut aufploppt, und schenkt ein. »… oder es gibt eine Stilllegung des Betriebes, dann werden die FAUD-Mitglieder automatisch entlassen.«

Schmidtill nimmt einen großen Schluck, wischt sich den Schaum vom Mund.

»Warum?«

»Weil sie nicht organisiert sind.«

Schmidtill rülpst hinter vorgehaltener Hand.

»Sind sie doch.«

Kirst schlägt ihm mit der flachen Hand auf den Hinterkopf, dass Schmidtill sich verschluckt.

»Aber eben nicht im ADGB.«

»Ähhh … ich weiß nicht.«

»Aber ich weiß.«

»Sowas mache ich nicht.«

»Aber einem Nazi Glasscherben ins Maul stopfen und ihn totprügeln schon?«

Schmidtill zuckt zusammen. »Was?«

Und denkt: Was soll ich getan haben? Und woher will der das wissen?

Und sagt: »Was hab ich … was soll ich? Wann? Wovon redest du? Ich …«

Was ist in dieser Nacht nur passiert, denkt Schmidtill, was habe ich nur getan im Suff? Auf Absinth?

»Du möchtest wissen, wie du die Syndikalisten erkennst?«

Schmidtill nickt zögerlich.

Mord
München
24. Juni 1922

Am Morgen erwachte Spengler angewidert von der Welt.

Der Mensch ist ein Raubtier. Ich werde es immer wieder sagen. All die Tugendbolde und Sozialethiker, die darüber hinaus sein oder gelangen wollen, sind nur Raubtiere mit ausgebrochenen Zähnen.

Ohne sich zu waschen oder umzuziehen, zog er seinen Mantel über und setzte sich an den Schreibtisch. Nahm Zeichenblock und Bleistift zur Hand. Spitzte Letzteren mit einem scharfen Messer, rutschte ab. Blut tropfte auf das Papier. Er drückte sich ein Taschentuch auf den Finger, verschnürte es ungeduldig mit zitternden Händen.

Der Stuhlgang trieb Spengler aufs Klosett. Wieder Blut auf dem Papier. Dass es von der Wunde an seinem Finger stammen könnte, auf diesen Gedanken kam er nicht. In der Küche rauschte das in den Flötenkessel strömende Wasser und verstärkte den schmerzvollen Druck auf seinen Kopf und das Ziehen in seinem Nacken. Er setzte den Filter auf die Kanne, blickte an den enger zulaufenden Rillen in die braun gefärbten Löcher und verschloss sie schnell mit Melitta-Filterpapier. Der Aluminiumgriff des Kaffeemaßes fühlte sich im Gegensatz zum Bakelitgriff des Filters seltsam kalt an. Darum legte er ihn kurz zur Seite. Öffnete die Kaffeedose, hielt sie an die Nase und sog den köstlichen Duft tief ein.

Das Haus ist ein Symbol des Lebensgefühls, Gehäuse des Lebens.

Spengler schaufelte Löffel um Löffel Kaffee in den Filter, bis dieser bis knapp unter den Rand mit braunem Pulver bedeckt war. Als der Wasserkessel pfiff, brühte Spengler den Kaffee auf.

Die letzten Töne von Beethovens Streichquartett A-Dur op. 18 Nr. 5 waren verklungen. Spengler setzte den Tonarm des Grammophons zurück. Er streifte seinen Mantel ab, hängte ihn an die Garderobe und sah nach draußen. Wolkenfetzen schlichen über den Münchner Himmel wie ungare Gedanken. Eine Rabenkrähe pickte auf unsichtbare Würmer unter der Rinde der Rotbuche vor dem Haus. Er sah auf die Uhr: 11:30 Uhr. Seine Haushälterin dürfte demnächst eintreffen und das Essen bereiten, er musste sich sputen, dass er ihr nicht über den Weg lief. Da läutete es an der Tür, ein Telegramm:

Rathenau hat Kurswechsel in Reparationszahlungen angekündigt = Stinnes

»Stinnes, altes Schlitzohr!«, schrie Spengler laut auf, dass er vor seiner eigenen Stimme erschreckte. Hatte er es doch tatsächlich geschafft, bei dem gestrigen Essen mit dem amerikanischen Botschafter Rathenau von seiner Erfüllungspolitik abzubringen, damit das deutsche Volk nicht weiter mit den Reparationszahlungen des Versailler Vertrages geknechtet wird.

Spengler zog sich an und ging die Treppe hinunter, trat auf das Trottoir, wollte die Straße überqueren, übersah das Automobil. Es stoppte, der Fahrer mit der Lederhaube hupte wütend, fuhr langsam weiter.

Auf mich wirkt diese ganze geistige Gegenwart wie eine häßliche Dezemberlandschaft, Schmutz, Schnee, Dunst, Kälte, ein paar Krähen verdrossen auf kahlen Ästen. Ich beneide das anspruchslose Volk, das heute in Konzert, Theater, Zeitschrift, Ausstellung sich Kunst und Literatur vormacht. Dergleichen gibt es längst nicht mehr.

Wie jeden Tag spazierte er mit abweisendem Gesichtsausdruck durch Schwabing. Eine Gruppe Studenten stieß sich ehrfürchtig an: »Da kommt der Untergang des Abendlandes.« Widmete sich aber dann sofort wieder ihrem Gespräch. *Was für ein Gefühl mich vor allem bei der Ausarbeitung des »Untergang des Abendlandes« beherrscht hat – es war der Ekel vor dieser prosaischen Arbeit, etwas, das für mich feststand, für andre in dieser unsagbar langwierigen und langweiligen schriftlichen Manier verständlich zu machen. Mit jemand darüber sprechen – nicht mit jedem – ist ein Genuß. Dadurch wird es sogar besser, klarer, abgerundeter.* Escherich treffen? Der weilte in Berlin im Hotel Kaiserpalast mit Kahr, Hindenburg und anderen. *Die Gedanken in dem Augenblick, wo sie kommen, aufs Papier werfen und es dabei bleiben lassen, ist auch ein Genuß. Man fühlt sich befreit und gehoben. Aber das: aus diesen Notizen etwas zusammenstellen, ist eine Sklavenarbeit. Und – es wird alles dabei schlechter. Ich habe nichts weniger als Stolz empfunden, als ich zu Ende war. Nur ein Gefühl des Glücks, daß ich es endlich hinter mir hatte.*

Deutschlands berühmtester lebender Philosoph hatte sich bereits daran gewöhnt, auf der Straße erkannt zu werden. Doch heute herrschte eine seltsame Aufregung. Grüppchen von Menschen standen beisammen. Da ein Krüppel mit einer Dienstmagd. Dort Veteranen in Uniform. Sie alle tuschelten aufgeregt, schienen das Frühlingswetter nicht genießen zu können. Da entdeckte er den Anschlag der *Münchner Neuesten Nachrichten* an einer Litfaßsäule. Musste ganz nah hingehen, zwickte die bei der Niederschrift vom *Untergang des Abendlandes* im Kerzenlicht geschädigten Augen zusammen:

Minister Dr. Rathenau erschossen.

Verdammt! Stinnes war doch in der Nacht noch zu Beratungen mit ihm zusammengesessen! Spengler las weiter:

Berlin, 24. Juni (eigene Drahtmeldung)

Minister Rathenau ist heute Vormittag auf dem Wege von seiner Villa in Grunewald, Königsallee 65, nach dem Ministerium des Äußeren erschossen worden.

Der Mörder saß in einem Auto und gab aus diesem im Vorüberfahren den tödlichen Schuss auf den Minister ab. Der Mörder ist mit seinem Auto entkommen.

Nähere Mitteilungen im heutigen Abendblatt der *M.N.N.*

Spengler musste nicht lange überlegen. In rechtsnationalen Kreisen wusste man längst, dass die Organisation Consul durch Attentate die Republik erschüttern und einen linken Aufstand hervorrufen wollte. Bei Scheidemann hatten die Dilettanten versagt, weil der sie in das Pistolenfeuer hatte schauen lassen. Er sah sich um. Am Baum lehnte ein Mann, der in einer Zeitung blätterte. Es konnte sich um einen Polizeispitzel handeln. Und auch das Pärchen auf der Bank konnte sich zur Tarnung umarmen.

Bis heute Abend konnte Spengler nicht warten auf das Abendblatt der *Neuesten Nachrichten.* Er kramte in der Hose seines Anzugs nach Kleingeld. Ausnahmsweise kaufte er dem *Vorwärts*-Verkäufer mit seiner albernen Ballonmütze eine Ausgabe ab. »Rathenau ermordet!«, stand darauf in dicken Lettern. Danach folgte ein detaillierter Tathergang, den Spengler lediglich überflog. Er wollte wissen, ob dieser liberale Schwächling noch etwas ausgesagt hatte über seine Zusammenkunft mit Stinnes in der Nacht vorher oder nicht. Daraus resultierte, wie sie sich die nächsten Tage zu verhalten hatten.

Um ½ 12 Uhr teilte der Reichskanzler den in der Wandelhalle des Reichstages versammelten Abgeordneten mit, daß vor etwa einer Stunde der Außenminister Dr. Rathenau ermordet worden sei.

Als Dr. Rathenau heute Morgen sein Automobil vor seinem Hause in der Königsallee in Grunewald bestiegen hatte, näherte sich von entgegengesetzter Seite ein elegantes Privatautomobil, das den Wagen des Ministers bis zur Königsallee, Ecke Wallotstraße, verfolgte.

Hier überholte das Privatautomobil, in dem sich drei Leute mit dunklen Brillen befanden, das Automobil des Ministers.

In demselben Augenblick, in dem das Auto in die Wallotstraße einbog, erhob sich einer der bebrillten Leute und warf eine Handgranate in das Auto des Ministers. Die Granate explodierte, Rathenau richtete sich einen Augenblick auf und brach dann zusammen. Der Chauffeur fuhr mit dem sterbenden Minister sofort in dessen Wohnung zurück, während einige Passanten die Verfolgung des flüchtigen Autos aufnahmen.

In der Wandelhalle des Reichstags sind die deutschnationalen Abgeordneten nicht zu erblicken. Sie haben sich zurückgezogen, um den Verwünschungen und Drohungen der übrigen Abgeordneten zu entgehen.

Über die Täter ist Näheres noch nicht bekannt.

Massen, haltet euch bereit!

Zu Hause zog Spengler seinen Mantel aus und seinen alten Hausmantel an. Dann setzte er sich an seinen Schreibtisch, holte Briefpapier hervor und tunkte die Feder in die Tinte. Um kurz darauf auch schon wieder innezuhalten. Was, wenn die Post überwacht wurde? Alle rechtsnationalen Kreise waren nun in Verdacht, in den Mord an Rathenau verwickelt zu sein.

Weil er keine Ruhe fand, schlug er den *Vorwärts* erneut mit spitzen Fingern auf, als hätte er etwas Schmutziges in den Fingern. Und er glaubte kaum, was er da las: »Gesammelte Reaktion in Berlin versammelt.«

Woher bitte …

Sehnsucht

Fürth

24. Juni 1922

Eigentlich wollte Georg Emma mit ihrem Koffer wieder an der Stadtgrenze abholen. Sie hatten zehn Uhr vereinbart, er wollte nicht zu spät an ihrem Ziel ankommen, das er vor ihr bis zuletzt geheim gehalten hatte. Vielleicht, weil er wusste, dass sie es liebte, überrascht zu werden.

Zuvor war Emma noch mit ihrer Mutter auf der Polizeiwache gewesen, vergebens. Mutter Nanni hatte sie dann auch gleich noch zusammengestaucht, warum sie denn mit ihrem Chef in ihrer Freizeit durch die Gegend expedierte und ob da noch mehr sei. Emma konnte ihr glaubhaft versichern, dass es sich um ein geschäftliches Treffen gehandelt habe, auch wenn sie sich dabei nicht wohl fühlte. Dem Vater hatte Nanni glücklichweise noch nichts davon verraten.

Danach suchten sie einen Anwalt der FAUD, der anarchosyndikalistischen Gewerkschaft, auf, aber der hatte gemeint, dass es gar nicht so einfach sei. Und als wäre Vaters Verhaftung noch nicht genug gewesen: Die Leute im Viertel redeten seit Tagen von nichts anderem mehr als von dem Nazi, der nach einer Schlägerei gestorben war. Und ihre Nachbarin Angela Hucke hatte Emma nach Vaters Festnahme geflüstert, dass jemand Max gesehen haben und er daran beteiligt gewesen sein soll. Hatte Max wirklich einen Hakenkreuzler auf dem Gewissen? Oder war er gar nicht durch die Schläge gestorben, sondern durch die Scherben, die Vater in das Brot gemischt hatte, angeblich, um die Position der Glasarbeiter zu stärken? Das durfte doch wohl nicht wahr sein. Max war auch seit Tagen untergetaucht, wo sie ihn doch gerade jetzt so dringend brauchte. In der Spiegelfabrik konnte sie ihn schlecht ansprechen.

»Ach«, stöhnte Emma auf und dachte: Ich weiß überhaupt nichts mehr. Am liebsten würde ich mir die Decke über den Kopf ziehen und von alldem nichts mehr mitbekommen. Aber sie brauchte ihren Lohn, um Essen zu kaufen und den Anwalt für Vater zu bezahlen. Wenn sie jetzt Georg einfach versetzte, roch der Lunte.

Eine Elektrische nach der anderen fuhr von Fürth nach Nürnberg und von Nürnberg nach Fürth. Ein Kohlewagen rappelte mit einem Jungen und einem greisen Lenker vorbei, gezogen von schnaubenden Pferden. Aber Georg kam nicht. Ihm wird doch nichts zugestoßen sein, dachte Emma, sonst ist er auch so zuverlässig?

Da kam er in seinem Automobil auf der Fürther Straße hergebraust, mit der ledernen Haube und den zusammengekniffenen Augen. Lenkte kurz hinter einer Frau mit Kinderwagen auf das Trottoir und Emma musste wieder daran denken, wie er sie damals angefahren hatte. Auch heute: Georgs Kopf knallrot, sein Hemd durchgeschwitzt, die Spitzen seines Oberlippenbartes bebten.

»Los, steig ein!«, sagte er unwirsch, ohne Hallo zu sagen. Er riss ihr den Koffer aus der Hand und warf ihn unsanft auf die Rücksitzbank.

Was war geschehen? Hatte er herausgefunden, dass Hierer der Geburtsname ihrer Mutter war? Dass der Anarchist Fritz Oerter ihr Vater war? Sie hatte die Tür noch nicht geschlossen, da startete er das Automobil bereits. Hatte Georg herausgefunden, dass Max ihr Freund war? Ein Arbeiter? Ein Sozi? Überhaupt, dass sie Georg nicht treu war? Wobei: Er war verheiratet …

Erst als sie Nürnberg hinter sich gelassen hatten, normalisierte sich Georgs Gesichtsfarbe zu seiner vornehmen Blässe, verschwanden die im Sonnenlicht glitzernden Schweißtropfen in seinem Bart. Sie wusste, so gut kannte sie ihn mittlerweile, in diesem Zustand brauchte sie ihn überhaupt nicht darauf anzusprechen, was vorgefallen war. Dann reagierte er nur schroff und abweisend und der Ausflug war verdorben, auf den sie sich seit Tagen gefreut hatte, auch, um dem stickigen Büro in der Spiegelfabrik zu entkommen und von oben, aus ihrem Glaskasten nicht weiter mit ansehen zu müssen, wie die Arbeiterinnen schufteten und Georgs Sohn sie piesackte.

»Diese verdammten Novemberverbrecher!«, brach es dann hinter Pfaffenhofen aus ihm heraus, zwischen blühenden Hopfenstauden, die sich an Holzstangen nach oben rankten. Eine derart rüde Wortwahl hatte Emma bei Georg noch nicht erlebt. Sie hielt sich an der Tür des Automobils fest. Wusste nicht, ob sie erschrocken über seinen Ausbruch sein sollte oder erleichtert darüber, dass er endlich wieder sprach. Also entschloss sie sich, in die Offensive zu gehen, legte ihm die Hand auf den Oberschenkel. Sie spürte, wie sich seine Muskeln zuerst anspannten, sich langsam aber wieder lockerten. »Was ist geschehen, Georg?«, fragte sie mit leiser Stimme.

»Dieses undankbare Gesindel …« Georg schlug auf das Lenkrad. »Eigentlich müsste ich umkehren und in der Fabrik sein, um mich für den Kampf zu rüsten.«

»Kampf?«, wiederholte Emma, weil sie nicht wusste, was sie sonst antworten sollte. Also hatten die Arbeiter jetzt ihre berechtigten Forderungen gestellt?

»Wollen die doch tatsächlich einen Lohn pro Stunde haben …«

Emma sah einen Wanderfalken über die Felder gleiten, verfolgt von zwei Krähen. »Die Arbeiter?«, echote Emma wieder etwas dümmlich, weil sie nicht wusste, was sie sagen sollte.

»Aber die werden sich umschauen!« Georg setzte sich aufrecht hin, wodurch ihre Hand kurz seinen Schritt berührte. Fest umfasste er das Lenkrad mit beiden Händen. »Akkordarbeit und eine Erhöhung der Arbeitszeit können sie haben! Und: Das hier ist mir wichtiger.«

Emma freute sich, dass seine Wut wenigstens einer Zuneigung gewichen war und war erleichtert, dass Georg sie offenbar nicht mit dem Streik in Verbindung brachte. Sie legte ihren Arm über seine Schultern und die rechte Hand auf seinen Oberschenkel.

»Weißt du was?«, fragte Georg.

Emma schüttelte den Kopf. Georg sah nach rechts hinten und setzte den Blinker. Fuhr bei der nächsten Ausfahrt von der Hauptstraße ab und bog in einen Wald. »Wir gehen jetzt erst einmal Mittag essen.«

»Gute Idee«, sagte Emma und strich sich ihre schwarzen Haare hinters Ohr.

Emma sammelte ihren Büstenhalter vom Bett des Gasthauses Spitzer, ein Stockwerk über der Gaststube, in der sie zuvor Braten und dunkles Bier gehabt hatten. Sie drückte Georg einen Kuss auf die Wange, aber der drängte zum Aufbruch, weil er ihr noch etwas zeigen wollte, bevor sie ihr Ziel erreichten. Auch wenn er die Wirtin mit einem ordentlichen Trinkgeld würde ruhigstellen müssen, um nicht dem Kuppelparagrafen anheimzufallen.

»Was ist denn nun dein Ziel?«, fragte Emma schnippisch und zwickte ihn in den Hintern, als er sich nach seinen Socken bückte.

»Sei nicht so neugierig, Madla!«, sagte er in einem Tonfall, den Emma nicht richtig deuten konnte. »Madla« nannte sie auch ihr Vater. Bei Georg wusste sie aber nicht, ob er es als Drohung oder freundliche Warnung gemeint hatte. Dafür kannte sie ihn noch nicht gut genug. Kannte sie ihn überhaupt? Sie war verärgert darüber, dass er sich, nachdem sie mit ihm intim geworden war, derart grob verhielt. Am liebsten wäre sie zurück nach Fürth gefahren. Plötzlich fühlte sie große Sehnsucht nach Max. Nach Max' Nähe. Seinen vertrauten Händen und seiner vertrauten Stimme. Ein schlechtes Gewissen überfiel sie ...

Da klopfte es an die Tür.

»Moment!«, rief Georg unwirsch.

Die Wirtin, die sie zuvor bedient hatte, rief durch die Tür. »Grüß Gott, Herr Gumbrecht. Bitte kommen S' zur Rezeption. A Telegramm für Sie!«,

»Mir sagst du nicht, wo es hingeht? Aber andere wissen, dass wir hier sind?«, platzte es aus Emma heraus. »Ich komme gleich zu Ihnen!«, rief Georg, ohne Emma zu beachten. Sie streifte sich ihre Bluse über, knöpfte sie mit zitternden Händen zu und dachte: So lasse ich nicht mit mir umgehen!

Georg zog sich wortlos an und ging aus dem Zimmer. Kaum, dass er die Tür hinter sich geschlossen hatte, schnappte sich Emma seine lederne Arbeitstasche. Geld, Zigarren, Überzieher, die er nicht verwendet hatte – »Du Schuft!« – und wieder einmal eine Mappe, auf der stand »Streng geheim!«.

Das schlechte Gewissen war jetzt wie weggewischt. Sie öffnete die Mappe und entdeckte das Papier, auf dem stand:

1. Frage der wirtschaftlichen Zusammenlegung. Ein allgemeines Schema ist unmöglich. Die beiden Methoden: Kopfblatt oder eine größere Zeitung, die von den Herausgebern der Lokalblätter vertrieben wird, mit einer örtlichen Einlage, die wöchentlich mehrmals erscheint. Anhand der Landkarte Auftei-

lung Deutschlands in natürliche Interessensgebiete, für welche Methode von Fall zu Fall festgesetzt werden müsste. Durch eine energische Zusammenlegung ist die Wirtschaftlichkeit der Betriebe so gestaltet, dass eine mäßige Kreditbeihilfe für absehbare Zeit genügt. Dezentralisation mit je einem redaktionellen Mittelpunkt.

2. Weitere Stützung der organisierten Zeitungsgruppen durch planmäßige Anzeigenvergebung. (Kürzliche Besprechung). Organisation des landwirtschaftlichen Anzeigenmarktes durch die Ala. (Hugenberg). Das Anzeigenmaterial würde durch die Vergrößerung des Leserkreises infolge der Zusammenlegung an Umfang gewinnen (Landwirtschaftliche Maschinen, Saatgetreide, Düngemittel). Unter Umständen Pachtung der Anzeigenteile durch die Ala.

3. Der wirtschaftlichen muss unbedingt eine politische Organisation hinzugefügt werden. Es besteht die Gefahr, dass die kleine Presse aus Ersparnisgründen sich ganz auf Telegramme und Lokalnachrichten beschränkt. Angesichts der deutschen Lage, die uns außenpolitisch bis auf weiteres ausschaltet, ist die dringende Gefahr vorhanden, dass das Publikum aufhört, sich für Außenpolitik zu interessieren oder überhaupt außenpolitisch zu denken und zuletzt vollständig vom parteipolitischen Gezänk absorbiert wird. Die Gelegenheit ist außergewöhnlich günstig, um in der Art der englischen Wochenkonferenzen und französischen Presse innerhalb der nationalen deutschen Presse eine innere Fühlungnahme herzustellen, die in allen politisch wichtigen Lagen eine sichere und einheitliche Haltung hervorbringt. Entscheidungen wie die verschiedenen Reparationsforderungen, die Eisenbahnvorlage, die Konferenz in Genua, die Stellung zur Orientkrise, zu Russland müssten sorgfältig taktisch vorbereitet und in den einzelnen Phasen begleitet werden können. Die Kreditbeihilfe und Unterstützung durch Anzeigen erlaubt die Gegenforderung der Aufnahme bestimmter Artikel und Nachrichten.

4. Dazu bedarf es einer außenpolitischen Nachrichtenstelle (Graf Reventlow), die zwei bis dreimal wöchentlich Artikel zu den wichtigsten Tagesereignissen herauslässt, und zwar mit gründlichster Kenntnis der Lage und einheitlicher Richtung. Der beste außenpolitische Kopf ist für diese Aufgabe gerade gut genug, zumal er das tatsächliche Fehlen einer außenpolitischen Orientierung der gegenwärtigen Regierung zum großen Teil zu ersetzen hat.

5. Dasselbe gilt in der Innenpolitik, die von einem gemeinsamen Berliner Büro aus im allgemein nationalen Sinne weiter Überbrückung der bloßen Parteiinteressen geleitet werden könnte. Da die Linke in der Gruppe Mosse-Ullstein-Simon eine solche Zentrale tatsächlich besitzt, so ist eine Gegenorganisation notwendig, da die bisherige Zersplitterung – tatsächlich bildet eine kleine Zeitung ein Königreich für sich, dessen eigene Meinung eifersüchtig betont wurde und in den letzten 4 Jahren immer wieder um einmütige öffentliche Meinung gebracht hat, die auf die Regierung und das Ausland gleichmäßig hätte wirken können.

6. Gleichzeitig bietet diese taktische Organisation die Möglichkeit, einen Stab von Journalisten heranzuziehen, wie ihn das Ausland besitzt, der uns aber bisher gefehlt hat, Leute nämlich, die ihre Aufgabe als eine Art Diplomatie betrachten und nicht als eine Gelegenheit zur Abfassung von Stilübungen oder zur Veröffentlichung aller beliebigen Nachrichten ohne Rücksicht auf deren Wirkung, nur um den Besitz guter Informationen vor der breitesten Öffentlichkeit zu beweisen.

7. Zur politischen Seite der ganzen Aktion gehört auch die Zentralisation des Nachrichtendienstes, und zwar ebenfalls nach politisch-taktischen Gesichtspunkten.

8. Endlich die schon besprochenen Beilagen, die durch die sehr hohe Auflageziffer und den Anzeigenteil sich selbst erhalten können.

Die literarische Beilage scheint mir deshalb unendlich wichtig, weil die Bücherpreise nachgerade dem national gesinnten Teil des Volkes die Anschaffung unmöglich machen, die Buchläden nur noch schnell verkäufliche Werke auslegen können und die wissenschaftlichen Zeitschriften teils eingehen, teils unerschwinglich sind. Damit hört zuletzt jede Fühlung zwischen der künstlerischen und gelehrten Arbeit andererseits auf. Ich würde dafür Sorge tragen, dass diese Beilage über alle Gebiete unserer wissenschaftlichen, technischen und literarischen Produktion auf dem Laufenden hält, mit Ausnahme der antinationalen und sonstwie minderwertiger Literatur.

Unmöglich, dass sie sich das alles merken konnte. Wo sie doch nur die Hälfte verstand. Sie musste sich Notizen machen, denn wenn sie es einsteckte, konnte Georg Verdacht schöpfen. Also schnappte sie sich einen Bleistift und Papier aus der Tasche und fing zu schreiben an. Da ging die Tür auf …

Fränkische Tagespost
20. August 1922

Fürther Chronik – Politische Verwilderung

Zu der Bluttat in der Badstraße äußert sich die *Fürther Neue Zeitung* in Bemerkungen, durch die sie alle Schuld ausschließlich dem Getöteten beimisst. Mehr noch, sie gibt die Schuld nicht nur dem persönlichen Temperament des Erschossenen und seinen Charaktereigenschaften, sondern legt sie gleich einer ganzen politischen Richtung zur Last. Sie schreibt von »politischer Verwilderung«, von der »wieder einmal der nächtliche Überfall linkspolitischer Radaubrüder« ein Zeichen war. »Solche Vorkommnisse sprechen über die sittliche und moralische Verkommenheit einzelner linkspolitischer Gruppen Bände.«

Zweifellos ist eine Verwilderung zu beklagen. Ungerecht ist es aber, sie schlankweg den Linksgerichteten anzudichten. Eine politische Verwilderung war es zweifellos, die bei der Beerdigung des Erschossenen am Montag die Trauerfeierlichkeit beeinträchtigte. Als Genosse Teichmann seine Ausführungen machte bei der Niederlegung des Kranzes, scheint es jungen Burschen nicht gefallen zu haben, dass er markant für die Farbe Schwarz-Rot-Gold eintrat. Sie fassten ihren Unmut in die Drohung zusammen: »Das ist auch deine letzte Rede.«

Sicher eine politische Verwilderung, wie man sie sich krasser nicht vorstellen kann. Wenn die Burschen auf Schwarz-Weiß-Rot eingeschworen sind, was haben sie dann bei der Beerdigung zu suchen? Sie konnten sich doch gar nicht im Zweifel sein, welcher Art die Trauerfeierlichkeit für Max Schmidtill sein wird.

Politische Verwilderung, die so weit geht, dass sie nicht einmal mehr am offenen Grabe im Zügel gehalten werden kann, zeigen die Radauburschen, die nicht linkspolitisch orientiert sind.

Escherich in Berlin

Fürth

24. Juni 1922

Zurück in Fürth musste sich Emma erst einmal sammeln und zog sich dafür in die Leihbücherei zurück. Georg hatte sich immerhin für sein rüdes Verhalten entschuldigt, sie zu Kaffee und Kuchen eingeladen und war wieder ganz der Kavalier gewesen. Auch wenn sie immer noch nicht wusste, wo er eigentlich mit ihr hingewollt hatte.

So gut wie im Moment war es ihr, Vati und Mutti noch nie gegangen. Sie verdiente doch recht ordentlich in der

Spiegelfabrik. Aber sie verstand nicht, warum jemand wusste, dass sie in diesem Gasthaus in Pfaffenhofen inmitten der Holledau gewesen waren. Oder war Georgs spontaner Entschluss, mit ihr essen zu gehen, doch nicht so spontan gewesen und er hatte vor seiner Abreise jemanden darüber informiert?

Sie holte ihre Notizen hervor und überflog noch einmal, was sie in der kurzen Zeit, bevor das Zimmermädchen hereingekommen war, geschafft hatte, sich zu notieren. Es sah ganz danach aus, als hätten Spengler und Stinnes vor, die rechtsgerichteten Zeitungen zu manipulieren. Aber hatte das für sie überhaupt Folgen? Es gab ja immer noch den *Vorwärts* und den *Syndikalist*. Sie ging zum Bücherregal, zog erneut *Im Nebel* von Leonid Andrejew hervor und steckte auch die zweite Notiz Oswald Spenglers zu seinen Plänen zur Lenkung der Presse hinein.

Der *Vorwärts* und die *Fränkische Tagespost* lagen aufgeschlagen auf dem Tisch. Ein Artikel im aufgeklappten *Vorwärts* weckte ihre Aufmerksamkeit:

Gesammelte Reaktion in Berlin versammelt.

Von zuverlässiger Seite wurde uns mitgeteilt, dass zwei Stunden vor der Ermordung Rathenaus der bekannte Forstrat Escherich in Berlin mit einem großen Stabe von Führern der Orgesch eingetroffen und im Hotel »Kaiserhof« abgestiegen ist. Auf telephonische Anfrage wurde uns im Hotel »Kaiserhof« gesagt, dass Escherich bereits wieder abgefahren sei, wohin, konnten wir nicht erfahren. Die plötzliche Ankunft Escherichs berührt jedenfalls ebenso seltsam wie die plötzliche Abreise nach wenigen Stunden.

Rathenau ermordet? Der Außenminister, über den sogar Vati einmal gute Worte gefunden hatte? Emma stockte der Atem. Ihre Hände zitterten, wurden feucht. Und an Escherich hatte Emma einmal einen Brief für Georg abgetippt. Allerdings erinnerte sie sich nicht mehr daran, was der Inhalt gewesen war. Sie würde im Büro einmal nachsehen, ob sie den Briefdurchschlag noch irgendwo fand. Hatte Georg deshalb das Telegramm in dem Gasthaus in der Holledau bekommen und war mit ihr wieder zurück nach Fürth gefahren?

Auf die Ergreifung der Mörder des Ministers des Äußeren sind vorläufig 300.000 Mark Belohnung ausgesetzt.

Hatte Georg etwa mit dem Mord an dem Außenminister zu tun? 300.000 Mark waren sehr viel Geld. Erst heute waren neue Preissteigerungen von den Innungen bekannt gegeben worden. So kosten die Salzstangen jetzt schon 1,20 und die Limonade sogar 4,50.

Brief Spengler an Escherich
München, 24.6.1922

Sehr verehrter Herr Forstrat!

Als Sie ihren Brief absandten, war Ihnen das Ereignis vom Samstag noch unbekannt. Ich nehme an, daß Sie mir daher zustimmen, den Besuch zweckmäßigerweise um eine Woche zu verschieben, um dem böswilligen Klatsch nicht neue Nahrung zuzuführen, zumal man jedem harmlosen Besuch bei Ihnen die sinnlosesten Motive unterschieben wird. Prof. C. und ich bitten Sie deshalb, Ihre Dispositionen für Anfang nächste Woche uns mitzuteilen. Was macht Ihre Arbeit über die Rettung des deutschen Waldes?

Mit herzlichem Gruß auch an Ihre Frau Gemahlin
Ihr O. Spengler

Reichstag, 234. Sitzung
Sonnabend, den 24. Juni 1922

Trauerkundgebung für den Reichsminister des Auswärtigen Dr. Rathenau

Um 12 Uhr 28 Minuten teilt Präsident Löbe (SPD) mit:

Meine Herren! Ich kann im Moment eine Sitzung noch nicht eröffnen, da der Ältestenrat noch zusammen ist. Gestatten Sie mir aber die dringende Bitte, dass Tätlichkeiten in diesem Hause unterbleiben.

(Buhrufe von den Kommunisten und den Unabhängigen Sozialdemokraten: Heraus mit den Mördern! – Große Unruhe.)

Selbst unter dem furchtbaren Eindruck der Tatsache möchte ich darum bitten, meine Herren, dass Sie das nicht tun. Ich möchte alle Parteien bitten, den Sitzungssaal zu verlassen, bis die Sitzung angesetzt ist.

(Lebhafte Rufe bei den Kommunisten und den Unabhängigen Sozialdemokraten. Ins Zuchthaus! Sonst fliegen die Burschen heute raus! Es sind die intellektuellen Mörder!)

Die Sitzung wird um 3 Uhr 17 durch den Präsidenten Löbe eröffnet.

Präsident: Meine Herren!

(Stürmische Rufe von der Linken gegen den Abgeordneten Helfferich (DNVP): Raus!)

Meine Herren! Nach der Verfassung steht jedem Abgeordneten das Recht zu … –

(Erregte Rufe von der Linken: Aber Mördern nicht! – Abgeordneter Höllein (KPD): Mit Mördern setzen wir uns nicht hierher!)

Der Präsident ist verpflichtet, jedem, Ihnen (zu den Mitgliedern der Linken) wie jedem anderen das verfassungsmäßige Recht zu wahren. Bitte begeben Sie sich auf Ihre Plätze!

(Abgeordneter Höllein: Mit Mördern setzen wir uns heute

nicht zusammen! Abgeordneter Heydemann (KPD): Handschellen für die Mörder!)

Darf ich die Herren bitten, sich auf Ihre Plätze zu begeben.

(Der Reichskanzler Dr. Wirth (Zentrum) begibt sich von seinem Sitz in den Saal und versucht, beruhigend auf die Abgeordneten einzuwirken. – Abgeordneter Koenen (USPD): Herr Wirth, Sie sind der Nächste!)

Herr Abgeordneter Koenen, Sie werden doch zugeben, dass ich versucht habe, in unparteiischer Weise, die Verhandlungen zu leiten.

(Abgeordneter Koenen: Handschellen für die Mörder!)

Meine Herren! (Zu den Kommunisten:) Ich kann die ganze Sitzung nicht abhalten, wenn Sie sich nicht auf Ihre Plätze begeben.

(Abgeordnete der Sozialdemokratischen Fraktion versuchen die Angehörigen der äußersten Linken zu veranlassen, sich von der rechten Seite des Hauses auf ihre Plätze zu begeben. Der Abgeordnete Frölich (KPD) fordert seine Parteifreunde auf, auf der rechten Seite stehenzubleiben – Abgeordneter Frölich: Wir machen keine Komödie! – Abgeordneter Höllein: Eine Heuchelei! – Andauernde Erregung – Glocke.)

Abgeordneter Höllein, in diesem Moment sind wir zusammengekommen, um einen Toten zu ehren.

(Wiederholte lärmende Zurufe von den Kommunisten. Abgeordneter Remmele (USPD): Fühlen Sie nicht die Gemeinheit, Herr Präsident, dass die Halunken hier sind, wenn wir einen Toten ehren wollen?)

Darf ich Sie (zu den Kommunisten) bitten, in diesem Augenblick, dem Toten zuliebe, die Ordnung zu wahren.

(Abgeordneter Remmele: Fühlen Sie das nicht, Herr Präsident? – Andauernde Zurufe von den Kommunisten.)

Herr Abgeordneter Remmele, Sie verhindern ja, dass irgendjemand von der Regierung oder sonst jemand etwas sagt! Nehmen Sie doch Ihre Plätze ein!

(Große Unruhe und Zurufe aus der äußersten Linken.)

Ich verstehe Ihre Unruhe. Sie wissen: Ich bin auch erregt! Aber wir müssen doch in Ordnung unsere Pflichten erfüllen.

(Erregte Zurufe aus der äußersten Linken: Das heißt den Kampf aufgeben, Herr Stampfer!, wenn Sie jetzt nachgeben. Elendes, feiges Mordgesindel! Heuchlerbande! Lumpen! Andauernde große Unruhe –)

Meine Herren, wenn ich jetzt meine Mahnung nicht befolgt sehe, dann muss ich den Versuch einer Ehrung ganz aufgeben!

(Hört! Hört! bei den Sozialdemokraten)

Ich richte die letzte Bitte an Sie, ich bitte, die Plätze einzunehmen.

(Große Unruhe und stürmische Zurufe aus der äußersten Linken: Es handelt sich um eine Trauerfeier! Das ist eine Verhöhnung und keine Trauerfeier! Ich frage, ob wir eine Trauerfeier mit Mördern machen wollen, ob wir eine Trauerfeier als Komödie machen wollen vor der ganzen Welt! So etwas ist unmöglich! Und die werden mit aufstehen, diese Gesellschaft! Eine Heuchelei! – Beruhigende Zurufe von den Sozialdemokraten. – Gegenrufe auf der äußersten Linken: Ihr seid erbärmliche Wichte!)

Deutsche Reichstagsabgeordnete! Was diese Szene hier hervorruft, ist eine Tat

(Erneute Zurufe aus der äußersten Linken: Jetzt stehen die rechts auf!)

von so ungeheurer Rohheit und Grausamkeit, dass sie uns das Blut in den Adern erstarren macht. Heute Vormittag ist – es ist Ihnen allen bekannt –, als er in seinem Kraftwagen die Wohnung verließ, Reichsminister Rathenau von einem anderen Wagen aus durch Schüsse meuchlings ermordet worden.

(Stürmische Zurufe aus der äußersten Linken: Da stehen die Mörder! Ins Zuchthaus, Helfferich!)

Der Mann, der sein privates Leben, seine privaten Ansprüche, seine Neigungen, seine Ruhe aufgab, um der deutschen

Republik nach bestem Wissen zu dienen! Und er erlag der Mörderhand!

(Zurufe aus der äußersten Linken: Helfferich hat gestern die Mordrede gehalten!)

Ich brauche der Trauer und dem Entsetzen, das uns alle bewegt, nicht Ausdruck zu geben, nicht der Verachtung für die Elenden,

(Erneute Zurufe aus der äußersten Linken: Helfferich!)

die dieses Werk vollbracht haben. Aber meine Herren, es steht mehr auf dem Spiel!

(Lebhafte Zustimmung)

Auf dem Spiele steht das Land, das deutsche Volk, die Deutsche Republik!

(Erneut lebhafte Zustimmung bei den Sozialdemokraten und den Deutschen Demokraten)

Meine Herren, die Täter haben Gehilfen, haben Spießgesellen,

(Stürmische Zurufe aus der äußersten Linken: Helfferich! Dort sitzt er!)

haben eine Organisation von Mördern gehabt.

Ich bin der Überzeugung: Sie haben Gehilfen, sie haben Spießgesellen,

(Erneuter Zuruf aus der äußersten Linken: Helfferiche!)

Sie haben eine Organisation von Mördern hinter sich, die sie schützt und die sie für ihre Taten unterhält.

(Lebhafte Zustimmung bei den Sozialdemokraten und auf der äußersten Linken)

Anders wäre es nicht möglich gewesen, und das Blut des Ermordeten, es fällt auf mehr als die Täter,

(Sehr wahr! aus der äußersten Linken und von den Sozialdemokraten)

es fällt auf die, die dazu anreizten, es fällt auf die, die frühere Anschläge, wenn sie nicht gelangen, mit Spott und Hohn begleiteten,

(Stürmische Zustimmung bei den Sozialdemokraten und auf der äußersten Linken)

es fällt auf die, die nach gelungenen Anschlägen noch das Andenken der Opfer zu bejubeln wagten.

Meine Damen und Herren! Diese Tat wäre nicht geschehen ohne diese grenzenlose und maßlose Hetze, gegen die Männer, die an der Spitze der Regierung stehen.

(Lebhafte Zustimmung aus der äußersten Linken bei den Sozialdemokraten und in der Mitte.)

Wie hat eine gewisse Presse gehetzt und gehöhnt, als das Attentat auf Scheidemann misslang,

(Sehr wahr!)

gehöhnt bis auf den Augenblick, bis heute, wo es gelungen ist! Und es scheint keinen Schutz dagegen zu geben! Sie haben Helfer, die die Mörder verschwinden lassen, sie haben Helfer, die sie immer wieder aufs Neue schützen.

(Lebhafte Zustimmung links.)

Und einer nach dem anderen von uns erliegt der kaltblütigen Mörderhand. Neben uns sinkt ein Freund nach dem andern.

(Zuruf von den Kommunisten: Aber jetzt muss Schluss sein!)

Dieses Mal hat der Mordstahl einen Mann getroffen, der begabt und geeignet schien, die Fäden wieder anzuknüpfen, die der Krieg zerrissen hat; und er hatte die ersten schwachen Erfolge.

(Zuruf von den Kommunisten: Das will Helfferich nicht!)

Möge unser Volk auch diesen furchtbaren Stoß überwinden. –

(Abgeordneter Wels: Es lebe die Republik! Hoch! – Hoch! – Hoch! – Die Abgeordneten der Mitte und der Linken stimmen stürmisch in die Rufe ein. – Zuruf von den Unabhängigen Sozialdemokraten: Nieder mit den Monarchisten! – Nieder! – Nieder! – Nieder! Die Abgeordneten der Linken stimmen in die Rufe ein. Zuruf von der Tribüne: Nieder mit den Mördern! Andauernde große Unruhe und Bewegung. – Erneute Rufe von den Tribünen.)

Kundgebungen von den Tribünen kann ich nicht gestatten. Verhalten Sie sich so, dass ich Sie nicht räumen lassen muss.

Das Wort hat der Herr Reichskanzler.

Dr. Wirth, Reichskanzler: Meine Damen und Herren! Die Reichsregierung schließt sich den ehrenden Worten, die der Herr Präsident für den schmählich ermordeten Reichsminister Dr. Rathenau zu sprechen die Güte hatte, von ganzem Herzen an.

Nun liegt er tot vor uns. Seinen Platz schmückt ein umflortes Rosenbukett. Er fiel nicht nur für sein Volk, er fiel, um die Menschen Versöhnung zu lehren. Aber wehe denen, die dieses große Werk der Versöhnung der Nationen mit diesem Morde störten! Das Werk darf nicht unterbrochen werden. Wir müssen dieses Werk, das wir unter schweren Nöten begonnen haben, fortsetzen. Es ist auch das Werk der Rettung unseres Volkes, es ist das Werk der Rettung von ganz Europa.

Und nun, meine Damen und Herren, dieses Werk, das er sich vorgesetzt hat, die Rettung des deutschen Volkes unter der Staatsform der Republik, darf durch diesen Mord und durch diesen Tod nicht unterbrochen werden.

(Links: Bravo!)

Insbesondere geht mein Mahnruf an die Arbeiterschaft ganz Deutschlands. Die Arbeiterschaft hat in bitteren Tagen, wo das Chaos über uns hinwegging, keinem, der der alten Gewalt treu geblieben ist, auch nur ein Haar gekrümmt. Ich bin ihr dankbar dafür, und so soll es auch in Zukunft bleiben.

Es bedroht von Königsberg bis Konstanz eine Mordhetze unser Vaterland, dem wir unter Aufgebot aller unserer Kräfte dienen. Da schreien sie es hinaus in großen Versammlungen, dass das, was wir tun, ein Verbrechen am Volk wäre; da wird nach dem Staatsgerichtshof geschrien,

(Lebhafte Rufe links: Helfferich!)

und dann wundert man sich, wenn verblendete Buben nachher zur Mordwaffe greifen.

(Erregte Zurufe aus der äußersten Linken.)

Er traute niemandem eine derartige Tat zu und hat noch in diesen Tagen den Gedanken, dass man ihm nach dem Leben trachten könne, als unmöglich abgetan.

(Zuruf von den Kommunisten: Er kennt aber Helfferich nicht!)

Meine Damen und Herren! Nachdem die Reichsregierung in Dr. Rathenau einen unermüdlich für das Wohl des Vaterlandes besorgten verdienstvollen Staatsmann, einen Freund und das deutsche Volk einen großen Sohn verloren hat, wollen wir aus dieser Tat, aus dieser entsetzlichen Schandtat, die wir beweinen und betrauern, angesichts der ungeheuren, beispiellosen Hetze in einem Teil der Öffentlichkeit in aller Nüchternheit und bei aller Verantwortung doch das eine lernen, geehrte Herren von rechts: So wie es bisher gegangen ist, geht es nicht mehr in Deutschland.

(Stürmischer Beifall und Händeklatschen im Zentrum, bei den Deutschen Demokraten, bei der Bayerischen Volkspartei, bei den Sozialdemokraten, bei den Unabhängigen Sozialdemokraten und bei den Kommunisten. – Händeklatschen auf den Tribünen.)

Mahnend und flehend habe ich im letzten Jahre am Grabe eines ebenfalls schmählich Ermordeten, am Grabe von Matthias Erzberger, gerufen: Sorgt in deutschen Landen dafür, dass die Mordatmosphäre allmählich zurückgeht! Der Mahnruf war vergebens. Arbeiter aller Parteien und insbesondere Sie, Vertreter einer wirklich freiheitlichen bürgerlichen Auffassung, schützt die Republik und unser teures, geliebtes deutsches Vaterland! An das ganze deutsche Volk, an alle Parteien richte ich erneut den dringenden Appell, dahin zu wirken, dass unser Land vor weiteren Erschütterungen bewahrt bleibt. Die Reichsregierung wird das tun, was ihre Pflicht ist.

(Stürmischer andauernder Beifall im Zentrum, bei den Deutschen Demokraten, bei der Bayerischen Volkspartei, bei den Sozialdemokraten, bei den Unabhängigen Sozialdemokraten und den Kommunisten. – Beifall auf den Tribünen.)

Fränkische Tagespost
19. August 1922

Fürther Chronik – Die Bluttat von Freitag Nacht

Bis am Samstag die Zeitungen erschienen, war in der Stadt schon bekannt, dass die Hakenkreuzler wieder ein Menschenleben ausgeblasen hatten. Die Empörung über die Bluttat war allgemein. Auch die ruhigsten Urteiler, die alle Umstände in Rechnung stellten (von denen nichts zu erfahren war, weil die Polizei erst in spät vorgerückter Stunde einige Angaben machte), hielten es für einen Skandal, dass so junge Burschen wie der Täter Schusswaffen mit sich herumtragen.

Am Ort der Tat machte die Polizei am Samstag noch ihre Feststellungen, denen vom Publikum mit Interesse gefolgt wurde. Der Revolverheld musste zeigen, in welcher Stellung er die Tat beging, wobei ihm wenig Erregung anzumerken war. Anscheinend fühlte er sich dabei noch als Held. Es wurden verschiedene photographische Aufnahmen gemacht.

Streik
Fürth
25. Juni 1922

Obwohl Sonntag ist, haben sich die Arbeiter der Spiegelfabrik am Schießanger an der Pegnitz eingefunden. Gumbrecht ist nirgends zu sehen, dafür sein unehelicher Sohn Schachtel, der Schmidtill ganz besonders im Auge zu haben scheint. Auch Kirst, Gumbrechts Schakal, wie ihn die Arbeiter nennen, und der Vorarbeiter sind da. Die Stimmung ist aufgeheizt, die Arbeiter wütend, weil ihnen Gumbrecht ihre Forderung nach Lohnerhöhung zwar bewilligt hat, aber nur, wenn sie dafür Akkord arbeiten und die wöchentliche Arbeitszeit erhöhen. Dieser elendige Ausbeuter!

Erst hält ein Genosse eine Rede, dann einer von den Kommunisten. Die Anarchosyndikalisten wissen ganz genau, dass sie entlassen werden, wenn gestreikt wird, da sie als Nichtorganisierte betrachtet werden, weil sie nicht im ADGB organisiert sind. Das weiß auch der kommunistische Genosse, den Schmidtill erst toben gehört hat, weil Oerter im *Syndikalist* die Parteien und damit auch die kommunistische Partei scharf kritisiert hatte. Als es zur Abstimmung kommt, kann Schmidtill nicht anders, als für den Streik zu stimmen, sonst wird Schachtel ihn an die Polizei verraten, obwohl Schmidtill immer noch nicht weiß, ob er es war, der dem Nazen die Scherben zu fressen gegeben hat. Ist der jetzt gestorben?

Das Ergebnis der Abstimmung ist eindeutig: Die Arbeiterinnen und Arbeiter lehnen Gumbrechts Angebot ab. Eine unverschämte Forderung und sonst nichts! Und lassen es auf den Streik oder die Aussperrung ankommen.

Schmidtills Kopf pocht bei jedem Klatschen stärker, als würden die Hakenkreuzler weiter auf ihn einschlagen. Da er heute Nacht noch etwas erledigen muss, geht er, bevor die Versammlung zu Ende ist.

Reichstag, 236. Sitzung.
Sonntag, den 25. Juni 1922

Reichskanzler Joseph Wirth (Zentrum): Ist es denn eine Schande, wenn jemand von uns, von der äußersten Linken bis zur äußersten Rechten, in idealem Schwung die Fäden der Verständigung mit allen Nationen anzuknüpfen versucht? Ist es eine Schande, wenn wir mit jenem gemäßigten Teil des französischen Volkes, der die Probleme nicht nur unter dem Gesichtspunkt sieht: ›Wir sind die Sieger, wir treten die Boches nieder, heraus mit dem Säbel, Einmarsch ins Ruhrgebiet‹, wenn wir durch persönliche Beziehungen mit allen Teilen der benachbarten Nationen zu einer Besprechung der großen Probleme zu kommen suchen. Dr. Rathenau war wie kaum einer zu dieser Aufgabe berufen. Seine Sprachkenntnisse, die formvollendete Art seiner Darstellung machten ihn in erster Linie geeignet, an dieser Anknüpfung von Fäden zwischen den Völkern erfolgreich zu arbeiten. Wenn dann ein Mann wie Rathenau über trennende Grenzpfähle hinaus bei aller Betonung des Deutschen, seines Wertes für die Geschichte, seiner kulturellen Taten, seines Forschungstriebes, seines Wahrheitssuchens, die großen Probleme der Kulturentwicklung Europas und der Wirtschaft organisatorisch durch seine Arbeiten in allen Ländern, dann als Staatsmann im Auswärtigen Amt mit den reichen Gaben seines Geistes gefördert hat, dann hat er damit dem deutschen Volke einen großen Dienst erwiesen. Geduld, wieder Geduld und nochmals Geduld und die Nerven angespannt und zusammengehalten auch in den Stunden, wo es persönlich und parteipolitisch angenehmer wäre, sich in die Büsche zu drücken.

Demokratie! Aber nicht Demokratie, die auf den Tisch schlägt und sagt: Wir sind an der Macht! – nein, sondern jene Demokratie, die geduldig in jeder Lage für das eigene unglückliche Vaterland eine Förderung der Freiheit sucht! In diesem Sinne … Mitarbeit!

In diesem Sinne müssen alle Hände, muss jeder Mund sich regen, um endlich in Deutschland diese Atmosphäre des Mordes, des Zankes, der Vergiftung zu zerstören! Da steht

(Wirth dreht sich zu den Abgeordneten der Rechtsparteien)

der Feind, der sein Gift in die Wunden eines Volkes träufelt

– Da steht der Feind – und darüber ist kein Zweifel: Dieser Feind steht rechts!

Vereiste Stimmung

Fürth

26. Juni 1922

Emma streifte sich Rock und Bluse über. Es war schon nach Mitternacht, sie konnte nicht länger bleiben. Und vor allem konnte sie nicht schlafen, weil ihr Vater immer noch im Gefängnis darbte. Wie es ihm wohl ging? Würde er so weit gehen und Glasscherben ins Brot mischen, um den Druck auf die Chefs und damit auch auf Georg zu erhöhen, damit er den Forderungen der Arbeiter nach einem Acht-Stunden-Tag nachgab? Wollte ihm der Genosse wirklich Sprengstoff bringen? Auf der anderen Seite spielte Georg auch nicht mit offenen Karten. Was wusste er über den Mord an Rathenau? Und welche Rolle spielten die Zeitungen bei seinen Plänen und denen der anderen alten Männer?

Georg lag quer auf seinem Bett und brabbelte im Schlaf: »Jawohl, Herr Forstrat! Anzeigen!«

In der Spiegelfabrik war die Stimmung äußerst angespannt, weil die Arbeiter Lohnerhöhungen gefordert hatten, weshalb er ganz aufgebracht gewesen war, so aufgebracht, wie sie ihn noch nie erlebt hatte. Deswegen hatten sie heute bei ihm zu Hause gearbeitet. So war Emma wieder schwach geworden, obwohl sie nach dem Fund des Dokuments im Gasthaus doch langsam ihre Zweifel an Georg hatte. Aber er war so zuvorkommend: Hielt ihr die Tür auf, half ihr aus dem Mantel. Nicht, dass sie das nicht selbst konnte, aber Max wäre nie auf die Idee gekommen. Der half ihr nur aus ihrer Bluse. Sie kicherte leise. Bei Max fühlte sie sich zu Hause. Sie mochte es, wenn er über ihren Rücken streichelte. Georg konnte dafür besser küssen und sie kam in seinen Armen zum Höhepunkt. Was genau sie an ihm anzog, hatte sie noch nicht herausgefunden. Vielleicht war es auch der Reiz des Verbotenen. Zwar war sie weder mit Max verheiratet noch ... Aber Georg war verheiratet. Er sagte, seiner Frau würde es nichts ausmachen, sie sei auch nicht treu.

Als sie den letzten Knopf durch das Knopfloch schob, bemerkte sie wieder die Schmerzen im rechten Handgelenk. Sie hatte heute sehr viele Briefe abtippen müssen, war auch auf der Bank gewesen, um verschiedene Beträge zu überweisen. Bei einer Überweisung hatte sie aufgemerkt. Nicht nur wegen der hohen Summe von 30.000 Mark, sondern auch, weil sie den Namen Ala, Allgemeine Anzeigen GmbH, schon einmal gelesen hatte. Nun war es nicht ungewöhnlich, dass ein Fabrikant Werbeanzeigen schaltete und bezahlte. Gerade in Zeiten eines Streiks, um die öffentliche Meinung gegenüber der Firma zu beeinflussen. Vielleicht hatte es auch etwas mit Mimis Entlassung zu tun. Vielleicht war sie Georg schon vor Monaten auf die Schliche gekommen, hatte unsaubere Buchungen entdeckt und er sie mit dem Vorwand entlassen, sie würde nicht ordentlich arbeiten, obwohl sie genau das Gegenteil tat. Emma würde zu Hause in der Kopie der Denkschrift von Stinnes und Spengler nachsehen, ob dort etwas zur Allgemeine Anzeigen GmbH stand. Was hatte Georg vor? Ein bisschen unheimlich wurde er ihr manchmal schon. Und auf welcher Seite stand sie eigentlich? Ließ sie sich von ihm manipulieren? Für seine Ziele einspannen? Für die feinen Essen? Die Geschenke, die sie immer schwerer vor Vati und Mutti verbergen konnte? Sie mochte sein vornehmes Verhalten, nicht so plump und manchmal auch derb wie Max oder Vatis Bruder Sepp, der nach dem letzten Streit vor ein paar Wochen allerdings nicht mehr zu Besuch gekommen war. Normalerweise hatte er Vati und Mutti mehrmals wöchentlich besucht. Letztens, als beim Abendessen die Rede auf ihn kam, hatte Vati gesagt, dass Sepp eine wandelnde Metapher dieser Tage sei und es ihn nicht wundern würde, wenn aus diesem ehemals eingefleischten Anarchisten und später strammen Sozialdemokraten irgendwann ein strammer Nationalsozialist werden würde.

Aber Georg: Emma musste herausfinden, was er und die anderen Männer im Schilde führten. Bei allem, was sie über Spengler herausgefunden hatte, konnte das nichts Gutes für die Arbeiterinnen und Arbeiter sein. Sie hörte Georg schnarchen, als sie in das Büro seiner Villa schlich. Die Haushälterin hatte er bereits nach Hause geschickt, als sie heute früh zum Arbeiten angekommen waren. Seine Frau bliebe bis in den Morgen weg, wie ihr Georg versichert hatte.

Emma drehte am Türknauf. Es war nicht zugesperrt. Im Büro stand ein massiver Schreibtisch. Überall dunkle Möbel, ein Bild in einem prunkvollen Goldrahmen an der Wand: Eine Radierung des Römischen Forums, tippte Emma, und eines Brunnens, hielt sich aber nicht weiter damit auf.

Sie überflog einen Stapel, der ordentlich aufeinandergelegt in der Schreibtischmitte lag. Die wichtigen Papiere bewahrte Georg mit Sicherheit nicht so leicht zugänglich auf. Sie wollte die Schublade unter dem Schreibtisch öffnen, doch die war verschlossen. Da schlug die Standuhr ein Uhr und Emma zuckte zusammen. Wenn sie sich recht erinnerte, hatte Georg einen Schlüsselbund in der Tasche seiner Hose, die er ordentlich zusammengefaltet auf den Stuhl gelegt hatte. Da konnte es noch so heiß hergehen, Hemd und Hose faltete er zusammen. Unterhose und Socken meist nicht mehr. Sie schlich ins Schlafzimmer. Georg schnarchte noch immer. Alt bist du, dachte Emma.

Zurück im Büro, hörte sie, wie ein Schlüssel ins Schloss geschoben wurde und sich die Eingangstür öffnete. Voller Hast versuchte sie mehrere Schlüssel. Einer noch. Der passte. Da hörte sie eine Frauenstimme murmeln. Eilig öffnete sie die Schublade. Ein leerer Block. Geistesgegenwärtig schnappte sie sich einen Bleistift, schraffierte darüber. Weiß offenbarte sich ein handschriftlicher Brief mit Lücken: »... die nächsten Monate so ungeheuer schwere politische Fragen aufwerfen ... Zeitung ist ... dazu da, den vereisten und unklaren Stimmungen Rechnung zu tragen ... Stimmung zu erzeugen ... in solchen Zeiten sich nicht zu verzetteln, sondern stets die großen und größten Gesichtspunkte herauszuschälen ... es in diesem Augenblick nur drei Gesichtspunkte: die Einheit des Reichs, die nächste wirtschaftliche Zukunft des Reichs, und damit die Aufhebung des Versailler Vertrags.«

Immer wieder Versailler Vertrag und die Schuldfrage am Krieg, dachte Emma. Die Rechten hatten das Rathenau nie verziehen.

»Ach, Sie sin doch daaaas Fräuleeeein«, lallte plötzlich eine Stimme. Emma zuckte zusammen und hob den Kopf. Frau Gumbrecht versuchte, sie zu fixieren, doch sie schwankte hin und her, wie auf einem Schiff auf hoher See.

»Ja, Emma Hierer«, sagte sie und machte einen Knicks, wie sie es zu Hause so oft vor dem Spiegel geübt hatte, vor ihrer Anstellung in der Spiegelfabrik. Viel zu oft hatte sie den Knicks geübt und am nächsten Morgen, ja sogar die nächsten Tage einen Muskelkater in Po und Oberschenkeln gehabt, dass ihr jede Treppenstufe Schmerzen bereitete und sie über die Gustavstraße spazierte wie ein breitbeiniger Halbstarker.

»Die Sekretärin ... ha ha ha!« Ein ordinäres Lachen schallte durch das Büro. »Nun gut.« Schwankend versuchte die alte Gumbrecht, auf einem Bein ihre Schuhe auszuziehen. Fiel fast um. Stützte sich im Türrahmen ab.

»Warten Sie, ich helfe Ihnen.«

Emma eilte zu Frau Gumbrecht, stützte sie.

»Gut riechen tun Sie ja.«

Was man von dir nicht behaupten kann, dachte Emma. Du riechst wie eine Schnapsleiche.

Als Frau Gumbrecht Schuhe und Mantel ausgezogen hatte, fragte sie mit hochgezogenen Augenbrauen: »Und sooo spääät arbeiten Sie noch?«

Da klirrte es, ein Stein flog durch die Scheibe und traf Emma an der Stirn.

Geistige Brandstiftung

Fürth

26. Juni 1922

Schmidtill fallen in der Leihbücherei immer wieder die schmerzenden Augen zu. Er ist das Lesen nicht mehr gewohnt. Glücklicherweise hat ihm Nanni ohne weitere Fragen die Schlüssel heruntergeworfen und in der Dunkelheit auch nicht gesehen, wie er beieinander ist. Hoffentlich kommt Emma nicht und sieht ihn in diesem Zustand, bemerkt, dass er sich beim Steinwurf in das Fenster der Villa die Schulter verrissen hat.

Mit fiebrigen Händen blättert er die Seiten der Zeitung um. Irgendwo muss doch etwas von der Schlägerei stehen, dass ein Mensch durch Scherben verletzt wurde oder umgekommen ist. Zuerst knöpft er sich die Zeitung von vorgestern vor – und erschrickt.

Außenminister Rathenau ist ermordet worden, liest er. Und im ganzen Land gibt es Demonstrationen und Ausschreitungen, sogar Angriffe gegen Deutschnationale.

Dann schweifen seine Gedanken auch schon wieder ab zu der Schlägerei. Haben sie ihm wirklich Scherben zu fressen gegeben? Aber über diesen Fall findet Max nichts. Im *Fränkischen Kurier* von heute heißt es auf der Titelseite: Die Mörder Rathenaus ermittelt. Techow verhaftet.

Dann folgt eine ausführliche Beschreibung der Täter, von denen sich einer, Knauer, Körner oder Kern, am Kapp-Putsch beteiligt habe. »Was für ein Wunder«, murmelt Schmidtill, unterlässt es aber sofort wieder, weil ihm die Lippe brennt. Und auch hier nichts zu seinem Fall. »Man kennt jetzt also die Mörder. Junge Männer, die gebildeten Schichten des Volkes entstammen.« Gebildete, denkt Schmidtill. Na, wenn's denn ein Arbeiter gewesen wäre …

»Es kann die Mörder nicht vor der verdienten Strafe schützen. Die Rechtspflege wird sich ihrer Pflicht bewusst sein, die Gefährdung staatlicher Ordnung nach jeder Seite hin …« Schmidtill schüttelt den Kopf und denkt: Menschen, die wütend sind, weil jemand getötet wurde, und deswegen Scheiben einwerfen, sind für die das Gleiche wie Menschen, die gezielt töten, um ein ganzes Land ins Chaos zu stürzen. Vielleicht liegt es daran, dass man Fensterscheiben besitzen kann, einen Menschen aber nicht.

Es klopft an das Fenster der Leihbücherei. Schmidtill zuckt zusammen, dreht sich um. Emma steht im Fenster, fahl. »Wie siehst du denn aus, was ist passiert!?«, ruft sie, als Max ihr die Tür öffnet.

»Schlägerei.«

»Mit Nazen? Also stimmt es, was man erzählt? Hast du den totgeschlagen?«

»Ich weiß es doch nicht mehr. Ich weiß nur noch, ich wollte helfen, die haben …«

»Diese Dreckspolitik bringt euch alle noch ins Gefängnis! Wie besoffen warst du denn?«

Max schaut zu Boden.

»Reichen dir deine ganzen Vorstrafen noch nicht?«

»Die Deutschnationalen haben Rathenau ermordet«, sagt Max, und Emma schweigt.

Max zeigt auf die Zeitung. »Immerhin scheinen die Genossen in Berlin nicht untätig gewesen zu sein ... Der Gesetzesentwurf zum Schutze der Republik ... ein Verbot für Vereine und Organisationen, die den politischen Mord und sonstige Gewalttaten gegen leitende oder ehemalig leitende Staatsmänner sowie gegen die Verfassung propagieren.«

»Es ist doch sonnenklar, wer dieses Gesetz zu spüren bekommen wird«, sagt Emma und Max bleibt vor Erstaunen der Mund offenstehen.

»Du interessierst dich auf einmal für Politik?«

»Vater ist festgenommen worden. Er soll Brot mit Scherben verunreinigt haben.«

»Scherben?«, sagt Max und greift nach Emmas Hand. Jetzt erst sieht er den Kratzer an ihrer Stirn. »War das Gumbrecht?« Er streichelt über ihre Stirn. »Ich ...!«

»Finger weg!«, brüllt sie ihn an. »Irgendeiner von deinen sauberen Genossen hat einen Stein in Georg Gumbrechts Wohnung ...«

»Einen Stein? Wann? Wo? Woher weißt du das? Soll ich dich zum Arzt bringen?«

»Ihr Steineschmeißer und Bombenleger!«

»Bombenleger? Aber Emma ...« Max legt wieder einen Arm um sie. Emma schlägt ihn wütend weg. »Lass mich in Ruhe.«

Worauf Max die Leihbücherei verlässt und die Tür hinter sich zuknallt.

Emma lässt sich auf den Stuhl fallen, versucht ruhig ein- und auszuatmen. Ihr fällt das Wort »Untergang« auf einem der Bücher ins Auge und sie denkt: Wie passend.

Freie Liebe

Fürth

26. Juni 1922

Emma fiel frühmorgens endlich ins Bett und stellte fest, dass ihre Monatsblutung noch immer ausgeblieben war. Schon viel zu lange. Möglicherweise war sie schwanger – aber leider wusste sie nicht, von wem. Zeitlich gab es eine leichte Überschneidung. Wünschte sie sich insgeheim, das Kind wäre von Georg, weil es dadurch finanziell abgesichert wäre, keinen Hunger leiden müsste, wenn er es anerkennen würde? Dann wieder wünschte sie sich, das Kind wäre von Max, denn warum sollte die Sicherheit über der Liebe stehen? Liebte sie Max überhaupt? Oder liebte sie doch Georg? Oder nur seine Sachlichkeit und Zärtlichkeit, und die Tatsache, dass er sich aus der Politik heraushielt? Aber tat er das wirklich? Was war mit den dubiosen Plänen zur Lenkung der Presse? Emmas Kopf hämmerte zu sehr, als dass sie weiter ruhig darüber nachdenken konnte. Freie Liebe – das war nur abstrakt eine gute Lösung.

Sie erinnerte sich noch, wie sie das Büchlein ihres Vaters in der Leihbücherei gesehen hatte. Zwischen *Von der Liebe* von Anton Tschechow und *Das Liebesleben in der Natur* von Wilhelm Bölsche. *Die Freie Liebe* von Fritz Oerter, 11.-20. Tausend 1921 – so viele Menschen hatten das Buch ihres Vaters gelesen.

Auf dem Titelblatt prangte eine schlanke Frau mit langem, gewelltem Haar, völlig nackt. Selbstbewusst breitete sie die Arme aus. Sie schien zu wissen, was sie wollte. Sie stand auf einem Halbkreis, unter dem sich drei weitere Halbkreise befanden, als beschützten sie sie.

Eine Welle der Zuneigung zu ihren Eltern erfüllte sie. Sie hatte sich von ihnen immer beschützt gefühlt. Vati hatte sie immer unterstützt in allem, was sie tat, sie ausreden lassen, ihr zugehört. Wieso nur war er jetzt unter die Bombenleger gegangen? In welcher dieser Welten sollte ihr Kind aufwachsen? Der Gedanke vergällte es ihr, sich weiter mit dem Thema Liebe auseinanderzusetzen. Frei oder nicht.

Sie nahm sich vor, trotzdem mit ihrem Vater über das zu sprechen, was sie bei Georg gefunden hatte. Ob der nun ihr Chef war oder nicht. Ob ihr Vater nun Anarchist war oder nicht.

Fränkische Tagespost
Fürth, 18. August 1922

Fürther Chronik – Die Bluttat von Freitag Nacht II

Der von der Polizei der Presse übermittelte Bericht zum Mord an dem Sozialdemokraten Max Schmidtill hat den Wortlaut:

»Ein nächtlicher Auftritt, der den Tod eines Beteiligten zur Folge hatte, spielte sich heute Nacht in der Badstraße zwischen Studenten und Arbeitern ab. Nach vorausgegangenen Streitigkeiten passten die Arbeiter einen der Studenten vor seiner Wohnung ab. Der ledige Schreiner Max Schmidtill, wohnhaft Mathildenstr. 20, ging gegen diesen vor. Der Begleiter des Angegriffenen schoss gegen den Angreifer und traf Schmidtill in den Kopf, der alsbald darauf verschied. Ein zweiter abgegebener Schuss traf den Begleiter des Schmidtill in die linke Wange. Der von Schmidtill angegriffene Student wurde bewusstlos und in das Krankenhaus verbracht. Die gerichtlichen Verhandlungen sind eingeleitet.«

An dem Polizeibericht interessiert nicht nur, was er sagt, mehr eigentlich, was er verschweigt. Welcher Art waren denn die vorausgegangenen Streitigkeiten? Wer hatte sie angefangen? Würde das Bild, das der Polizeibericht erkennen lässt, ein anderes sein, wenn von diesen vorausgegangenen Streitigkeiten etwas im Bericht gesagt würde? Der Erschossene und sein Begleiter sollen in die Hellersche Wirtschaft in der Alexanderstraße gewollt haben. Weil beide SPD-Abzeichen angesteckt hatten, sollen sie von den anwesenden jungen Leuten ungern gesehen und zur Türe hinausgedrängt worden sein. Wäre das der vorangegangene Streit?

Sehr eigentümlich muss es berühren, dass der Polizeibericht nicht nur den Namen, sondern auch die Wohnung des Erschossenen aufführt, über die Persönlichkeit des Täters und seines Kumpans aber einen dichten Schleier webt. Dass es Studenten sind, lässt darauf schließen, dass sie noch recht jung sind. Weiß die Polizei davon, dass der Täter der Student Schachtel sein soll, ein Fürther, der in München studiert, zurzeit sich aber auf Urlaub in Fürth aufhält? Ist auch das zutreffend, dass der andere Wibbeler heißt und in der Badstraße 7 wohnt?

Der Fürther Student Schachtel muss in München eine sonderbare Schule durchmachen. Nachdem er den einen niedergestreckt hatte (der Polizeibericht hebt hervor, er verschied alsbald), gab er noch einen zweiten Schuss ab. Der Begleiter des Erschossenen erhielt diesen Schuss in die linke Wange, als er sich über den Erschossenen beugen wollte, um nach seinem Befinden zu sehen. Diese Bewegung ist doch sicherlich nicht derart, dass sich die Studenten angegriffen glauben könnten. Dem Herrn Studenten Schachtel saßen die Kugeln sehr locker im Revolver.

Die eingeleiteten gerichtlichen Erhebungen werden wohl über all die Dinge Aufschluss geben, von denen der Polizeibericht nicht spricht. Oder wird es so gehen wie bei all den anderen rechtsgerichteten Morden, wo sich die Täter bis jetzt noch nicht vor Gericht verantworten mussten oder gar freigesprochen wurden?

Der Syndikalist 7 / 1922

Gewerkschaftliches

Die Fürther Glasarbeiter

Fürth in Bayern ist für die deutsche Glas-, d. h. besonders Spiegelglasbranche einer der bedeutendsten Orte. Hier haben die großen Spiegelglasexporthäuser ihren Sitz, welche die ganze Welt mit allen möglichen geschliffenen Gläsern und Spiegeln versorgen. In der Oberpfalz befinden sich viele Rohglaswerke und Hütten, die im Besitz der hiesigen Exportfirmen sind. In Fürth und Umgebung gibt es eine große Anzahl von Facettenschleifereien, deren Arbeiterstamm sich im Kern aus seit mehreren Generationen zugewanderten Oberpfälzern rekrutiert. Die hiesigen Glasbarone haben es hier mit einer Arbeiterschaft zu tun, die in ihren Empfindungen noch etwas frischer und ursprünglicher und vom blassen Geist des Reformismus, der sonst in den alten gewerkschaftlichen und sozialistischen Zentralisationen umgeht, noch nicht so angekränkelt ist wie diese.

Sie haben bisher bei ihren Lohnkämpfen – teilweise sogar durch die Anwendung syndikalistischer Methoden, insbesondere durch passive Resistenz – einige Erfolge erzielt. Nun aber steht ihnen ein großer Entscheidungskampf bevor. Eine neue Forderung, die sie einreichten, wurde mit der Gegenforderung der Unternehmer beantwortet: Die Einführung der Akkordarbeit anstelle des Stundenlohns und die Erhöhung der Arbeitszeit von 45 auf 48 Stunden.

Darauf haben die Arbeiter in einer großen Versammlung nahezu einstimmig beschlossen, das Ansinnen der Unternehmer abzulehnen und es lieber auf den Streik oder die Aussperrung ankommen zu lassen. Es ist bestimmt, bis Montag, den 3. Juli oder längstens Dienstag, den 4. Juli den Ausbruch des Streiks zu erwarten, der infolge des vom Unternehmer angekündigten hartnäckigen Willens voraussichtlich ein sehr erbitterter wird … Da in den hiesigen Glasbetrieben auch Schreiner, Portefeuiller, Buchbinder, Maler usw. beschäftigt und da außerdem viele andere Werkstätten wie Metallspiegelfabrikanten, Konsolspiegelgeschäfte, Korridorständerverfertiger usw. eng mit der Glasindustrie zusammenhängen, kann die Stilllegung der Glaswerke sehr weite Kreise ziehen. Das alles lässt sich jetzt noch gar nicht übersehen.

Auch eine Anzahl Syndikalisten wird in den Strudel des Streiks mitgerissen werden und ihre solidarische Pflicht tun. Ein schwerer Kampf wird es unter allen Umständen werden.

Wir beklagen die verkehrten Kampfmethoden des Deutschen Gewerkschaftsbundes, dem auch die Glasarbeiter angeschlossen sind. Wir beklagen sie deshalb, weil sich sein Kampf nicht gegen die Grundlagen des Kapitalismus richtet, sondern immer nur gegen einzelne Auswüchse des Systems, nicht gegen dieses selbst.

Der Bauer und der Landfriede

Nürnberg
28. Juni 1922

Emma staunte nicht schlecht, als sie vor dem langgezogenen Sandsteinbau, dem Nürnberger Künstlerhaus, standen. Sie hatte sich erneut schick gemacht, als Georg ihr heute mitgeteilt hatte, dass er sie ausführen wolle. Wohin, hatte er allerdings wieder nicht verraten. Sie konnte es kaum erwarten, sich im Theater oder bei einem Konzert zu vergessen, hoffte allerdings, nicht einzunicken, der gestrige Streit mit Max hatte sie nicht schlafen lassen. Und auch heute noch hatte sie ein mulmiges Gefühl. Saß Vater doch immer noch im Knast und Georg hatte zu allem Überfluss

Max eingestellt. Was Georg damit wohl bezweckte? Oder sah sie mittlerweile überall Gespenster? Aber immerhin hatte Max nun wieder Arbeit und stürzte hoffentlich nicht noch weiter ab.

Über die noble Vorhalle gingen Georg und sie in den ersten Stock. Emma mochte es, sich bei ihm einzuhaken, dann fühlte sie sich ihm ebenbürtig, als seine Frau. An der Bar fragte er sie, was sie trinken mochte. Emma überlegte, ob sie »Schampus« sagen sollte und wie er darauf reagieren würde, wenn er wüsste, dass sie möglicherweise mit seinem Kind schwanger war. Aber sie lehnte ab, was zu ihrer Stimmung passte.

Im großen Saal folgte die Ernüchterung. Nichts sah hier nach Theater oder Konzert aus, vielmehr schien ein Vortrag auf sie zu warten. Georg blieb gleich am Eingang stehen. Da kam ein Mann zu ihm und sagte: »Der Forstrat Dr. Escherich ist in Berlin erschossen worden.«

Georg schnappte nach Luft. Die Menge im voll gefüllten Saal begann zu klatschen. Ein Mann in Trachtenjanker und Kneifer trat ein, kam direkt auf Georg zu, winkte in die Menge, wie ein Politiker. Schüttelte Georg die Hand und klopfte ihm auf die Schulter. Trat aber dann sofort an das Rednerpult. Ganz offensichtlich war Escherich außerordentlich lebendig!

»Sehr geehrte Damen und Herren«, begann Escherich. »Angesichts der gegenwärtig herrschenden Erregung werde ich meinen Vortrag nicht frei halten, sondern in genauer Anlehnung an mein Konzept.« Das Publikum klatschte und Emma fragte sich, was es da zu klatschen gab. Georg führte sie zu ihren Plätzen und sie setzten sich. »Es geht heute um deutschen Boden und deutsches Volkstum. Vom Osten her drängt Anarchie und Revolution nach Westeuropa herein, vom Westen her drängt der französische Chauvinismus nach Osten.«

Emma musste an ihren Vater denken. Langsam verstand sie ihn und seine Lust, hier eine Bombe zu werfen. Sie hatte wirklich genug von Politik, jetzt und hier! Ob es stimmte, was die Polizei ihm vorwarf?

»Unser Land und unser Volkstum stehen auf Jahre hinaus unter dem Druck dieser Spannung. Kriegs- und Revolutionsgefahren liegen noch immer über uns.«

Die Rede von Rocker war um einiges interessanter gewesen, dachte Emma und ihr fielen die Augen zu, als Escherich in die Vergangenheit und zu den Bauern abschweifte.

Sie erwachte von lautem Klatschen und Bravorufen. Escherich schwadronierte noch immer. »So hatte die Rätediktatur für das bayerische Volk neben vielem Entsetzlichen auch ein Gutes gehabt: Sie hatte ihm noch rechtzeitig die Augen geöffnet.« Ich konnte meine nicht offenhalten, dachte Emma. »Sie hatte ihm gezeigt, dass seine Rettung nur in entschlossener Selbsthilfe liegen kann …«

»Genau!«, sagte Georg neben ihr überzeugt.

»An vorderster Front die Freikorps …«

Das waren die, von denen ihr Vater immer sagte, sie seien nicht viel besser als die Nazen. Emma hatte jetzt wirklich die Nase voll. Das war nicht ihre Welt.

Rom

Fürth

29. Juni 1922

Gleich am Morgen hatte Emma den *Fränkischen Kurier* aufgeschlagen und nicht glauben können, was dort stand:

Vorsicht Volk!

Brot mit Glassplittern versetzt

In Fürth wird mit Glassplittern vergiftetes Brot verkauft. Das Volk ist angehalten, vor dem Verzehr jede Scheibe Brot sorgsam auf Glassplitter zu untersuchen, so die Polizei Fürth.

Bernhard Kirst, Sprecher des Betriebsrates der Spiegelfabrik Gumbrecht und Mitglied des Allgemeinen Deutschen Gewerkschaftsbundes, äußerte die Vermutung, dass die Syndikalistische Gewerkschaft FAUD durch diese Form der Sabotage Druck auf die Arbeitgeber ausüben möchte. »Wir distanzieren uns als Einheitsgewerkschaft aufs Deutlichste von diesen lebensgefährlichen Kampfmethoden, die bei den Anarchisten unter dem harmlosen Begriff der ›Sabotage‹ angewandt werden.«

Auch der Besitzer der Spiegelfabrik, Georg Gumbrecht, drückte seine Abscheu gegen diese Methoden aus und versprach: »Wenn ein Arbeiter ein von den Anarchosyndikalisten vergiftetes Brot verspeist und dadurch innere Blutungen erleidet, werden wir die Kosten für die ärztliche Behandlung übernehmen. Beten wir zu Gott, dass dies nicht der Fall sein wird.«

Als ein möglicher Terrorist, der unschuldige Leben und die Gesundheit von Arbeitern gefährdet, wurde der Fürther Anarchist Fritz Oerter festgenommen.

Emma hatte ihren Daumennagel in die Handinnenfläche gedrückt, bis es schmerzte. Jetzt saß sie mit Georg in seinem Automobil auf dem Weg zu diesem entsetzlichen Escherich. Obwohl sie sich insgeheim schon länger auf die Seite ihres Vaters geschlagen hatte, egal, was ihm zur Last gelegt wurde. Zumal sie nicht glaubte, dass er das getan hatte, was ihm die Presse unterstellte. Warum hatte sie ihm nicht schon früher von Georgs Plänen erzählt? Auch ihre Mutter Nanni hatte ihr noch einmal versichert, dass ihr Vater absolut gewaltfrei agierte, weshalb er auch regelmäßig bei anderen Anarchosyndikalisten aneckte. Dass er trotzdem die Direkte Aktion, wie Sabotage von Maschinen, oder den Generalstreik propagierte, lag nur in der Natur der Sache, in der Ziel-Mittel-Relation, wie Emma jetzt wusste. Vater wollte eine gewalt- und herrschaftsfreie Welt. Und im Gegensatz zu den Kommunisten wollte er die nicht durch Gewalt erlangen, weil das Ziel eben bereits in den Mitteln vorhanden sein sollte. Mutter Nanni hatte ihr auch einen Auszug aus Vaters Autobiografie zu lesen gegeben:

»Der Anarchismus machte in jenen Jahren, da er noch der ›Propaganda der Tat‹ huldigte, viel Aufsehen, aber die Gewalttaten, die er verübte, schlugen stets ins Gegenteil um, denn die Gewalt, die die Staaten dagegensetzten, übertrumpfte in jedem Fall die der Empörer. Es ist das Schicksal aller herrschenden und aller nach Herrschaft gierenden Gewalt- und Übeltäter, dass sie stets fürchten müssen, durch andere noch stärkere Gewalttäter überwunden zu werden. Der Umstand, dass noch so überaus viele Menschen, besonders in der Jugend, zu gewaltsamen Auseinandersetzungen neigen, beweist, wie weit die Menschheit in ihrer überwiegenden Mehrheit noch von einem höheren und veredelten Menschentum entfernt ist. Ehrgeiz, Machthunger, übertriebenes Selbstgefühl, Mangel an Besitz, Angst um Besitz und vor allem die Ungeduld, nicht rasch genug bestimmte Ziele erreichen zu können, verleiten immer wieder dazu, Gewalt anzuwenden. Dass dieser Weg nur scheinbar der kürzere, in Wirklichkeit jedoch der längere ist und dass nur Geist, Verständigung und Liebe die Welt vorwärtsbringen können, leuchtete mir schon sehr bald ein. Deshalb habe ich, manchmal sehr zum Ärger einiger meiner Freunde, stets den Standpunkt der Gewaltlosigkeit vertreten.

Wenn ich aber späterhin den Erfolg solcher Taten betrachtete, so musste ich schon feststellen, dass dem großen

Opfer der Erfolg nicht entsprach. Die Anarchisten wurden von der bürgerlichen Presse, welche die öffentliche Meinung fabriziert, als die schussligsten Verbrecher hingestellt und die ahnungslosen Leser dieser Presse gewannen über den Anarchismus und seine Propagandisten die verkehrtesten Vorstellungen. Impulsive Empörungstaten werden, solange die Gegensätze zwischen den Klassen und Rassen, zwischen Unterdrückern und Unterdrückten nicht beseitigt sind, immer wieder vorkommen. Berichtet nicht sogar die Bibel davon, dass Moses den Ägypter schlug, der seinen Stammesbruder quälte, ohne ihn, Moses, den Attentäter, zu tadeln? Wer begeisterte sich in seiner Jugend nicht über den Pfeilschuss des Wilhelm Tell, der den Tyrannen tötete? Dennoch bin ich im Laufe der Zeit dahintergekommen, dass durch Gewalt und Terror nichts Positives erreicht werden kann.

Abgesehen von den Verfolgungen und den furchtbaren Strafen, denen sich der Terrorist aussetzt, wird er auch noch als der abscheulichste Mensch hingestellt und beschimpft, während dem Attackierten plötzlich ein Glorienschein um den Kopf wächst. Alle seine schlimmen Eigenschaften verschwinden, und wütete er gegen sein Volk auch wie ein Berserker, man denkt nicht mehr dran, sieht in ihm nur das Opfer und bedauert ihn noch, während man den, der den Mörder vieler Ermordeter tötete, auf die Guillotine schickt. Im Übrigen aber bin ich der Meinung, dass Gewaltanwendung und Revolution durchaus nicht gleichbedeutend sind. Revolution heißt Umwälzung. Ich meine, Gewalt soll von Revolutionären nach Möglichkeit vermieden werden. Gewalt ist unter allen Umständen etwas Verletzendes für den, gegen den sie angewendet wird und etwas Schändendes oder mindestens Beschämendes für den, der sie anwendet. Wohl verstanden: Ich verwerfe nicht den Kampf, aber derselbe bedingt nicht immer Gewaltanwendung. Wenn einer z.B. mit seinen Arbeitskameraden in eine Streikbewegung eintritt, so ist das wohl ein Kampf, aber keine Gewalt. Im Gegenteil entzieht er sich damit der Gewalt dessen, der ihn vor die Wahl stellte: entweder für ihn zu arbeiten oder zu darben. Für besonders verwerflich halte ich organisierte militärische Gewalt, weil ich nicht glaube, dass man durch Anwendung von bösen Mitteln einen guten Zustand schaffen kann. Manchmal – das ist nicht zu leugnen – setzt sich eine Revolution mit Gewalt durch, doch am Schluss sehen die Massen, dass zwar die frühere Gewalt beseitigt, aber dafür bereits eine neue eingesetzt worden ist. Von Freiheit ist nicht viel zu verspüren.

In unserer Zeit stehen übrigens die Dinge so, dass die Reaktionäre nur darauf lauern, dass die Arbeiter sich provozieren lassen und zu einem bewaffneten Aufstand schreiten; denn sie wissen sehr gut, dass sie auf diesem Feld, wo sie über die weitaus besseren Waffen und die geschulteren Kräfte verfügen, die Sieger sein werden. Eine Erhebung mit unzulänglichen militärischen Mitteln endet in der Regel mit einem traurigen Fiasko, wenn sie aber siegt, dann steht an ihrem Ende nicht die Freiheit, sondern die Diktatur. Ich hege die Ansicht, dass die Arbeiterschaft gut tut, wenn sie besserhin wirtschaftliche Kampfmittel zur Anwendung bringt. Passiven Widerstand, Boykott, Sabotage, Generalstreik, Zahlungsverweigerung usw. statt kriegerische Gewaltmittel. Ich für meine Person werde mich nie erdreisten, eine Politik zu empfehlen, die mir nicht zusagt und die ich selbst nicht übe, oder Kameraden zu Gewalttaten anzuspornen, die ich selbst nach meiner ganzen körperlichen und seelischen Veranlagung nicht im Stande wäre, auszuführen. Es ist ein leichtes, Einzelnen oder Massen den Rat zu geben, vollbringt dies oder jenes, wenn man selbst nicht in der Lage ist, mit gutem Beispiel voranzugehen. Nach meinem Dafürhalten ist keinem zu trauen, der andere zur Gewalt anspornt, sich selbst aber ängstlich davor hütet. Solche Menschen nennt man mit Recht verantwortungslos.« Emma war fest entschlossen, sich jetzt endlich mal genau anzusehen, was die Rechten da ausbrüteten. Und was konnte es Besseres geben, als wenn sie alle auf einem Haufen saßen: wie die Fliegen.

In München stoppte sie eine Ansammlung wütender Menschen. Sie schwenkten schwarz-rot-goldene Fahnen und rote Banner, riefen Parolen, die Emma nicht verstand. Reckten Schilder in die Luft: »Nieder mit den Mördern!«, »Hoch die Republik!«

»Die demonstrieren, weil der Außenminister einem Anschlag zum Opfer gefallen ist«, erklärte Georg und gähnte.

»Ja, ich weiß. Der heimtückische Mord an Walter Rathenau«, antwortete Emma. Erstaunt sah Georg sie an. Waren ihm Frauen suspekt, die sich mit Politik beschäftigten? Oder ahnte er, dass sie nicht ganz so sehr seine Vertraute war, wie er annahm?

Kurz hinter der Kreisstadt Erding machten sie Halt in einem Dorf namens Salmannskirchen, das vor allem aus Bauernhöfen und einer Kirche bestand. Sie hielten vor einer Mühle genau gegenüber der Kirche, in die Georg sie führte. Es roch nach kaltem Weihrauch. Georg tauchte seinen Zeigefinger in das Weihwasserbecken, Emma tat es ihm gleich, obwohl es sich befremdlich anfühlte. Dann nahm sie heimlich ihren Zeigefinger an die Lippen, zögerte, leckte daran, schmeckte Salz. Georg drehte sich um, und sie bekreuzigte sich hastig. Sie setzten sich auf die knarrende Bank, erdrückt von goldumrandeten Heiligenporträts. Emma genoss die Ruhe, obwohl die Querstrebe der Bank in ihren Rücken drückte. Das Brett der Bank vor ihr war durchsetzt mit Astlöchern. Georg zeigte zur Decke. Dort saßen sieben Heilige im Kreis mit der Mutter Gottes.

Emma fiel als erster St. Leonhard auf, der Fußfesseln in den Händen trug. »Siehst du Sankt Oswald mit dem Kreuz, der Krone und dem roten Purpurmantel?« Emma musste erst einmal suchen, um ihn zu finden. »Einer der Wetterherren«, sagte Georg. »Ein Heiliger, der die Herrschaft über Wetter und Unwetter hat. Sankt Oswald über Hagel und Sturm.«

Emma wusste nicht, warum Georg mit ihr genau diese Kirche besichtigte, aber ihr gefiel sie, weshalb sie nicht weiter nachfragte. »Sturm und Hagel können große Schäden anrichten«, sagte er, als sie das Kirchenportal verließen. »Da heißt es, durchdacht zu handeln.«

Über Berg und Tal, kleine Dörfer, an Kuhweiden und saftigen Wiesen vorbei, erreichten sie den kleinen Markt Isen. Wie Oswald Spengler vor einigen Wochen bogen sie hinter dem roten Backsteinbahnhof rechts ab. Über die Brücke tuckerten sie links den Berg hinauf, an der Linde vorbei, bis sie das Forsthaus erreichten. Emma konnte kaum glauben, dass zwei Menschen in einem derart großen Haus wohnten. Sie kannte zwar die Villen aus Fürth, aber die Forstvilla schien ihr noch um einiges größer und imposanter zu sein. Vermutlich weil sie allein stand, inmitten dieses riesigen Gartens.

Escherichs Frau Gabriele begrüßte sie herzlich. Im Gegensatz zu ihrem reservierten Mann war sie durch und durch gemütlich und erinnerte Emma sowohl in ihrem Aussehen – der Zopf und die grauschwarzen Haare – als auch in ihrem ruhigen, einnehmenden Wesen an Mutter Nanni. Und schon fühlte sich Emma zu Hause, obwohl sie im Forsthaus Hirschköpfe und andere Tiere von den Wänden anstarrten. Emma atmete erleichtert auf, als Escherichs Frau sie mit durch den Garten nahm und die Pflanzen, Magnolie, Johannisbeere und viele mehr, zeigte und erklärte. Da traf

Oswald Spengler ein und alle umgarnten ihn. Emma war er von Anfang an unsympathisch, er erschien ihr ständig abwesend, strahlte etwas Hinterhältiges aus.

Am Nachmittag wanderten sie an dem kleinen Fluss Isen entlang in die nahe gelegene Ortschaft Burgrain.

Dort im Burgrainerholz, Escherich deutete auf den Wald hinter der Burg, ließe es sich vortrefflich jagen. Vielleicht fänden sie ja einmal Zeit, wenn Georg wiederkäme. Er sah Georg an und nickte auch Emma zu, was sie mit einem Lächeln zu erwidern versuchte. Dennoch war ihr nicht ganz wohl bei Escherichs Blick, er hatte etwas Schmutzig-Schlüpfriges an sich, sie hatte das Gefühl, von ihm mit den Augen ausgezogen zu werden. Um dem zu entgehen, drehte sie sich abrupt um, so dass Escherich die Augenbrauen nach oben zog, was sie nicht mehr mitbekam.

An einem Sprössling machten sie Halt. Emma war unsicher, ob es sich um eine Hasel oder eine Esche handelte, verkniff sich aber die Frage.

Die vier Männer – Escherich, Spengler, Georg und der Verleger Cossmann –, Escherichs Frau und Emma sammelten sich um den jungen Baum. Spengler sagte, dass alles seine Zeit habe, es müsse geboren werden, wachsen und erlöschen. Sie wartete darauf, was der unsympathische Mann mit der steilen Stirn und den unergründlichen Augen weiter zu sagen hätte. Wie das Leben eines Menschen, fuhr Spengler fort, so verhalte es sich auch bei einem Volk. Dieser Lebensrhythmus als allgemeines Weltgesetz sei schon in der Geschichte Roms zu erkennen. Roms Säuglingsalter geschah in der Zeit vor der Sprache, als König Romulus Rom zugleich gezeugt und erzogen habe. Im Knabenalter, der darauffolgenden Königszeit, sei die Stadt gewachsen. Erst unter dem letzten König sei die Stadt erwachsen geworden, habe die Herrschaft abgeworfen und sich Gesetze gegeben.

Wie könne eine Stadt die Herrschaft abwerfen, fragte Emma, wenn doch ein König herrsche?

Die drei Männer starrten Emma an, der das Blut in den Kopf stieg. Sie sah, wie es in Spengler arbeitete, bis er fortfuhr, ohne ihr auch nur im Geringsten zu antworten. Wut stieg in Emma auf. Von zu Hause war sie nicht gewohnt, übergangen zu werden. Vater versuchte, sie wie eine gleichberechtigte Gesprächspartnerin zu behandeln. Dass das eine Ausnahme war, hatte sie als Arbeiterin in der Fabrik schon schmerzlich erfahren müssen. In Georgs Schreibstube war es ein wenig besser geworden, hatte sie gedacht, bis sie merkte, dass die rüden Worte des Vorarbeiters überhaupt nicht nötig waren, weil alle schon kuschten, wenn Georg oder sein Sohn nur in den Raum traten: gestaltvolle Gewalt.

Und im Erwachsenenalter, fuhr Spengler fort und machte eine kreisförmige Bewegung mit dem rechten Arm, unterwarf Rom Länder und Meere, bis es keine äußeren Gegner mehr gab. Ja, der Mensch sei dem Menschen ein Wolf.

Warum man ihn denn dann über andere Menschen herrschen lasse, wenn er dem Menschen ein Wolf sei, platzte es aus Emma heraus.

»Emma!«, rügte sie Georg.

Aber Spengler winkte ab, sagte, sie erinnere ihn an Laotse, den Gegner aller Staatsgewalt und großen Politik, den Schwärmer für kleine friedliche Gemeinschaften. Mit Verlaub, fügte er ein, erscheine sie ihm, wie er, weltfremd und tatenscheu. Wie Laotse vergesse sie, dass der – er machte eine bedeutungsschwangere Pause – der Krieg der Schöpfer aller großen Dinge sei. Alles Bedeutende sei im Strom des Lebens, durch Sieg und Niederlage entstanden.

Später saßen sie im Garten der Jagdvilla um einen Tisch, hatten einen fetten Hirschbraten mit Knödeln verspeist, dazu Rotwein und Schnaps getrunken. Spengler schaute nun noch debiler, Emma fragte sich immer wieder, ob er überhaupt etwas sah, wenn er die Augen wie ein Maulwurf zusammenzwickte. Sie hob ihr Weinglas und nahm einen Schluck. Der Wein schmeckte süffig und entfaltete langsam auch seine beruhigende Wirkung.

»Manche Frauen sind wie Waldschnepfen«, sagte Escherich und die Männer am Tisch lachten. Keine Reaktion von Georg. Mit versteinertem Gesicht saß er da und wandte den Blick nicht von Escherich ab. Emma wäre am liebsten aufgestanden und gegangen. Aber wo wollte sie hin? Hier im tiefsten Oberbayern. In diesem Isen. Escherichs Frau war gerade im Haus und die Dienstmagd machte einfach nur einen Knicks, um ihre Betroffenheit zu überspielen. Bist du debil?, dachte Emma. Im alten Rom wärst du eine Sklavin gewesen. Aus den Bäumen drang ein dumpfes »Buho« zu ihnen.

»Ein Uhu-Männchen, das balzt«, sagte Escherich und deutete mit dem Zeigefinger in die dunkle Baumgruppe. Emma konnte nicht erkennen, ob er dabei Georg ansah. Da erklang ein helleres »U-hu«. »Und das Weibchen. Gehorsam, wie es sich gehört.« Die Männer lachten wieder. Escherich sah Emma mit einem durchdringenden Blick an. Die versank immer tiefer in ihrem Stuhl.

Escherich stopfte sich seelenruhig seine Pfeife, als hätte er das soeben Gesagte nicht gesagt, und Georg griff sich eine Zigarre aus der Holzkiste, die auf dem Tisch stand, als hätte er das von Escherich soeben Gesagte nicht gehört. Und neben diesem Stinker muss ich heute Nacht schlafen? Aber ich werde die Zeit schon nutzen, wenn du vor lauter Wein und Branntwein schnarchst wie ein oberbayerischer Keiler. Der Gedanke malte ihr ein Schmunzeln auf die Lippen, weshalb Georg sie besorgt von der Seite ansah, als er seine Zigarre köpfte.

»Wie sieht das Jahr für einen Jäger wie Sie aus, Forstrat?«, fragte Cossmann, den Emma noch am sympathischsten fand.

»Nun ja«, sagte Escherich, zündete sich die Pfeife an, von der Wölkchen in den Nachthimmel stiegen, die leicht nach Kirsche dufteten. Er nahm einen Schluck vom Wein, gurgelte ihn. Emma bekam große Augen. Dann sagte er: »Was für ein reicher und üppiger Abgang.«

Jetzt konnte Emma sich ihr Lachen nicht verkneifen und gluckerte laut los. Die Männer sahen sie an, als wäre sie verrückt geworden, und sie dachte: Eine seltsame Bagage seid ihr. Einen Abgang kannte sie bis jetzt nur von schwangeren Frauen, die ihr Kind verloren. Der Gedanke ließ sie umgehend wieder ernst werden. Die Männer sahen Georg an, als wollten sie damit sagen, er solle sie zur Ruhe bringen. Doch anstatt sie zu rügen, bat Georg Escherich in seiner charmanten Art, mit seiner weichen Stimme: »Erzählen Sie doch, werter Herr Escherich.«

Escherich zog noch einmal an seiner Pfeife und begann. »Das Jagdjahr im Moos beginnt für mich Ende März oder Anfang April mit dem Schnepfenstrich in den Isarauen. Ein schöner warmer Frühlingsabend in den Auwaldungen mit ihrem großen Vogelreichtum hat einen besonderen Reiz. Mit sinkender Sonne beginnt ein Singen und Jubilieren, wie man es sich nicht schöner denken kann.«

Emma gähnte und dachte gerade noch daran, sich die Hand vor den Mund zu halten: Was für ein Kitsch! Wie in einem schlechten Roman.

»Und wenn der Abendstern zu leuchten beginnt und die fröhlichen Sänger allmählich verstummen, dann zieht quarrend und puitzend die Waldschnepfe. Nur wer Jäger und Naturfreund ist, vermag den Reiz eines solchen Frühlingsabends zu genießen. Und erst der Reiz des Frühjahrsmorgens, wie ich sie anlässlich der Spielhanfalz im April alljährlich in den Mösern erlebte!«

Mösern, dachte Emma, gab es dieses Wort, diesen Plural von Moos überhaupt? Sie sah, dass Cossmann, der Zeitungsverleger, ebenfalls nachdenklich aussah, aber das konnte auch andere Gründe haben. Offensichtlich wagte niemand, den Forstrat zu korrigieren. Georg, der um ihre Sprachkenntnisse wusste, sah nun zu ihr herüber, eindeutig besorgt. Befürchtete er, sie würde dem eingebildeten Escherich gleich über den Mund fahren? Oder hatte er nun doch eingesehen, dass Escherich mit seiner Beleidigung einen Schritt zu weit gegangen war?

»Mit dem erwachenden Tag beginnt auch schon das Vogelleben. Der Brachvogel und der Kiebitz rufen, die Bekassine meckert. Fasan und Rebhuhn melden sich, dazu die vielen kleinen Vögel, die ihre Stimme ertönen lassen. Dann wird es auch höchste Zeit für den kleinen Hahn.«

Emma musste zu Georg hinüberschauen, der sie anlächelte. Du kapierst auch gar nichts, dachte sie. Wut stieg in ihr auf. Sie leerte das Glas mit einem Schluck, worauf er nicht mehr lächelte.

»Und schon kommen sie dahergebraust. Da und dort hört man einen Hahn einfallen und nach kurzem Sichern auch schon blasen. Dann beginnt das Kullern und der Liebesreigen, dazwischen springt der Hahn wieder blasend und in seiner Eifersucht den Gegner suchend in die Höh.«

»Echte Männer also«, sagte Emma, und Georg und Cossmann sahen sie bestürzt an. Nur Escherich und Spengler nicht, als hätten sie nichts anderes erwartet. Escherich stopfte seine Pfeife. Spengler drückte gelassen seine halb gerauchte Zigarre aus, wie er es immer tat. Der Vollmond spiegelte sich auf seiner Glatze.

»Und kommt es mit dem Rivalen zum Kampfe, dann stieben die Federn und gar bald räumt der Schwächere, oft mit Verlust seiner schönsten Sichelfedern, das Feld.«

Emma dachte an Max. Ob er sich mit Georg ihretwegen schlagen würde? Er hatte sich in der letzten Zeit sehr verändert, war wortkarg, in sich gekehrt, abweisend. So kaputt wie er aussah, konnte es durchaus sein, dass er zu viel Alkohol trank oder dieses Pulver, Kokain, schnupfte, von dem jetzt so viel gesprochen wurde. Ein durchdringendes »Hohohoho« drang von den Bäumen herunter, gefolgt von einem schrillen »Wiwiwiwi«. Escherich kommentierte die Paarung der Uhus nicht. »Der Sieger aber umkreist in höchster Balz seinen Harem, den Liebeslohn erwartend.«

»Mit großer Aufmerksamkeit habe ich Ihr Werk gelesen«, sagte Emma plötzlich zu Spengler.

Georg schnaufte wohl ein wenig zu laut aus.

»Ja?«, sagte Spengler und sog an der Zigarre.

»Sie schreiben im ersten Band, es gebe keine ewigen Wahrheiten.«

»Aber Sie wissen eine?«, fragte Spengler, und Emma sagte: »Wenn alles relativ ist, dann ist auch dies relativ und nicht allgemeingültig.«

»Emma, du verstehst das nicht«, sagte Georg und legte ihr die Hand auf den Unterarm.

»So«, sagte Emma. »Das wäre, wie wenn der Kreter Epimenides sagen würde, alle Kreter sind Lügner.«
Emma hatte genug von diesem selbstherrlichen Altmännerverein. Sie hatte noch etwas zu erledigen. Also ging sie nach drinnen, nicht ohne sich mit einem kurzen Kuss auf Georgs Wange zu verabschieden, der doch tatsächlich rot wurde. Emma musste unweigerlich daran denken, was Escherich heute nicht ohne Ironie zu Spengler gesagt hatte und was sie vermutlich nicht hätte hören sollen: Die Fememorde seien bedauerlich, es wäre jedoch von größerem Übel gewesen, wenn die nur noch im Untergrund agierenden Einwohnerwehren nachhaltig geschwächt worden wären.

Sie ging nach oben. Horchte. Hörte die Männer draußen lautstark debattieren. Genau das hatte sie bezweckt – sie wollte in Ruhe im Haus nach mehr Papieren zu dieser ganzen Affäre suchen. Und in Spenglers Zimmer fand sie – bewohnt der Herr Philosoph dauerhaft ein Zimmer hier? – einen weiteren Brief.

Herrn
Professor Cossmann,
München, Samstag, 5. August 1922
Königin Str. 103

Sehr verehrter Herr Professor!

Gleich nach meiner Rückkehr nach München habe ich Herrn Hugo Stinnes über den Verlauf meiner Reise berichtet und ihm bei dieser Gelegenheit auch die Wünsche der bayerischen Presse – insbesondere der M. N. N. –, wie sie mir vorgetragen worden waren, zur Kenntnis gebracht.

Es handelt sich dabei in erster Linie um eine besonders frühzeitige Benachrichtigung der bayerischen Presse, durch die die letztere in die Lage versetzt werden würde, über wichtige Ereignisse gleichzeitig mit den Berliner Blättern zu berichten.

Aha, natürliche Interessensgebiete also, dachte Emma und las gespannt weiter.

Herr Stinnes erwiderte mir darauf, dass er nichts einzuwenden habe …

Ob der liebe Herr Stinnes wohl was gegen den Mord an Walther Rathenau einzuwenden hatte?, dachte Emma.

… wenn sich ein vertrauenswürdiger Vertreter der M. N. N. bei dem Sekretariat »Hugo Stinnes«, das im allgemeinen frühzeitig unterrichtet sei, Informationen hole, die er dann gegebenenfalls unmittelbar nach München weitergeben …

Plötzlich malten die Scheinwerfer eines Automobils die Äste der Eiche im Garten an die bleiche Zimmerwand. Motorengeräusch kam näher. Emma ging mit den anderen Frauen, Escherichs Frau und der Haushälterin, aus dem Haus. Die Männer standen bereits am Tor. Emma konnte ihr eigenes Herz schlagen hören. Escherich hielt ein Gewehr in der Hand, lud es. Der Wagen hielt vor dem Haus. Escherich hielt das Gewehr im Anschlag.

Fränkischer Kurier
20. August 1922

Nürnberg-Fürther Neueste Nachrichten
Letzte Telegramme. Streit mit tödlichem Ausgang

Zu dem unglücklichen Streit, der mit dem Tode des Arbeiters Schmidtill endete, erhalten wir von Augenzeugen die folgende Darstellung: Wie allmonatlich, so hielten auch am letzten Freitag Abend die Fürther Angehörigen des akademischen Waffenringes ihre Zusammenkunft ab. Es sei dabei ausdrücklich festgestellt, dass dieser Waffenring nicht etwa, wie aus dem Namen geschlossen werden könnte, ein vaterländischer Verband oder eine Vereinigung mit politischen Zielen ist; sondern es handelt sich lediglich um eine gesellige Organisation alter und junger Akademiker und Interessierter, die Mitglieder schlagender Studentenverbindungen waren und sind. Am Freitag bestand mehr als die Hälfte der Teilnehmer an der Zusammenkunft aus alten Herren. Noch während der »Kneipe« kamen an die Gassenschenke der Wirtschaft drei Sozialdemokraten und verlangten Bier. Dabei lief ihnen der Ingenieur W., den sie kannten, in den Weg. Es kam zu einem Wortwechsel und schon hierbei stießen die drei Sozialdemokraten die Drohung aus: Dich erwischen wir schon noch. Da hieraus auf weitere Angriffsabsichten der Sozialdemokraten geschlossen werden konnte, erklärten sich zwei Studenten und Bekannte des W. bereit, diesen nach Hause zu begleiten. Unbehelligt kamen die drei Männer an die Wohnung des W. Als aber letzterer sich anschickte, die Haustüre zu öffnen, stürzte sich der Arbeiter Schmidtill, einer der drei Sozialdemokraten, der sich hinter der Haustüre im Dunklen verborgen hielt, auf W. und versetzte ihm mit einem harten Gegenstand einen solchen Schlag über den Kopf, dass W. lautlos zusammenbrach und stundenlang bewusstlos blieb. Gleichzeitig stürzten aus dem Nachbarhaus die zwei anderen Sozialdemokraten heraus und gingen gemeinsam mit Schmidtill auf die zwei Begleiter des W. los. In derartiger Bedrängnis blieb dem einen Begleiter nichts anderes übrig, als dass er den Revolver zog und daraus nacheinander zwei Schüsse abgab, von denen der eine den Schmidtill tödlich traf, während der andere den Arbeiter L. an der Wange leicht verletzte.

Es sei ausdrücklich festgestellt, dass nur der Ingenieur W. Nationalsozialist ist, während die beiden Begleiter desselben keinem vaterländischen Verband angehören. Damit ist einwandfrei dargetan, dass man den Streit nicht »Hakenkreuzlern« in die Schuhe schieben kann, wie es in Beibehaltung des seit langem üblichen Systems von den Freunden der Sozialdemokratie wieder versucht wird. Die Angreifer waren überhaupt nicht die Studenten, sondern die Sozialdemokraten, vor allem Schmidtill, der gerade erst aus dem Gefängnis entlassen worden war.

Reifung

Isen, Oberbayern
29. Juni 1922

Nach weiteren Gläsern Wein fiel Emma neben Georg ins Bett und machte sich keine Gedanken mehr darüber, wie sie seinen Annäherungen nun begegnen wollte. Der Wagen war nur der eines Nachbarn gewesen. Fehlalarm also. Emma hatte in einem Artikel gelesen, dass bei einem Femememord die Mörder ein Auto der Einwohnerwehr gefahren hatten, wovon Escherich gewusst haben musste. Seine Reaktion heute Abend hatte gezeigt, wie sehr er sich auch dadurch politische Feinde geschaffen hatte.

In der Nacht träumte Emma von einem Wildschwein, das in ihrem Magen zum Leben auferstand, das Gesicht ihres Vaters annahm und ihr einen voluminösen Wanst machte. Und einen gehörigen Brand. Georg schnarchte neben ihr. Also ging sie die Treppe nach unten in die Gaststube, hoffte, von niemandem gestört oder gar gerügt zu werden. Dort trank sie ein Glas Wasser und stieg die Treppe wieder hinauf. Der Mond schien in das stille Haus, beleuchtete die toten, abgetrennten Köpfe der Hirsche, Wildschweine und Luchse. In gebührendem Abstand schlich sie sich am Treppengeländer entlang, den Blick nicht von den Augen der toten Tiere abwendend. Da hörte sie ein Scharren. Löste ihren Blick. Sah nach unten. Und wäre fast gestolpert. Am anderen Ende der Stufen sah sie nackte Füße, den Oberkörper konnte sie nicht sehen. Sie kniff sich, sah auf ihren Bauch, um sicherzugehen, dass sie nicht mehr schlief und träumte. Dann begannen sich die Füße zu bewegen. Und sie sah, wer darauf ging: Oswald Spengler. Das Mondlicht beleuchtete nicht nur seine Füße und Zehen, sondern auch seine glänzende Glatze. Mit weit geöffneten Augen und starr nach vorne gerichtetem Blick schlurfte er den Flur entlang. Seine nackten Fußsohlen machten ein seltsam schabendes Geräusch. Emma fand ihn in diesem Zustand nicht weniger unsympathisch, als wenn er völlig wach war, auch dann schien er ständig abwesend. Sie öffnete den Mund, wollte schon sagen: »Herr Spengler …« Da erinnerte sie sich, dass sie Max auch schon einmal beim Schlafwandeln gesehen hatte und dass man Schlafwandler nicht stören soll. Außerdem stand die Tür sperrangelweit offen, aus der Spengler herausgetreten war.

Also ließ Emma ihn laufen und trat in das Zimmer, das Escherichs Arbeitszimmer zu sein schien. Der Schreibtisch: ein aufgeklapptes Buch, Schreibpapier, gespitzte Bleistifte, Pfeifen, eine Schreibmaschine. An den Wänden hingen Blätter, mit Kreisen in unterschiedlichen Farben markiert. Als sie genauer hinsah, erkannte sie die Karte aus Georgs Büro wieder: die Interessensgebiete. »Krkrkrkrkrk«, schreckte sie eine Elster auf, die auf das Dach gehüpft war.

Und dann lag da noch ein Brief von Spengler an Escherich:

München, 25. Juni 1922

Sehr verehrter Herr Forstrat!

Herr Hugenberg schreibt mir, dass es ihm leider an Zeit fehlt, um nach Isen herauszukommen. Er hält sich aber am 12. abends bis zum Abgang seines Zuges nach Berlin frei. Wenn es Ihnen möglich ist, könnten wir ja dann über verschiedene Dinge zusammen sprechen.

Da am Montag und Dienstag hier in München Besprechungen über die Lage der Presse stattfinden in der Ihnen bekannten Richtung, so würden Sie mir einen großen Gefallen erweisen, wenn Sie mir rechtzeitig mitteilen, ob irgendwelche Aussicht besteht, dass durch ein Privatabkommen zwischen der Zeitungsgruppe, deren Schicksal in diesen Tagen beraten werden soll, und der einen oder anderen der großen Holzunternehmungen, zu denen Sie Beziehungen haben, eine Verbilligung der Cellulosepreise erzielt wird. Ich meine, dass irgendeine Möglichkeit bestehen müsste, um der zuverlässigen Presse auf diesem Wege in aller Stille eine Erleichterung zu verschaffen, die fest in unserer Hand ist und den anderen Blättern unbekannt oder wenigstens unzugänglich bleibt. Es genügt vollkommen, wenn Sie mir in ein paar Zeilen ja oder nein sagen, damit ich im Bilde bin und bei den Verhandlungen diesen Punkt nötigenfalls in die Waagschale legen kann.

Einstweilen verbleibe ich mit den herzlichsten Grüßen
O. Spengler

Emma legte den Brief zurück. Irgendwann würde Spengler zurückkommen oder jemand seine Schlafwandlereien bemerken. Hugenberg, Stinnes, Cossmann ... Langsam schloss sich der Kreis. Und verbilligte Cellulose, um die eigenen Zeitungen billiger zu machen ...

Sie würde ihrem Vater den Brief zeigen, auch wenn sie Georg damit in den Rücken fiel. Andererseits: Nahm ihr Vater nicht auch in Kauf, dass für seine politischen Ideen Menschen qualvoll starben – wenn er und die FAUD wirklich hinter der Glassplitter-im-Brot-Sabotage steckten? Trotz der Zweifel schob sie den Brief in ihr Höschen unter dem Nachthemd. Emma schloss die Schublade, sperrte sie ab und legte den Schlüssel auf den Stuhl.

Da hörte sie ein Geräusch. Spenglers schleifende Schritte kamen näher. Jetzt hörte sie auch noch ein Wispern. Escherich? Vor diesem so militärisch auftretenden Mann hatte sie noch mehr Respekt als vor Spengler. Emma überlegte, was sie sagen sollte, da kamen Schritte näher, kam Spengler auf sie zu, ging an ihr vorbei in sein Zimmer und legte sich ins Bett.

Emma schlich nach oben. Versuchte ihre Schritte so zu setzen, dass die Treppe so wenig als möglich knarrte. Wo verstecke ich das Blatt? Wenn Georg das findet, dann schlägt er mich tot! Bei dem Gedanken zuckte sie zusammen. Würde er das wirklich tun?

Als sie in ihr Zimmer trat, schnarchte Georg zu ihrer Beruhigung. Sie öffnete den Koffer so behutsam wie möglich, schob den Zettel zwischen ihre Kleider. Klappte den Koffer wieder zu und legte sich zu Georg. Der hörte umgehend auf zu schnarchen, schrak hoch. »Kalte Füße hast du! Bist du krank?«

Am nächsten Morgen saßen alle um den Frühstückstisch im Garten. Emma überlegte, während sie dem Frühstücksei mit dem Messer den Deckel abschlug, ob sie etwas von Spenglers Schlafwandeln erwähnen sollte. Ein Stich fuhr in ihren Unterleib. Sie hielt sich die Hand vor den Bauch. Georg fasste ihr an die Stirn. »Vielleicht wirst du doch krank.«

»Mir ist gestern etwas abhandengekommen«, sagte Spengler und sah Emma an.

Radikal

Fürth

12. Juli 1922

Schmidtill kann es nicht glauben: Er ist ein Streikbrecher. Neben einigen wenigen anderen abgehalfterten Typen ohne Rückgrat steht er an den Maschinen. Tritt damit seinen Genossen in den Rücken. Am Sonntag, den 25. Juni ist der Streik ausgerufen worden. Seitdem hat er an jedem dieser Tage jede Minute der acht Stunden gezählt, war sich vorgekommen wie ein Hundesohn. Jetzt erträgt er die Last nicht mehr und hat beschlossen, dem ein Ende zu bereiten. Er würde alles tun, um kein Streikbrecher mehr sein zu müssen, sich nicht mehr von Schachtel erpressen lassen zu müssen.

Das Sägeblatt der Kreissäge rotiert. Ihm wird noch schwummriger. Zuvor hat er noch einen ordentlichen Schluck Branntwein genommen, damit der Schmerz nicht zu übermächtig wird. Dann packt er das Holz fest. Schiebt es in das kreischende Sägeblatt. Schiebt den kleinen Finger in das kreischende Sägeblatt. Schmerz. Blut. Schwärze. Nacht.

Fränkische Tagespost
19. August 1922

Jungsozialisten Fürth

Genosse Max Schmidtill wurde in der Nacht von Freitag auf Samstag erschossen. Die Beerdigung findet heute, Montagnachmittags um 2.15 Uhr statt. Es werden alle Genossen und Genossinnen der Jungsozialisten gebeten, sich zur Beerdigung bestimmt einzufinden.

Frachtenausfall

Fürth

14. Juli 1922

Am Morgen hatte Emma zweimal erbrochen. Jetzt war ihr immer noch speiübel. Dazu kam, dass sie gelesen hatte, welche Gewinne Georg und seine Freunderl einstrichen. Allein im letzten Jahr waren das fast 22 Millionen Mark gewesen. Aber bei den Arbeiterinnen um jeden Pfennig feilschen!

So saß sie in der Spiegelfabrik vor der Mercedes, schob ein Briefpapier in die Maschine, und der schlecht gelaunte Georg diktierte viel zu schnell:

14. Juli 1922. An Regierung von Mittelfranken. Ist einer hohen Regierung bekannt, dass bereits seit dem 14-tägigen Glasarbeiterstreik in Fürth keinerlei Güter wie Flurgarderoben und Spiegel an der hiesigen Güterstation aufgegeben werden können, da die Verladung dieser Güter gewaltsam verhindert wird? Was gedenkt eine hohe Regierung gegen diesen terroristischen Eingriff in die Verkehrsverhältnisse zu tun?

Du redest von Terrorismus, und Vater wird seit zwei Wochen im Gefängnis festgehalten, dachte Emma, versuchte aber, sich wieder auf ihre Arbeit zu konzentrieren. Nur so konnte sie Vater helfen. Georg fuhr fort:

Welchen Standpunkt nimmt die Regierung dazu ein, dass die hiesigen zuständigen Behörden, so auch die amtliche Seite der Güterstation, bisher diesem Treiben tatenlos gegenüberstanden, trotzdem sie sich sagen mussten, dass bei dem großen Umfange, den der Versand der Fürther Spiegelindustrie einnimmt, dem Fiskus schon ein Schaden, der in die Hunderttausende geht, durch Frachtenausfall zugefügt wurde?

Mit dem Ausfall von Hunderttausenden könntest du leicht die Lohnerhöhung bezahlen, dachte Emma. Wenn sich die Arbeiterinnen schon für deine dicke Wampe kaputt arbeiten.

Der enorme Schaden, der der ganzen Industrie durch diese gewaltsame Sperrung außerdem entstanden ist, ist unberechenbar. Nachdem bei einer weiteren Versperrung des Verkehrs die Lage katastrophal zu werden beginnt, wird sofortige Abhilfe von einer hohen Regierung erbeten.

»Und bevor du den Brief zum Postamt bringst, setz dich bitte hierher.«

Emma nahm das Papier aus der Maschine und legte es auf ihren Schreibtisch. Dann nahm sie auf dem Stuhl Georg gegenüber Platz, gespannt, was nun folgen würde.

»Professor Spengler hat mir von einem sehr wichtigen Brief berichtet, der ihm abhandengekommen ist.« Georg zündete sich eine Zigarette an. Das tat er nur, wie Emma mittlerweile wusste, wenn er Ärger hatte. »Just in dem Zeitraum, in dem wir«, er betonte das »wir« und sah Emma streng in die Augen, »bei Forstrat Escherich zu Besuch waren. Hast du mir was zu sagen?«

Da klopfte es an der Tür und Emmas neue Kollegin trat ein: »Herr Cossmann ist eingetroffen.«

Nun habt ihr es aber brisant, dachte Emma.

»Dann bringe den Brief bitte zum Postamt«, sagte Georg, ohne Emmas Antwort auf seine Frage nach dem Verbleib von Spenglers Brief abzuwarten. Emma nickte und sah im Aufstehen, dass Cossmann an der Tür stand. Zusammen mit Georg ging sie zur Tür. Als sie Cossmann die Hand geben wollte, musste der erst ein Heft, das er hielt, in die andere Hand nehmen: *Die Sabotage* von Émile Pouget. Ach, daher weht der Wind, dachte Emma. Wie kommt ihr bitte an das Heft aus Vaters Leihbücherei? Oder hatte es sich der Verleger Cossmann über Umwege besorgt? Wie gut, dass es zu jenen gehört, von denen Vater mehrere Exemplare besitzt, weil er es gerne mal verschenkt. Das werde ich mir doch gleich mal zu Gemüte führen. Jetzt bist du fällig, Georg!

Der Syndikalist 9 / 1922

Vereins-Nachrichten

Aufruf zur Solidarität!

Die Fürther Glasarbeiter

Die Spiegelfabriken in Fürth haben ab Juli sämtliche Arbeiter ausgesperrt. Die Betriebe werden geschlossen. Die Ursache dieses Kampfes ist die Wiedereinführung der Akkordarbeit, die Verlängerung der Arbeitszeit von 45 auf 48 Stunden und die Frage der Betriebsräte.

Alles in allem kommen in unserer Organisation ca. 100 Kollegen in Frage, die Zahl kann sich mit jedem Tag erhöhen. Die in der Freien Arbeiter-Union Deutschlands organisierten Arbeiterinnen und Arbeiter werden ersucht, Solidarität zu üben.

Gelder für die Unterstützung der Ausgesperrten von der Agitationskommission Süddeutschlands sind, sofern sie dort angeschlossen sind, zu senden an Fritz Oerter, Untere Fischergasse 13, Fürth. Alle übrigen Vereine senden die Gelder an F. Kater, Berlin O. 34, Kopernikusstraße.

Die Geschäftskommission,
Fritz Kater

Unter Verdacht II

Katharinenkloster, Fürth
Mittwoch, 15. Juli 1922

»Herr Oerter ist also umgehend freizulassen«, sagte der Anwalt der FAUD zum Kommissar der Staatspolizei. Emma und Nanni standen neben ihm. »Es ist ein Skandal, ihn unter diesen haltlosen Anschuldigungen zwei Wochen festzuhalten! Die Vorwürfe gegen ihn, Brot mit Glasscherben verunreinigt zu haben, sind haltlos. Es gibt keinerlei Beweise dafür. Zudem hat sich Fritz Oerter in all seinen Veröffentlichungen gegen terroristische Sabotage gestellt, die die Falschen trifft.«

Der Anwalt knallte dem Kommissar Artikel aus dem *Syndikalist* und *Der freie Arbeiter* auf den Schreibtisch. Dann nahm er *Die Sabotage* von Émile Pouget aus seiner Ledertasche, die ihm Emma kurz zuvor gegeben hatte, und las laut vor: »Noch in frischer Erinnerung dürfte die Aufregung sein, als die Tagespresse vor einigen Jahren Gerüchte über angebliche Glassplitter im Brot verbreitete. Die Gewerkschafter mochten sich noch so sehr um Erklärungen bemühen, dass Glas ins Brot zu tun ein schändlicher Akt von krimineller Dummheit sei und die Bäckereiarbeiter nie an so etwas gedacht hätten. Trotz aller Dementis hielt sich die Lüge, wurde weiterverbreitet und brachte natürlich viele Leute, die alles glauben, was in der Zeitung steht, gegen die Bäckereiarbeiter auf. Tatsächlich hat sich während der bisherigen Bäckerstreiks die Sabotage stets auf die Beschädigung der Bäckerläden, der Backtröge und Öfen beschränkt. Wenn dabei auch ungenießbares Brot hergestellt wurde – ungebackenes oder verbranntes, ungesalzenes oder ungesäuertes, aber wohlgemerkt, niemals mit Glas versetztes Brot –, dann waren davon in keinem Fall die Kunden betroffen, sondern ausschließlich die Bosse. Man muss die Käufer schon für komplette Idioten halten, wenn man meint, sie ließen sich anstelle von Brot eine widerliche, ungenießbare Masse andrehen. Und wenn dergleichen geschehen wäre, hätten sie dieses Brot natürlich zum Verkäufer zurückgebracht und stattdessen ein essbares Produkt verlangt. Man kann also die Geschichte mit dem Glas im Brot als kapitalistische Propaganda werten, die darauf abzielte, die Forderungen der Bäckereiarbeiter in Misskredit zu bringen.«

Der Anwalt machte eine bedeutungsschwangere Pause und sah den Kommissar an. »Kann es sein, dass sie daraus ihre kruden Anschuldigungen bezogen haben?«

Der Kommissar blieb ruhig. Oerter dagegen schnaubte verächtlich aus. »Und was den zweiten Punkt angeht, den Vorwurf, Sprengstoff in Besitz zu haben: Der Genosse, der Sprengstoff transportiert haben soll«, übernahm er jetzt selbst das Wort, »wenn es der ist, den ich meine, das ist ein sehr braver und harmloser Mensch, da haben Sie mich vergebens festgenommen. Außerdem haben Sie kein Gramm Dynamit in meiner Wohnung gefunden, als Sie sie auf den Kopf gestellt haben.«

»Das muss nichts heißen«, sagte der Kommissar.

»Wenn es nicht so skandalös wäre, wäre es geradezu lustig«, fuhr der Anwalt fort. »Und schneller aufzuklären gewesen, wenn Sie erklärt hätten, was meinem Mandanten genau vorgeworfen wird.« Die ganze Sache war mal wieder der übereifrigen Polizei und der Hetze gegen die Anarchosyndikalisten geschuldet. Es war ein junger Kamerad aus Schwaben, der Fritz Oerter schon vor dem Kriege einmal besucht hatte und sich hierorts nach Arbeit umsehen wollte. Er hörte, dass die Rhein-Westfälische-Jagdpulverfabrik gerade Leute suchte, und man hatte ihm den Weg dahin erklärt. Er solle über die lange steinerne Brücke in die Erlangerstraße gehen und weiter außen müsse er sich nochmals zurechtfragen. Oerters Adresse hatte er vergessen, aber jener Weisung erinnerte er sich noch. So fragte er auf dem Weg vom Bahnhof einen Mann – zufällig geriet er an einen Kriminaler in Zivil –, wo denn der Fritz Oerter wohne. Seine Wohnung müsse in der Nähe von der großen steinernen Brücke sein, die zur Pulverfabrik führe. Der Kriminaler hörte den Namen Oerter, hörte große steinerne Brücke, hörte Pulverfabrik und sah sich den Mann genau an: ein großer, langer Kerl mit einem riesigen

Schlapphut, einer hellgrünen, fast weißen Hose, dazu ein roter Ledergürtel, weißes Hemd, kurz: Der Mensch sah aus wie ein bunter Vogel und erschien sehr verdächtig. Außerdem trug er ein in große Leinwand eingemummtes Etwas mit sich, das sich später zwar als eine harmlose Mandoline entpuppte, in der Fantasie des Kriminalers jedoch ebenso gut eine Bombe oder sonstige Höllenmaschine sein konnte. Aber es war Pfingstsonntag, er hatte dienstfrei, ganz sicher war er überdies seiner Annahme auch nicht, so tat er das Mindeste, was er für seine Pflicht hielt: Er ging zur nächsten Polizeiwache und gab an, dass Fritz Oerter von einem höchst verdächtigen Menschen besucht würde. Daher diese Haupt- und Staatsaktion, bei der die Polizei sich übrigens blamierte, denn auch die Papiere des jungen Genossen waren vollkommen in Ordnung.

Vor dem Gefängnis in der Katharinenstraße umarmte Emma ihren Vater und sagte: »Jetzt werden wir es den Kapitalisten zeigen!«

Demonstration der Glasarbeiter

Fürth

28. Juli 1922

Innerlich hatte sich Emma längst von Georg gelöst. Bis jetzt hatte sie es immer geschafft, seinen Verabredungsversuchen etwas entgegenzuhalten, sich Ausreden einfallen zu lassen. Lange konnte das nicht mehr gut gehen. Aber wenn sie ihm klar und deutlich sagte, was sie von ihm hielt, ihm, der vielleicht sogar in den Mord an Rathenau und die Intrige gegen ihren Vater verwickelt war, dann konnte sie die Stelle als Schreibkraft vergessen. Vielleicht ließ er sie sogar ermorden, weil sie zu viel wusste.

Und da war auch noch Schachtel, Georgs unehelicher Sohn. Heute hatte sie ihn wieder erwischt, wie er eine Arbeiterin genötigt hatte. Sie konnte einfach nicht anders und musste es Georg sagen. Und was machte der? Zuckte einfach mit den Schultern. Konnte der vermaledeite Sohn eigentlich machen, was er wollte? Nur, weil er zur herrschenden Klasse gehörte? Emma war erstaunt, was für ein Vokabular sich in ihre Gedanken geschlichen hatte. Du wirst schon sehen!, dachte sie, als sie die schwere Tür hinter sich zuschlug, was aufgrund von deren großem Gewicht kaum eine Wirkung zeigte. Zuvor hatte sie Georg einfach das Telegramm auf den Tisch geknallt, war aus der Spiegelfabrik gestürmt und auf ihr Rad gestiegen.

empfehle ruecksprache mit stinnes + cossmann + kahr montag oder dienstag in papierfrage in continentalhotel = spengler

Sie radelte an der Rednitz entlang, unter der Siebenbogenbrücke hindurch. Jetzt reichte es wirklich. Sie würde sich dem Streik anschließen!

Am Berg neben den Gleisen überholte sie einen Arbeiter auf dem Rad und schwenkte so knapp vor ihm wieder ein, dass der ausweichen, nach rechts rüberziehen musste und kopfschüttelnd stehen blieb. Dann verließ Emma den Wiesengrund und brauste zwischen den Gleisen und den herrschaftlichen Häusern die Karolinenstraße entlang. Von der in sich geschlossenen Harmonie, an der sich die Architekten durch die Rechtecke und Rundbogen versucht hatten, verspürte sie nichts. Sie wusste nur, dass Max hier einmal bei einem Schreinermeister gearbeitet hatte.

Den Blick starr nach vorne gerichtet, die Augen zusammengekniffen, bekam sie nicht einmal mit, wie der Adler vorbeizuckelte, puffend Dampf ausspie und eine Wolke hinterließ.

An der Leyher Waldspitze, der Gartenwirtschaft mit dem Biergarten unter den Bäumen, klebte ihr die Zunge vor Durst und Straßenstaub am Gaumen. Sie stellte ihr Fahrrad am Jägerzaun ab und ging durch das Tor. Arbeiter, Frauen, Kinder hatten sich versammelt und ihr allesamt den Rücken zugewandt, manche lehnten an den Eichen. Kurz bevor Emma die Menge erreichte, begannen die Menschen zu klatschen. Emma versuchte, sich durch die Menge hindurchzudrängen, wie viele waren es: Zweihundert? Fünfhundert? Tausend? Oder noch mehr? Plötzlich fingen ihre Beine an zu zittern und eine Schwäche erfasste ihren ganzen Körper.

Durstig ließ sie sich auf einen Klappstuhl an einem grün lackierten Holztisch fallen. Ein Spitzbärtiger stieg auf das Sängerpodium am Ende des Biergartens, seine Stimme erreichte gerade mal die ersten Reihen. Emma verstand seine Rede nur bruchstückhaft. »Von München sollte heute ein Vertreter zur Aussprache mit uns und den Fabrikbesitzern kommen. Am Morgen hat uns aber ein Telegramm aus München erreicht, dass der Vertreter des Sozialministeriums erst morgen Mittag eintreffen wird.« Zwei weitere Redner folgten, dann formierte sich der Protestzug. Die Menschen stellten sich hintereinander auf, Emma ging ein wenig zur Seite in der Hoffnung, sich zwischen den Menschen und dem stiefelförmigen Wirtschaftsgebäude des Biergartens hindurchdrücken und sich doch noch ein Bier kaufen zu können. Doch vergebens, die Menschen standen zu dicht. Sie saugten sie förmlich auf.

Die Demonstration setzte sich in Bewegung und Emma wusste nicht, ob es an der Schwüle des Tages lag oder daran, dass die Arbeiter schon so lange aus den Spiegelfabriken ausgesperrt waren – es lag etwas Seltsames in der Luft, in der die schwarzen und roten Fahnen wehten. Was man nicht alles übersieht, dachte sie, wenn man es nicht sehen will.

Der Demonstrationszug floss jetzt auf die angrenzende Höfener Straße. Emma entdeckte die Schutzpolizei, grüppchenweise standen sie am Rand des grauschwarzen Asphalts, den Gummiknüppel im Halfter. Ein paar Journalisten hatten sich an der Spitze des Zuges postiert, hin und wieder flammte das Blitzlicht einer Kamera auf, begleitet von einem schnalzenden Geräusch wie von feuchten Knallerbsen. Dahinter hatte sich allerlei Volk versammelt: Arbeiter mit dem Jausebeutel über der Schulter, Büroangestellte mit Hüten, davor Frauen, die Schilder trugen, und dicht gedrängte Gruppen unter Spruchbändern, darüber der rauchgraue Himmel mit schweren Wolken.

Emma sah sich um, konnte aber niemanden entdecken, den sie kannte: weder Trude noch Paul noch Max noch Vati.

Der Protestzug passierte Spiegelfabriken, Schreinereien, da fiel Emma ein, dass sie ihr Fahrrad an der Waldspitze hatte stehen lassen, aber es war ihr egal. Immer mehr Arbeiter trieb es auf die verstaubten Straßen und in den Demonstrationszug. Einige kletterten auf Straßenlaternen, winkten andere herbei. Neugierige blieben am Straßenrand stehen.

Die Menschen waren nicht nur wütend, weil Gumbrecht und andere Spiegelfabrikanten sie seit Wochen ausgesperrt hatten, nur weil sie das forderten, was ihnen zustand – einen Teil vom Gewinn. Sie waren auch wütend über die massiven Preissteigerungen, selbst an der Freibank konnte eine normale Arbeiterin die Preise nicht mehr berappen. Und jetzt, da die Streikkasse langsam zur Neige ging, eh nicht mehr.

Der riesige Körper tanzte mit Tausenden Köpfen die Straße entlang, zog über die Gleise auf den Bahnhofsplatz.

An der langgezogenen Gebhardtstraße, die nach Nürnberg führte, öffneten sich Fenster, teils aus Neugierde, teils zu Sympathiebekundungen, was unten Beifall auslöste. Eine Frau mit Oberarmen so dick wie Schinken hängte ein rotes Tuch an ihren Balkon. Augenblicklich erklang aus den Reihen die Internationale: *Wacht auf, Verdammte dieser Erde, die stets man noch zum Hungern zwingt …*

Unter Bravorufen stießen bei der zweiten Strophe immer mehr Arbeiterinnen zu ihnen, einige mit ihren Kindern. Der Demonstrationszug bog nach links in die Luisenstraße ab. Da entdeckte Emma Trude mit ihren vier Kindern. Ängstlich sah sie sich um, sah auf die Pferde und die darauf sitzende Landespolizei mit ihren Helmen; trotz ihrer Scheuklappen scharrten die Pferde mit den Hufen. Emma ging auf Trude zu, die lächelte und sagte: »Schön, dich zu sehen.« »Schön, euch zu sehen«, sagte Emma und nahm die beiden Größeren, ein Mädchen und einen Jungen, bei der Hand. Kurz erfüllten sie die warmen Hände, die Nähe und Vertrautheit mit Wehmut. Sie versuchte aber, nicht weiter darauf zu achten. »Der alte Gumbrecht tät es aber gar ned schön finden, dich hier zu sehn«, sagte Trude.

Emma zuckte mit den Schultern und sagte spitz: »Ich fänd es auch nicht schön, ihn zu sehen«, und zwinkerte. »Wenn es ihm nicht passt, kann er mich ja aussperren«, und ihr fiel auf, dass sie sich schon lange nicht mehr so geborgen gefühlt hatte wie hier.

Als hätte Emma Georg Gumbrecht gerufen, stand der jetzt am Fenster im ersten Stock der Villa, unter der sie vorbeizogen. Wie immer sah er unglaublich gut aus, trotzdem fühlte Emma eine heiße Wut in sich aufsteigen auf Georg, wie er da oben stand. Wut auf seinen übergriffigen, verzogenen Sohn. Wut auf diese alten respektlosen Schnösel, Escherich und Cossmann und Spengler und wie die feinen Herren alle heißen, die planten, die Massen zu manipulieren. Wenige Meter vor ihr tauchte Paul auf. Als hätte er ihren Blick gespürt, drehte er sich um; sein verschmitzter Blick traf Emma. Er nickte ihr anerkennend zu – dann entdeckte sie Schachtel, sah, wie er sich bückte, einen Stein aufhob und auf Georg warf.

Schachtel flüchtete hinter eine Ulme auf der rechten Seite der Hornschuchpromenade. Sie versprach, ihm ein wenig Schutz zu gewähren. Wenn er einen Stein aus der Menge der Demonstranten werfen würde, würde sein Vater den Vorwürfen, die ihm seine Schlampe gemacht hatte, nicht weiter nachgehen. Was bildete die sich überhaupt ein? Nur, weil sie mit Vater fickte ... Als würde es ihn etwas angehen, wenn er der ollen Trude gab, was sie sich insgeheim von ihm wünschte.

Nun gut. Wenn sich Vater einbildete, durch den Steinwurf während der Demonstration würden die Arbeiter, die Demonstration und damit ihre Forderungen in schlechtem Licht dastehen, sollte er es haben.

Da sah er den Grünen auf sich zureiten, vom Pferd hechten. Schachtel sprang hinter dem Baum hervor, und als er in Reichweite kam, hielt er ihm beide Handgelenke fest, um ihm am Gebrauch seiner Waffen zu hindern. Eine Sekunde lang maßen sie ihre Kräfte. Schachtel roch den üblen Atem des Polizisten, während der sich vergeblich und fauchend bemühte freizukommen. Er hatte die gelbliche Haut eines Leberkranken.

Schachtel handelte schnell. Ganz plötzlich ließ er die unbewaffnete Hand des Polizisten los. In der anderen hielt der einen Knüppel, mit dem Schachtel ihm so kräftig unter das Kinn schlug, dass er mit dem Hinterkopf an die Ulme prallte. Dieser Rückschlag ließ ihn leicht benommen werden, sodass Schachtel ihm ohne Hast einen weiteren Haken versetzen konnte, der ihn vollends auf die Knie zwang.

Schon ging der Protestzug weiter. Emma versuchte noch zu verfolgen, was jetzt geschah, ob Schachtel Georg getroffen hatte mit seinem Stein, ob ihn die Polizei festnehmen würde. Aber die Menschen drängten nach vorne, zogen sie mit. Sie bogen in die Jakobinenstraße ab, sahen die vier Militärautos mit bewaffneten Polizeitruppen. Pfui-Rufe ertönten, der Zug marschierte stadtauswärts weiter die breite Nürnberger Straße entlang. Ihretwegen musste die Elektrische anhalten. Eine Kraft durchströmte Emma, sie richtete sich auf, sah nach oben. Über ihnen kreisten zwei dicke Rabenkrähen, »Prrrk, prrrk«, krächzten sie gegen einen Taubenschwarm.

»Da«, sagte der Kleine an der Ecke Finkenstraße, packte Emma noch fester an der Hand und streckte den anderen Arm und den Finger nach vorne. Er deutete auf die schwerbewaffnete Landespolizei auf ihren Pferden und zu Fuß in ihren stahlgrünen Uniformen, die sich von den grauen Häuserwänden abhoben wie Figuren im Puppentheater. Der Kopf des Protestzuges stach jetzt in die enge Finkenstraße. Es dauerte nur kurz, bis er auf die Lange Straße stieß und stoppte. Die Häuserschluchten verschluckten und verdunkelten die Gesichter der Demonstranten und Polizisten auf den Pferden, die Gewehre, Säbel und Gürtel. Wolken jagten über den Himmel.

Dicht an dicht standen die Menschen jetzt, Emma mittendrin. Die Landespolizisten vor, neben, hinter ihnen, die Knäufe ihrer Seitengewehre und die kindskopfgroßen Sterne ihrer Helme, die Gesichter im Schatten der Helmschirme, kein Fingerbreit stand zwischen Emma und den Arbeiterinnen mit den um den Kopf gebundenen Tüchern und den Kindern mit ihren eingefallenen Wangen, meist kleiner und dürrer als die, die Emma in der Hornschuchpromenade sah, wenn sie nach der Arbeit bei Georg aus dem Haus ging. Sie drückte die Hand des kleinen Zwacks wohl etwas zu stark, da er sie besorgt ansah.

Einige junge Leute mit roten Fahnen riefen: »Auf die Barrikaden!« Emma dachte, jetzt bricht hier gleich die Hölle los; sah andere Demonstranten den Boden nach Steinen absuchen. Alles was ihnen in die Finger kam, wurde aufgesammelt: Büchsen, Radfelgen, Stöcke, ein Mann mit einem zu anderen Zeiten sicherlich gutmütigen Gesicht schob sich, in Weste und Anzug, aus den vorderen Reihen durch die Menschen. Die Landespolizei harrte auf ihren Pferden aus; wenn man genau hinhörte, vernahm man das Schnauben und Trappeln der Tiere, dann und wann zog einer der Reiter die Zügel an, um sein Pferd zum Stillstehen zu zwingen, der schwarze Gaul mit überdimensioniertem Brustkorb stampfte seinen Huf auf den Boden, sodass das Metall einen bläulichen Funken vom Straßenpflaster aufstieben ließ. Es donnerte vom Himmel und die Jungen begannen zu singen, *Feindliche Stürme durchtoben die Lüfte, drohende Wolken verdunkeln das Licht…*

Der Mann in Weste und Anzug hob die Arme und rief: »Anhalten, stehen bleiben!«, aber drang mit seiner weichen Stimme nur schwer durch den wütenden Gesang der Jungen, die sich Mut machten. Emma ließ die Hand des Jungen los und sagte zu Trude, sie sollten besser gehen. Der Protestzug kam jetzt gänzlich zum Stehen. Der Leutnant hob seinen Arm und den Säbel, als wolle er dem Mann damit den Kopf spalten.

»Ich bin Stadtrat Dirscherl von der Sozialdemokratischen Partei«, sagte der Mann, was den Leutnant wenig beeindruckte. Er hielt den Säbel immer noch oben, wie eine Guillotine, dachte Emma. »Machen Sie hier keinen unglücklich«, sagte Stadtrat Dirscherl laut und betont, dass es noch einige Reihen weiter hinten zu hören war, obwohl die Jungen immer noch sangen und immer mehr einfielen in den Gesang: *Auf nun zum blutigen heiligen Kampfe, bezwinge die Feinde, du Arbeitervolk, auf die Barrikaden, auf die Barrikaden, erstürme die Welt, du Arbeitervolk.*

Emma sah sich um. Die Polizei drängte von allen Seiten heran, sperrte auch die Nürnberger Straße hinter ihnen und die Lange Straße vor ihnen ab. Ein ergrauter, hagerer Mann, ebenfalls in Anzug und Weste, schob sich an die Seite der Menschen und ging auf einen Major im gleichen Alter zu, bat ihn, so lange zu warten, bis die Leute auseinandergegangen wären. Der kümmerte sich aber nicht darum, und der Leutnant ließ seine Soldaten die Gewehre aufpflanzen. Emma sah die Unsicherheit in den Augen der jungen Polizisten, die vor den Kindern standen. Sie traten zuerst auch einen Meter zurück und warteten, bis die Sprecher die Menge ebenfalls mit ausgebreiteten Armen einige Schritte zurückgewunken hatten, aber nun drängten von allen Seiten bewaffnete Soldaten der Landespolizei heran. Die Arbeiterinnen und Arbeiter konnten nicht weiter zurückweichen, in der engen Finkenstraße fingen die Kinder an zu kreischen und zu weinen; die Mütter nahmen sie schützend in ihre Arme, sie drängten zurück in die Nürnberger Straße, aber auch dort stand eine Kette von Polizisten mit Handgranaten und Maschinengewehren.

Die Menge begann zu rennen, Trude stürzte zu Boden, riss zwei ihrer Kinder mit sich, Emma verlor sie aus den Augen. Die Massen drängten von hinten zu einem Ausweg, den es nicht gab. Beine, Stiefel, Röcke, Hosen über neben auf Trude, Emma griff nach ihrer Hand, wurde mitgerissen, da fiel der Säbel des Majors nach unten, als wolle er dem Protestzug den Kopf abschneiden.

Blüte

Fürth

28. Juli 1922

Die dürre Glocke der St.-Michaels-Kirche schlug achtmal. Max ließ sich in die Wiese am kleinen Seitenarm der Pegnitz sinken, am gemauerten Wehr, wo Ausscheidungen und Abfall vom bewachsenen Uferdamm abgewehrt wurden. Sein verbundener Finger juckte, die Wunde heilte. Ihm war, als ob ihm das grüne Seegras aus dem kupfernen Wasser zuwinken würde. Warum heißt es Seegras?, dachte er heute zum ersten Mal, wo es doch in einem Bach wächst?

Plötzlich stand Emma hinter ihm. Zerzauste Haare, blutiges Gesicht. Tränen liefen über ihre Wangen, hinterließen bleichrote Streifen. Sie wusste, dass er allein sein wollte, wenn er hierherkam. Trotzdem war sie gekommen.

Er hatte ihr nie erzählt, dass ihn das Seegras an ihre Haare erinnerte.

Er stand auf. Nahm sie in seine Arme. Sie legte ihre Wange an seine. Er spürte die feuchten Tränen. Emma wurde von Schluchzern geschüttelt. Drückte ihn an sich. Ihre Lippen auf seinen. Dann setzte sie sich auf das Wehr, mit dem Rücken zu ihm, und ließ die Beine baumeln.

»Was ist mit deinem Gesicht?«

»Bei der Demonstration …«

Max sah sie erstaunt an. »Die Landespolizei! Diese Schweine!«

Sie lehnte sich wieder an ihn.

»Was hast du denn nun eigentlich wirklich mit der

Schlägerei und dem Hakenkreuzler zu tun? Du musst dich doch ein bisschen erinnern!«

Max rückte so plötzlich von ihr ab, dass sie fast ins Wasser gefallen wäre.

»Du glaubst wohl auch, ich hätte ihm Scherben zu fressen gegeben?«

Emma zuckte mit den Schultern, ohne ihn anzusehen.

»Ich war wirklich ziemlich betrunken.« Max schleuderte einen Stein ins Wasser. »Ich glaube, ich hab dem Opfer sogar geholfen. Auch wenn ich es nicht genau sagen kann, glaube ich immer mehr, dass Schachtel derjenige war, der ihm die Scherben ins Maul gestopft hat.«

»Der Dreckskerl!«

»Wahrscheinlich musste der Hakenkreuzler sterben, weil er einen anderen Nazen verraten hat.«

»Und Schachtel hat damit gedroht, dich vor der Polizei als Täter anzuschwärzen, und hatte dich damit in der Hand?« Jetzt sah Max Emma an: ihren schwarzen Zopf, die Lippen. Am liebsten hätte er über ihre Wange gestreichelt.

»Schachtel hat mich gezwungen, den Stein in Gumbrechts Fenster zu werfen, um die Situation mit den streikenden Arbeitern zu verschärfen, und da habe ich dich getroffen. Es tut mir so leid.« Max nahm Emma in den Arm. »Und für den Streik musste ich auch stimmen, damit die Syndikalisten entlassen werden, weil sie als Unorganisierte betrachtet werden.«

»Dieser verdammte Schuft!«, fluchte Emma. Max mochte es, wenn Emma wütend war, wenn ihre grünen Augen funkelten. Dann ging eine unglaubliche Kraft von ihr aus.

»Und er hat uns noch weiter voneinander entfernt.«

»Was ich aber immer noch nicht verstehe«, sagte Emma, »wie Cossmann an das Buch *Sabotage* aus Vaters Leihbücherei gekommen ist.«

»Ich schon«, antwortete Max, »ich habe es mir dort ausgeliehen und in der besagten Nacht verloren.«

»Du Anarchist!«, sagte Emma und boxte ihm in die Seite, dass er fast ins Wasser gefallen wäre; beide lachten.

Jetzt war der richtige Zeitpunkt gekommen. Er klopfte sich das Gras von der Hose, worauf sie zu ihm herübersah und lächelte. Die länger gewordenen Sonnenstrahlen beleuchteten ihr hübsches Gesicht, das sie zuvor gesäubert, Blut und Dreck der Straße, der Landespolizei, abgewaschen hatte. Ein Auge leuchtete blau, eine Wunde klaffte auf ihrer rechten Wange. Er beschloss, auf das Niederknien zu verzichten, und setzte sich neben sie.

»Hast du eigentlich schon mal an später gedacht?«, fragte er.

Ein kühler Windzug kämpfte sich durch das Laub, erfasste sie, ließ ihn frösteln. Er wagte es nicht, die aufgekrempelten Ärmel seines Hemdes nach unten zu streichen. Er wollte sich ganz auf seine Worte konzentrieren, die er auf alte Zeitungen gekritzelt und dabei eine Zigarette nach der anderen gequalmt hatte. Dass er ihr der beste aller möglichen Ehemänner sein wollte. Er ein Kind mit ihr haben und ihm der beste aller möglichen Väter sein wollte. Auf das »In guten wie in schlechten Tagen« beschloss er zu verzichten, es erschien ihm arg kleinbürgerlich, eines Arbeiters unwürdig. Der Wind fuhr stärker durch die Bäume. Die Äste wiegten sich im Wind, die Pappelblätter zitterten und das Wasser rauschte in seinen Ohren. Er bekam kein Wort heraus, weil er befürchtete, seine flammende Rede würde die Enttäuschung darüber, dass er sich keinen Ehering leisten konnte, den er ihr über ihren schlanken Finger schieben konnte, nicht überdecken können.

»Das Später ist doch jetzt«, erwiderte Emma und strich sich die schwarzen Strähnen aus dem Gesicht. »Und jetzt.

Und jetzt. Und jetzt ist es wieder vorüber. Warum also daran denken, wenn es von allein kommt.«

Max dachte nicht über Emmas Worte nach, wollte keine Zeit verlieren. Nicht, dass sie wegmusste.

»Ich meine an eine Familie, an Kinder.«

»Heiraten meinst du?« Ihr bohrender Blick machte ihn noch nervöser.

»Ja.«

Sie sah weg, schnalzte mit der Zunge. »Bürgerliches Gschmarre. Ich möchte niemandem gehören«, ihre Stimme wurde leiser, »auch, wenn ich ihn noch so sehr liebe.« Dann sah sie ihn wieder an.

Rosafarbene Blätter näherten sich langsam kreiselnd den Brettern zwischen dem gemauerten Wehr, trieben hin und her. Max warf einen Stein ins Wasser, versuchte nicht, ihn hüpfen zu lassen, weswegen er sofort unterging. Sie deutete auf den tieferen Teil des Seitenarmes.

»Würde das Wasser gezähmt werden von einer Wand«, sie deutete auf die andere Seite, wo ein klitzekleines Blatt gegen das Holz stieß, »würde es einförmig verlaufen.« Max stand auf und ließ Emmas Hand los. »Ohne glucksende Freude, ohne Stromschnellen, ohne mäandernde Ausbrüche«, fuhr sie fort.

Max verstand ihre Worte nicht. Als Schreiner hatte er gelernt, dass alles eine bestimmte Höhe, Breite, Tiefe, Länge hatte.

»Ich bin schwanger.«

Max fiel fast ins Wasser. Dann sprang er auf. »Das ist ja großartig!«

»Ich weiß aber nicht, von wem es ist«, sagte Emma leiser.

»Du!« Sein ganzer Körper spannte sich an. Er hob den Zeigefinger.

»Und ich werde es wegmachen lassen.«

Brief Spengler an Cossmann
München, den 1. August 1922

Sehr geehrter Herr Professor Cossmann!

An Gumbrecht habe ich in der Wohnungssache bereits geschrieben. Vor ein paar Tagen war ich mit Fräulein Schmidt-Pauli hier zusammen, die noch vorläufig an ihr Kieler See-Institut gebunden ist, für unsere Pläne aber starkes Interesse zeigt. Ihre Beziehungen zu Amerika sind heute so gut, und ihr Interesse an der Schuldfrage so stark, dass ich Ihnen raten möchte, sich mit ihr in Verbindung zu setzen. Leider war sie diesmal nur ein paar Stunden in München. Wegen der 10.000 wurde ich missverstanden. Ich hatte geäußert, dass wir uns mit der Summe auf zwei Jahre einrichten müssen, und dann kommt allerdings, wenn man sein Gehalt abzieht, ein bescheidenerer Betrag heraus.

Die große Aktion macht mir Sorge. Es wird augenscheinlich von allen Seiten ähnliches geplant, und es besteht Gefahr, dass entweder alles sich verzettelt oder auf die Gegenseite übergeht.

Ihr ergebenster
Oswald Spengler

Fränkischer Kurier
3. August 1922

Das Staatspolizeiamt Nürnberg-Fürth teilt mit:

Irreführende im Stadtrat Fürth gebrachte und durch die Presse gegangene Darstellungen über die Auflösung der Glasarbeiterdemonstration in Fürth am Freitag, 28. Juli und die hierfür maßgebenden Gründe geben zu folgender Feststellung Anlass:

Es ist unwahr, dass es sich bei der Demonstration um die Ausführung eines spontan gefassten Entschlusses zur Veranstaltung eines harmlosen Massenspaziergangs handelte. Bereits in einer Versammlung der Betriebsräte der Glasarbeiter im Schießanger am 25. Juli 22 fiel die Anregung zur Veranstaltung einer Demonstration. Dort wurde aufgefordert, sich am 28. Juli 22 nachmittags 2 Uhr in der Leyer Waldspitze zu versammeln und anschließend hieran einen Demonstrationszug zu veranstalten, um die noch arbeitenden Angestellten zu beunruhigen und dem Streik mehr Nachdruck zu verleihen, »damit die Arbeitgeber es mit der Angst zu tun bekämen«. Es sollte also durch den Druck der Straße in unzulässiger Weise auf die Willensentschließung der Angestellten und Unternehmer eingewirkt werden. Außerdem wurden in einigen dem Tag der Demonstration vorangehenden Nächten Steine gegen Fabrik- und Wohngebäude der Unternehmer geschleudert und Fenster eingeworfen. Es war damit zu rechnen, dass das in einem Demonstrationszug gesteigerte Massenbewusstsein Gewaltakte in weiterem Umfange auslösen würde, umsomehr, als erfahrungsgemäß ein derartiger Zug eine Menge Mitläufer mit unsauberen Absichten anlockt, für deren Handlungen die Leiter die Verantwortung nicht übernehmen können. Weiter war zu berücksichtigen, dass die Stimmung in weiten Kreisen der Bevölkerung durch die außerordentliche Preissteigerung aller lebensnotwendigen Dinge sehr erregt ist. Aus diesen Tatsachen und Erwägungen folgerte für die zur Aufrechterhaltung der öffentlichen Ordnung berufene Behörde die Pflicht, der Demonstration entgegenzuwirken. Zunächst wurde der Stadtrat Fürth ersucht, der Streikleitung unter Bekanntgabe der vorstehend aufgeführten Gründe zu eröffnen, dass eine Demonstration nicht zugelassen werden könne und dass sie, wenn sie trotzdem veranstaltet würde, mit polizeilichem Zwang aufgelöst würde und die Verantwortung für alle Eventualitäten der Veranstalter trägt. Stadtrat Fischer gab als Vertreter der Glasarbeiter am 27. Juli die Erklärung ab, dass eine Demonstration nicht veranstaltet werde. Der gleiche Stadtrat forderte in der nachmittags 2 Uhr in der Leyer Waldspitze stattfindenden

Versammlung zur Bildung eines geschlossenen Zuges auf, mit den Mädchen und Frauen in der Mitte, den jungen Leuten und der Streikleitung voran. Wie berechtigt die Befürchtungen waren, beweist die Tatsache, dass der zunächt aus etwa 500 Teilnehmern bestehende Zug in kurzem auf etwa 2000 anwuchs und dass durch einen Steinwurf aus dem Zug heraus ein Fenster eines Wohngebäudes eines Unternehmers der stillliegenden Fabriken zertrümmert wurde. Derartige Handlungen pflegen der Auftakt zu weiteren Ausschreitungen zu sein. Durch die in der Langen- und Nürnbergerstraße seitens der Landespolizei reibungslos und ohne Anwendung von Gewalt erfolgte Auflösung des Zuges wurden solche verhindert.

Leiden lassen

Fürth

14. August 1922

Die Fliege hängt mit ihren sechs dürren, haarig-verwinkelten Beinen auf dem Rücken an einem Spinnennetz und dreht sich. Max sieht ihr dabei zu, überlegt, ob er sie befreien soll, kann sich aber von ihrem Anblick nicht lösen. Vom Schließriegel unter dem Fensterrahmen blättert der Lack ab. Er streckt seinen Arm aus, greift nach dem Spinnenfaden und führt die in der Luft schwebende, halbtote Fliege vor sein Auge. Ein fremdartiges Gefühl der Macht durchströmt ihn und er richtet sich auf, sitzt so aufrecht da wie die letzten Monate kein einziges Mal, sein Rücken schmerzt. Da bewegt sich der kleine, im Sterben liegende Körper der Fliege wieder, die Beinchen zucken. Bewegen sich gleichmäßig, wie ein aufgedrehtes Metallspielzeug, das die letzte Energie ausstößt. Dann zuckeln sie nur noch, berühren ihre Spitzen, als würde der Tod einen Abzählreim spielen; der Körper bereits steif, als würde er ahnen, was kommt.

Als Kind hat Max oft mit Käfern gespielt, die er an Halmen hat emporklettern lassen, die er umgedreht hat, genau in dem Augenblick, in dem die so Genarrten an der höchsten Spitze angekommen waren. Max ist zumute wie einem kleinen Lebewesen, das seinen Aufstieg von Neuem hat beginnen müssen.

Max zieht sich an und verlässt seine Stube. Sein Körper ist angespannt wie ein Bogen, an dessen Sehne man nicht mehr auch nur einen Millimeter ziehen könnte. Die Spannung geht vom Bauch aus, zieht sich bis in den Kopf und in die Extremitäten. Wie kann Emma das nur tun, wo sie so viel miteinander erlebt haben? Erst zu behaupten, sie würde ihn lieben, er sei ihr so wichtig, dass sie bei ihm bleiben, sich gegen die freie Liebe entscheiden würde. Und dann? Dann stellt sich heraus, dass sie seine Aussage »Ich will dich nicht einsperren. Ich will dir deine Freiheit lassen« gegen ihn verwendet hat.

Ein feiner Pinkel in Rock und Zylinder kommt ihm am Guggla entgegen, weicht nicht aus. Auch Schmidtill denkt nicht daran, das Trottoir für diesen Bourgeois zu verlassen, auf die grindige Straße zu treten. Auch denkt er nicht daran, seinen Ellbogen einzuziehen. Und so trifft sein von der Arbeit muskulöser Arm auf den dürren Arm des Bonzen-Spargels. Was er sich denn erlauben würde!, schnaubt der Schnösel ihm hinterher. Und da sieht er Emma vor sich. Ganz real. Mit der Arbeiterin aus der Spiegelfabrik, die damals die Sabotage durchgeführt, die Salzsäure in die Maschine gekippt hat. Es tobt ein Widerstreit, ein Kampf in seinem Inneren. Der erste Gedanke ist, sie zu umarmen. Und dann überkommt ihn die Wut, die seinen ganzen Körper beben lässt. Lange hält er das nicht mehr durch. »Ich weiß nicht einmal, was Liebe bedeutet«, hat Emma gesagt. Und als er nachfragte, ob sie ihn überhaupt geliebt habe, sagte sie, es sei schon manchmal das Gefühl von Liebe da gewesen und das reiche ja eigentlich schon aus. Wenn er dagegen liebt, dann liebt er mit Haut und Haar, ist in jedem Teil seines Körpers ergriffen von diesem Gefühl. Dann will er ihr jede Sekunde nahe sein, ihre Hand halten, ihre Stimme hören, sie umarmen, ihre weiche Haut spüren.

Emma geht in das kleine Haus am Waagplatz, von dem manche Leute behaupten, es sei das kleinste Haus in Fürth. Das weiß Max nicht, aber er weiß, dass dort eine Engelmacherin wohnt, die ihr Kind, die sein Kind töten wird.

Der Syndikalist 10 / 1922

Das Ende des Glasarbeiterkampfes in Fürth

Ich habe seinerzeit über den Beginn dieses denkbaren Kampfes berichtet und fühle mich nun auch verpflichtet, den Ausgang desselben zu beschreiben. Als einen guten können wir diesen nicht bezeichnen.

Um was dreht es sich bei dieser Bewegung? Der Glasarbeiterverband hatte an die hiesigen Glasindustriellen eine Forderung eingereicht auf die Erhöhung der Löhne, die von den Unternehmern damit beantwortet wurde, dass sie ihrerseits von den Arbeitern die Annahme des Akkordsystems verlangten. Gegen eine allgemeine Lohnerhöhung waren die Fabrikanten von Anfang an nicht, aber nur bei gleichzeitiger Annahme des Akkords, der von den Führern und Arbeitern mit gleicher Entrüstung und Einmütigkeit abgelehnt wurde.

Die älteren Arbeiter der Branche hatten es noch in allzu gutem Gedächtnis, wie scheußlich sich in den Jahren vor dem Kriege das Akkordsystem ausgewirkt hatte. Worum es sich also bei diesem Kampfe drehte, das war der Akkord. Sein

Zweck, diesen abzuwehren, ist nicht erreicht worden. Beim Generalappell am 13. August haben die Arbeiter auf Anraten der Gewerkschaft den Akkord fast mit derselben Einigkeit angenommen, wie sie ihn damals abgelehnt haben.

Ich kann mir nicht beifallen, die zweitausend Arbeiter und Arbeiterinnen ob dieses verhängnisvollen Beschlusses zu verurteilen, denn ich weiß wohl, unter welchem furchtbaren Druck der Not sie standen. Dreizehn lange Streikwochen bei kurzen und knappen Unterstützungssätzen machen, dass selbst dem leichtsinnigsten Bruder graue Haare wachsen.

Wir hatten gehofft, dass der Glasarbeiterverband – um die hiesigen Glasindustriellen und Exporteure an ihrer empfindlichsten Stelle zu treffen – den Streik auch auf die Rohglashüttenwerke in der Oberpfalz ausdehnen würde. Das ist nicht geschehen. Dort wurde weiter geschafft, mit dem Erfolg, dass dort Überproduktion vorhanden ist und sich die Fürther Besitzer jener Werke jetzt die Bosheit leisten können, anstelle der Facettenschleifer und Spiegelbeleger nun 4300 Oberpfälzer aufs Pflaster zu werfen. So rächt sich die verkehrte und unzulängliche Verbandstaktik an den Mitgliedern der eigenen Organisation. Werden solche trüben Erfahrungen noch immer nicht genügen, den Leuten die Augen zu öffnen?

Bei der Abwicklung des Streiks am Donnerstag war wohl sehr viel von den hohen Richtlöhnen usw., die nahezu 27 Mk. pro Stunde betragen sollen, die Rede, aber sehr wenig von den Leistungen, die dafür verlangt werden. Nach den Zeitungsberichten verlautet darüber nur, »die Stücklöhne sind so zu bemessen, dass mit denselben voll leistungsfähige Arbeiter bei Normalleistungen und Normalarbeitszeit den Richtlohn erreichen können«. Hoffen wir, dass dies nicht bloß ein frommer Wunsch bleibt. Denn auf die von den Arbeitern verlangte Akkordarbeit kommt es bei der Sache doch vor allem an. Was nützt den Arbeitern ein verdoppelter Lohn, wenn sie vielleicht dreifach mehr wie bisher schaffen und sich abrackern müssen? Man nehme nicht an, dass die

Herren Glasbarone mit ihren Ansprüchen recht bescheiden sein werden. Ihre Vergangenheit zeugt fürs Gegenteil.

Fritz Oerter

Rache

Fürth

17. August 1922

Unter dem sternenklaren Himmel trug Emma den Kohleneimer zurück ins Haus. Ein Hund bellte, ein Besoffener grölte. Sie stieg die steile Stiege ins Dachgeschoss hinauf und öffnete die Tür zur Wohnung von Trudes Familie. Sie stellte den Eimer neben dem Ofen ab, in dem sich nur noch weiße Glut befand. Trude lag noch immer auf dem Bett in der Küche und schlief. Emma spülte das Geschirr, trocknete es. Die Uhr in der Küche tickte leise. Dann fragte sie Trudes Mann Walter, ob er noch etwas benötigte. Und wies ihn erneut deutlich darauf hin, dass Trude ihre Ruhe brauchte; in jeder Hinsicht. Zuvor, als Trude eingeschlafen war, hatte sie ihn schon ins Gebet genommen, ihm erklärt, dass er sie in ihrem Zustand nicht anzufassen habe. Und dass er sich dringend einer Sterilisation unterziehen müsse, damit dies nicht noch einmal notwendig sei, Trude nicht noch einmal derartige Schmerzen über sich ergehen lassen musste und sich der Gefahr aussetzte, für den illegalen Schwangerschaftsabbruch bestraft zu werden: von Männern! Die die Gesetze machten, aber sich nicht um deren Konsequenzen scherten. Von Männern: die Kinder machten, aber sich nicht um die Konsequenzen scherten. Walter hatte sie nur verständnislos angesehen. »Die Samenleiter durchschneiden«, hatte Emma gesagt und mit Mittel- und Zeigefinger eine Schere gebildet, die zuschnappte.

Wut stieg in ihr auf. Natürlich hatte sie ihm nicht gesagt, dass Trudes Kind auch von Hans Schachtel stammen konnte. Sie beschloss, dem Schachtel die Leviten zu lesen. Egal ob er nun Georgs Sohn, der Sohn ihres Chefs und Liebhabers war oder nicht. Bei dem Wort »Liebhaber« fühlte sie sich schmutzig. Sie wusch sich die Hände im verbliebenen Spülwasser und ging zum Fenster. Öffnete es und kippte das Wasser hinunter, ohne nachzusehen, ob unten gerade jemand vorüberging. Dann zog sie ihren Mantel an und schloss die Tür leise hinter sich.

Von Schachtel wusste sie, dass er nahe des Zahlbades an der Rednitz wohnte. Sie wusste, was sie wollte, wusste aber auch, dass es manchmal zielführend war, vorher über die Dinge nachzudenken, weil man sich sonst ins Unglück stürzte. Darum ging sie langsam über den Mathildenberg hinunter, um ein wenig ihr Mütchen zu kühlen. Aber die Wut zog sie wie ein Strudel in der Rednitz weiter, sie nahm immer mehr zu, sodass sie so weit war, Georg eine reinzuschlagen und ihm damit zu drohen, zur Zeitung zu gehen und einem Reporter zu erzählen, dass der saubere Sohn des Spiegelfabrikanten Gumbrecht eine der Arbeiterinnen in der Fabrik geschändet und geschwängert hatte und keinerlei Verantwortung dafür übernahm.

Sobald sie der Rednitz näher kam, wurde es kühler. Frühes Laub wirbelte in kleinen Fontänen über der Straße. Emma zog ihren Mantel fester zusammen, verschränkte die Arme im Gehen, um sich zu wärmen.

Schachtel wohnte in den Kißkalt'schen Häusern. Die Tatsache erzürnte sie weiter: Was hatte der Sohn eines Fabrikbesitzers in einer Arbeitersiedlung verloren? Und noch dazu einer, der studierte und die meiste Zeit in München verbrachte? Es gab Familien, die auf diese Wohnungen angewiesen waren. Wie die Familie von Trude. Sie wären froh gewesen, aus ihrer Wohnung in der Schindelgasse herauszukommen, die nur aus einem Zimmer bestand. In den Kißkalt'schen Häusern hätten sie es sich auch leisten können. Auch wenn Emma die Häuser nicht sonderlich hübsch fand. Wie Arbeiterinnen standen sie in Reih und Glied. Passend zum eintönigen Leben, um im Akkord genügend Geld für das tägliche Leben zu verdienen.

Kriegerdenkmal

Fürth

17. August 1922

»Jetzt haben der Hunger und das Schlangestehen endlich ein Ende, Genossen«, sagt Max Schmidtill und schlägt Michael Leonhard und Florian Seidl auf die Schultern, dass es aussieht, als würden sich die Kameraden verbeugen. Schmidtill versucht sich nicht anmerken zu lassen, dass ihm der kleine Finger von dem Schlag wehtut.

»Ich lad dich ein auf ein Seidla, oder zwei«, schiebt er schnell hinterher. Weil sich die Miene von Leonhard noch nicht aufhellt, auch noch: »Auf ein Dunkles.« Er muss seine Wut auf Emma ertränken, den Schmerz betäuben, dass sie sein Kind getötet hat. Leonhard streicht sich über die Schulter, schaut skeptisch auf das Fachwerkhaus vor ihnen, auf dem in schwarzen Lettern »Hellers Fischküche« prangt. Aus der Wirtschaft dringt lautes Rufen, Gesang, den Leonhard nicht versteht, der ihn aber einen Schritt zurücktreten lässt. »Bevor das Bier und das Schäufele noch teurer werden.«

»Ich weiß nicht«, sagt Seidl. »Wir können uns ja in der Gassenschenke ein Bier holen.« Er deutet auf den Ausschank außerhalb der Gaststätte.

»Nix da, wir gehen rein!«, sagt Schmidtill und zieht die beiden mit sich.

Vor lauter gespielter Euphorie bemerkt er nicht, wie Leonhard am schwarz-rot-goldenen SPD-Abzeichen an seiner Brust herumfingert, es abmacht und in seine Hosentasche steckt.

»Und eine geräucherte Forelle dürfte auch drin sein«, sagt Schmidtill.

Leonhard, der im Gegensatz zu seinen Genossen immer noch ohne Arbeit ist, schnippt die Schiebermütze nach oben. Ein Pferdefuhrwerk mit Spiegeln auf dem Anhänger rollt langsam über das Kopfsteinpflaster. Schmidtill holt Tabak und Papier aus seiner blauen Jacke und dreht sich eine Zigarette. »Na, was ist?« Er steckt sie zwischen die Zähne, reibt ein Streichholz ans Fachwerk und zündet sie an. Schwarze Wolkenfetzen schieben sich über den Mond.

»Aber die Hakenkreuzler ...«, sagt Leonhard.

Schmidtill weiß, dass die Fischküche ein beliebter Treffpunkt der Nazen ist, doch er verspürt nach dem Streit mit Emma eine solche Wut in sich, die immer noch nicht abgeflaut ist. Was bildet sie sich überhaupt ein? Sein Kind, ihr gemeinsames Kind einfach töten zu lassen? Er fühlt doch, dass es seins ist. Und wer sind die Nazen überhaupt, dass sie sich einbilden, ihm vorschreiben zu können, wo er hingehen kann oder nicht, um sein Feierabendbier mit seinen Genossen zu genießen?

Hier trauen die sich in die Fischküche, im Gegensatz zu anderen Vierteln. Nur ein paar Steinwürfe weiter, im Süden der Stadt, um die Gustavstraße herum, können sie nicht so einfach mit ihren Stiefeln und Uniformen herumziehen.

»Wenns'd meinst«, reißt Leonhard ihn aus seinen Überlegungen. Übermütig stößt Schmidtill die messingbeschlagene Holztür auf. Sie tauchen ein in den Dunst aus gebratenem Fisch, Rauch, Bier und Schweiß. Schmidtills Blick wandert zum einzigen freien Tisch in der Mitte des Raumes: Tischdecke und Aschenbecher unberührt. Daneben ein voller Tisch mit jungen Männern, die sich lautstark unterhalten.

»Der wartet doch nur auf uns«, sagt Schmidtill und stößt Leonhard in die Seite, der ihm nur zögerlich folgt.

Eine faltige Bedienung mit grauen Strähnen und roten Wangen kommt zu ihnen an den Tisch.

»Drei Seidla Dunkles, bittschön«, sagt Schmidtill. Die Bedienung nickt, sie hat ein Gespür für Ärger. »Und drei geräucherte Forellen.«

Schmidtills Blick schweift durch den wabernden Rauch. Er spürt, wie sein Mund trocken wird. Jetzt erst sieht er, was seinen beiden Genossen schon längst aufgefallen ist, dass der Tisch gegenüber vollbesetzt ist; mit alten Herren und Studenten. Einige von ihnen tragen Studentenmützen und schwarze Tellermützen und Burschenbänder in den Farben weiß-schwarz-rot-weiß. Alle haben Schmisse im Gesicht, bei den Älteren vernarbt, bei den Jüngeren frisch und voll dunkelrotem Grind. Auf dem Tisch ein Messingschild, auf dem in Frakturschrift *Akademischer Waffenring* steht. Am Tisch sitzt auch Bernhard Wibbeler, der gerade »Nerven« spielt. Er hat die Handfläche der rechten Hand nach unten auf einen Tisch gelegt. Die Finger auseinander. Mit dem Messer in der linken Hand sticht er in die Zwischenräume von hinter dem Daumen bis nach dem kleinen Finger, und wieder zurück, dass das Tackern des Messers durch die Wirtsstube dröhnt. Die um ihn Herumsitzenden johlen, als er es ohne Verletzungen geschafft hat. Hans Schachtel kommt mit leicht verlangsamten

Bewegungen in Anzug und Studentenmütze zur Tür herein, Schmidtills und Schachtels Blicke treffen sich. In Schmidtills Kopf steigt das Bild vor der Fabrik wieder auf, als Schachtel Emma eine Kusshand zugeworfen hat. Ist das Kind von ihm? Wut steigt in Schmidtill auf, die auch nicht geht, als er den Gedanken von sich schiebt, weil er zu schmerzhaft ist. Wibbeler brüllt Schachtel ausgelassen »Bierjunge!« zu und winkt die Bedienung zu sich. »Und du machst das Biergericht«, sagt er zu seinem rotkopferten, ergrauten Nebenmann. Die Bedienung bringt sechs halbe Krüge. Drei werden vor Wibbeler aufgestellt, drei vor seinem Gegenüber. Der zum Biergericht bestimmt wurde, plärrt »Los!« und Wibbeler fängt an, seine erste Halbe zu trinken, schafft es auch schneller als Schachtel, dem das Bier an den Seiten aus dem Mund rinnt. Als Wibbeler schon die dritte Halbe ansetzt, ist Schachtel gerade mal mit der ersten fertig. Da wandern Wibbelers Augen an Schmidtills Tisch, und auch ihre Blicke treffen sich. Wibbeler speit einen Schwall Bier auf Schachtel. »Bierverschiss!«, schreit der Schiedsrichter, und Schachtel wischt sich mit einem Stofftaschentuch angewidert das Bier aus dem Gesicht. Dann flüstert Schachtel etwas, das Schmidtill und seine Genossen nicht hören. Wibbeler wischt sich über den Mund und geht an den Tisch, an dem Schmidtill, Seidl und Leonhard sitzen. Bleibt direkt vor ihnen stehen. Dann sagt er so laut, dass es alle in der Gaststube hören können: »Mit diesem Abzeichen«, er deutet auf das schwarz-rot-goldene SPD-Zeichen an Schmidtills Brust, »bekommst du hier kein Bier.« Die Stimmen in der Gaststube verstummen umgehend. Schmidtill mustert die Schmisse auf Wibbelers Wangen. Linst zum Tisch hinüber, von dem er gekommen ist. Bilder steigen erneut vor seinem inneren Auge auf: der Schutzmann, Wibbelers hämisches Grinsen an der Rednitz, im Betriebsrat. Die

Wut, die er schon die ganzen Tage in sich trägt, bricht jetzt heraus. Er steht auf, geht einen halben Schritt auf Wibbeler zu; der aus dem Maul stinkt wie das Brunstreppala im Gänsberg an einem heißen Sommertag. Die Abscheu macht ihn nur noch wütender. Leonhard steht auf und sagt: »Komm, Max, lass uns gehen.«

Aber Schmidtill geht überhaupt nicht darauf ein. »Da ist ja der Wibbeler, die Rotznase! Nur weil's eure Pinslerpartei jetzt auch noch in Braunschweig verboten haben, muss man doch nicht gleich beleidigt sein!«, stößt er aus. Spucke sprenkelt Wibbelers Gesicht, seine Lippen beben.

»Pass bloß auf, sonst gibts eine Strafmaßnahme, die sich gewaschen hat, du Haubntaucha! Lang dauerts nimmer, bis ihr Marxisten die Nasen nur noch oben tragt's. Reicht schon, dass ihr uns den Dolchstoß versetzt habt.«

»Der sitzt wohl tief in deinem Gehirn?« Schmidtills Gesichtszüge verkrampfen sich.

Wibbeler nähert sich Schmidtill. Stellt sich auf die Fußspitzen, um größer zu sein. Bis sie Nasenspitze an Nasenspitze dastehen.

»Was erlaubst du dir eigentlich, du vaterlandsloser Geselle!«, brüllt Wibbeler. Spucke landet jetzt auch in Schmidtills Gesicht. Ihm wird übel, weil der Bursche so aus dem Maul stinkt. Wibbeler packt Schmidtill am Rock und wirft ihn durch die Pendeltüre hindurch, dass er zu Fall kommt.

Schmidtill richtet sich auf, geht mit Seidl und Leonhard hinaus aus Hellers Fischküche. Im Laufen dreht er sich noch um: »Dich werde ich heute noch zur Rede stellen!«

Vergehen
Fürth
17. August 1922

Emma glaubt, Max rufen zu hören. Wird sie verrückt?

Besoffene Arbeiter stehen vor der Gastwirtschaft Gelber Hund. Vielleicht waren die das? Vor ihr ragen die blutroten Klinkerbauten der Kißkalt'schen Häuser auf. Die Stimmen kommen von stadteinwärts aus der Badstraße. Sie geht weiter, bis sie sich fast auf der Höhe des Flussbades befindet. Sie ist zuerst erleichtert, weil sie sich nicht getäuscht hat: Max steht vor dem rußschwarzen Haus in der Badstraße Nummer fünf. Ruft etwas, das sie nicht versteht. Sie versteht nur, dass er wütend ist. Irgendwas mit »Raus!« und »Sofort!«. Dann weicht die Erleichterung dem Schrecken. Seine Freunde Seidl und Leonhard kämpfen mit einem Mann. Wie ein Boxer im Ring tänzelt der. Er hebt die Arme schützend vor das Gesicht, die Fäuste geballt. Da tritt ihm Leonhard unversehens ins Gemächt. Der Getroffene schnappt nach Luft und klappt zusammen.

Emma schaut wieder zum Fenster hoch und erkennt den Kerl, der dort hinauspöbelt: Wibbeler, den sie aus der Spiegelfabrik, aus dem Betriebsrat kennt, vom Protokollschreiben. Der nun verschwindet. Das Fenster schließt. Das Licht geht aus.

Da sieht sie Schachtel von hinten aus dem Dunkel auftauchen. Er greift in seine Manteltasche, zieht eine Pistole hervor. Emma will auf ihn zurennen, etwas schreien. Schachtel drückt ab. Der Schuss hallt zwischen den Wänden der Häuser wider. Fenster öffnen sich. Lichter gehen an. Max wankt.

Bis Emma bei ihm ist, liegt er bereits auf dem Boden. Ein dunkelroter Kreis bildet sich um seinen Kopf. Wird immer größer. Leonhard ist jetzt ebenfalls neben ihr. Da fällt ein zweiter Schuss. Sie hat nicht einmal mehr Angst um ihr eigenes Leben. Leonhard stürzt jetzt auch.

Emma kniet atemlos nieder. Hebt seinen Kopf. Legt ihn auf ihren Oberschenkel.

Giraffenpflanze

»Weißt du, mein Kind.« Emma lag im Schoß ihres Vaters. Er strich ihr über den Kopf, als wäre sie noch immer das kleine Mädchen. Doch er bereute es sogleich, denn normalerweise zog sie den Kopf weg, wenn er das tat. Doch heute genoss sie es, sie fühlte sich leer und schwach. Er erzählte wie früher und streichelte ihr dabei weiter übers Haar. »Wir haben eine seltsame Pflanze im Topf. Ich nenne sie Giraffenpflanze.«

Er deutete auf die Fensterbank.

»Im Winter sah ich bald da, bald dort so eine gedrückte Zwiebel herumliegen, die immer im Weg war und ziemlich verächtlich behandelt wurde. Im heurigen Frühjahr beseitigte Mutter Nanni dieses Ding des Anstoßes, indem sie es in einen Blumentopf steckte. Da kam nun ziemlich bald ein schilfrohrähnliches Gewächs hervorgekrochen, das schnell aufschoss. Aus dem Rohr lugte neugierig etwas Grünes hervor, gleichfalls täglich größer werdend. Es war ein zusammengewickeltes, längliches Blatt, worin wiederum andere Blätter eingebettet und gewickelt waren. Daran saß ein Stiel von blassgrüner Farbe mit giraffenartigen dunkelbraunen Tupfen. Dieser Stiel glich in der Tat völlig einem Giraffenhals, der sich hoch empor erhebt und oben einen länglichen Kopf trägt.«

»Versteh dich nicht«, grummelte sie.

»Ich will damit sagen, das Max sich physisch verändert hat, aber ... so sehr es auch schmerzt, immer noch bei dir ist.« Er deutete auf ihr Herz. »Hier drin.«

»Was aber soll ich gegen diese Ungerechtigkeit unternehmen?«, rief Emma und setzte sich auf. »Ich hab das Gefühl, zu platzen vor Wut. Ich möchte diesen Mörder in die Luft jagen. Sonst wird er wie alle Rechten freigesprochen.«

»Außerdem vollbringt das Giraffenherz eine unglaubliche Leistung. Es muss das Blut ungefähr zwei Meter bis zum Gehirn hochpumpen.«

»Und?«

»Komm, ich zeig dir, wie Anarchosyndikalistinnen kämpfen.«

Presselenkung

Emma stand vor dem Spiegel und versuchte, ruhig und gelassen auszusehen. Sie dachte an den Spielfilm *Dr. Mabuse, der Spieler*, den sie mit Georg zusammen in Nürnberg im Kino gesehen hatte. Was Georg konnte, konnte sie schon lange: gute Miene zum bösen Spiel machen. Sie würde weiter so tun, als sei nichts geschehen, als sei Max nicht von Georgs Sohn erschossen worden. Sie würde herausfinden, warum Max sterben musste! Vielleicht weil sie zu neugierig gewesen war? Weil sie die Pläne der alten Männer zur Lenkung der Presse kannte und damit Großes gefährdete? Aber warum hatte Georg dann nicht einfach sie ermorden lassen? Um sie leiden zu lassen? Indirekt büßen zu lassen für ihre Neugierde, und gleichzeitig einen Nebenbuhler auszuschalten?

Sie zog das schwarz-weiß gemusterte Baumwollkleid an, auf dem sich Blätter und Äste verzweigten. Sie passte gerade noch hinein, so sehr spannte es mittlerweile über dem Bauch. Sie legte roten Lippenstift auf und tat etwas, wovon sie wusste, dass es Georg verrückt machen würde vor Erregung: Sie sparte sich das Höschen. Das würde ihr Mittel zum Ziel sein, auch wenn Vati sicher sagen würde, dass es keineswegs der Ziel-Mittel-Relation der Anarchisten entsprach. Denn wer würde manipulieren, seine Macht einsetzen, um eine herrschaftsfreie Welt zu erschaffen?

Emma atmete erschöpft aus. An eine herrschaftsfreie Welt war derzeit nicht zu denken.

Sie legte ihre lange Kette mit weißen Perlen an, samt den dezenten Ohrringen, an denen ebenfalls kleine Perlen baumelten, die Georg ihr geschenkt hatte. Der Kopf von Georg soll hängen, dachte sie und lachte verbittert. Die Augen schminkte sie dunkel, puderte sich die Wangen. Dunkel waren ihre Augenringe eh schon, hatte sie doch die ganze Nacht mit Vati zusammengesessen und systematisch zusammengetragen, was sie bis jetzt herausgefunden hatte. Zugleich hatte sie gelernt, wie die FAUD arbeitete.

Jetzt sei Zahltag!, hatte Vati versucht, sie aufzumuntern. Sie müsse sich überlegen, welche Ziele sie erreichen und wie sie diese erreichen wolle. Sie würden sich die Machtstruktur von Georg Gumbrecht ansehen, in die er verwoben war, und seine Person analysieren. Auf einem großen Blatt Papier, das sie auf den Tisch im Wohnzimmer gelegt hatten, erstellten sie eine Karte, eine Art Netzwerk, in dessen Mitte »Georg Gumbrecht« stand.

»Kenne deinen Feind« sei die erste Regel. Und den kannte sie, dachte Emma zumindest. Aber was sie mit Vati zusammen letzte Nacht herausgefunden hatte, überstieg das, was sie bis dato gewusst hatte, bei weitem.

Die zweite Regel sei: Nichts müsse so sein, wie es ist. Das war Emma seit dem Tod von Max klargeworden. Sein Tod hatte ihr offenbart, wovor sie sich in der Vergangenheit, vor allem ihrem Vater gegenüber, verschlossen hatte.

Und die dritte Regel lautete, dass weder Staat noch Gesetz noch Polizei ihre Interessen, die Interessen der Arbeiterklasse, vertreten würden, da sie als Anarchisten ein grundlegendes Misstrauen gegenüber staatlichen Institutionen hätten, und dies gelte natürlich auch für den Arbeitskampf. Außerdem würden die Mühlen von Staat und Justiz viel zu langsam und auch nicht zwingend gerecht mahlen.

Die Anarchosyndikalisten durchleuchteten also Gegner im politischen Kampf. Durchleuchteten ihr Netzwerk, ihre Stärken, aber auch ihre Schwächen. Und die größte Schwäche von Georg war gewesen, dass er ihr vertraut hatte.

Und dein größter Fehler ist gewesen, dachte Emma und presste ihre Hände so fest zusammen, dass der Kohlekajal knackend zerbrach, dass du Max hast ermorden lassen. Von deinem missratenen Sohn, dem vermaledeiten Hakenkreuzler …

Auf dem Blatt war ein Netzwerk zwischen dem machtbesessenen Georg Gumbrecht und dem so schrägen wie ausgefuchsten Oswald Spengler entstanden, der der Initiator der Pläne zur Lenkung der nationalen Presse war. Georg Escherich, der rechte Forstrat, der kein Problem damit hatte, wenn Menschen ermordet wurden, weil sie Waffenverstecke verrieten, sollte das verbilligte Papier besorgen. Dank Vatis hervorragendem Gedächtnis, das wie eine Bücherei funktionierte, fanden sie einen Artikel im *Vorwärts* zu Escherichs Verbindungen zur Organisation Consul und dem Rathenau-Mord. In dem Artikel ging es um zwei aufschlussreiche Briefe, die bei Hausdurchsuchungen bei einem Studenten Günther entdeckt wurden. Er war Mitwisser des Rathenau-Mordes und als Kurier der Organisation C zwischen Berlin und München hin- und hergefahren. Der eine ging vom Grafen Reventlow, der für Spengler die außenpolitische Nachrichtenstelle leiten sollte, an einen Wirtschaftsverband »Aufbau«, der die Verbindungsstelle zwischen deutschen und russischen Monarchisten extremer Gesinnung darstellte. Darin wurde Escherich »Onkel Emil« genannt. Emma hielt sich ein Bierfilz wie ein Monokel vor das rechte Auge, streckte die Brust heraus und imitierte Escherich mit seinem oberbayerischen Dialekt, worauf Vati und sie lachen mussten.

Dann ging es weiter zum Großindustriellen Stinnes, der einen rechtsnationalen Journalisten und dessen Büro finanzieren sollte. Vielleicht zusammen mit Georg und dessen Gewinnen aus der Spiegelfabrik, für die Arbeiterinnen wie Trude, aber auch Max, Paul und sie geschuftet, ihre Lebenszeit gegeben hatten. Sie konnte es immer noch nicht glauben, dass es Zufall war, dass Stinnes just in der Nacht, bevor Rathenau ermordet wurde, mit ihm beisammen gewesen war, um über die weiteren Zahlungen des Versailler Vertrags zu verhandeln.

Emma hatte in Vatis Leihbücherei tatsächlich in Spenglers *Untergang des Abendlandes* gelesen. Mittlerweile waren beide Bände leicht zerfleddert von den Notizen und Anmerkungen. Vati hatte es gesehen und ihr anerkennend auf die Schulter geklopft und gesagt: »Vielleicht solltest du Reporterin werden.« Das hatte sie stolz gemacht, sie die Trauer über Max' Tod kurz vergessen lassen und ihr neue Energie für ihren Kampf gegeben. Über die Presselenkung stand in *Der Untergang des Abendlandes*:

»Der Wille zur Macht in rein demokratischer Verkleidung hat sein Meisterstück damit vollendet, daß dem Freiheitsgefühl der Objekte mit der vollkommensten Knechtung, die es je gegeben hat, sogar noch geschmeichelt wird. Der liberale Bürgersinn ist stolz auf die Abschaffung der Zensur, der letzten Schranke, während der Diktator der Presse – Northcliffe! – die Sklavenschar seiner Leser unter der Peitsche seiner Leitartikel, Telegramme und Illustrationen hält. Die Demokratie hat das Buch aus dem Geistesleben der Volksmassen vollständig durch die Zeitung verdrängt. Die Bücherwelt mit ihrem Reichtum an Gesichtspunkten, die das Denken zur Auswahl und Kritik nötigte, ist nur noch für enge Kreise ein wirklicher Besitz. Das Volk liest die eine, »seine« Zeitung, die in Millionen Exemplaren täglich in alle Häuser dringt, die Geister vom frühen Morgen an in ihren Bann zieht, durch ihre Anlage die Bücher in Vergessenheit bringt, und, wenn eins oder das andre doch einmal in den Gesichtskreis tritt, seine Wirkung durch eine vorweggenommene Kritik ausschaltet. Was ist Wahrheit? Für die Menge das, was man ständig liest und hört.«

Vor einer Weile hätte Emma noch müde abgewinkt, die Worte als Verschwörungstheorie ihres Vaters oder von Max abgetan. Aber die letzten Wochen hatten ihr blutig vor Augen geführt, wie richtig Spengler lag. Darum setzte er auch alle Hebel in Bewegung, um die Presse in seine menschenfeindliche Richtung zu lenken. Noch deutlicher stand es im soeben erschienenen zweiten Band *Welthistorische Perspektiven*:

»Während die Antike (…) die Volksmasse zu einem sichtbaren und dichten Körper zusammenzog, um ihn zu zwingen, von seinen Rechten den Gebrauch zu machen, den man wollte, schuf (...) die europäisch-amerikanische Politik durch die Presse ein Kraftfeld von geistigen und Geldspannungen über die ganze Erde hin, in das jeder eingeordnet ist, ohne dass es ihm zum Bewusstsein kommt, so dass er denken, wollen und handeln muss, wie es irgendwo in der Ferne eine herrschende Persönlichkeit für zweckmäßig hält (...) heute noch gibt es hier und da Schwachköpfe, die sich am Gedanken der Pressefreiheit begeistern, aber gerade damit haben die kommenden Cäsaren der Weltpresse freie Bahn. Wer lesen gelernt hat, verfällt ihrer Macht und aus der erträumten Selbstbestimmung wird die späte Demokratie zu einem radikalen Bestimmt*werden* der Völker durch die Gewalten, denen das gedruckte Wort gehorcht (...) Man lässt das Volk als Lesermasse los, und es stürmt durch die Straßen, wirft sich auf das bezeichnete Ziel, droht und schlägt Fenster ein. Ein Wink an den Pressestab und es wird still und geht nach Hause. Die Presse ist heute eine Armee mit sorgfältig organisierten Waffengattungen, mit Journalisten als Offizieren, Lesern als Soldaten. Aber es ist hier wie in jeder Armee: der Soldat gehorcht blind, und die Wechsel in Kriegsziel und Organisationsplan vollziehen sich ohne seine Kenntnis. Der Leser weiß nichts von dem, was man mit ihm vorhat, und soll es auch nicht, und er soll auch nicht wissen, welch eine Rolle er damit spielt.«

Dafür weiß ich nun fast von jedem, was er für eine Rolle spielt, dachte Emma, als sie diese aufschlussreiche Stelle gelesen hatte. Cossmann war derjenige, der an den Schalthebeln der Zeitungen saß. Er gab die *Münchner Nachrichten* heraus, in denen schon gegen Scheidemann gehetzt wurde, bevor er Opfer des Anschlags durch die Organisation Consul wurde. Das alles wusste sie nur durch Vatis unglaubliches Wissen, das er sich die letzten Jahre angelesen hatte. Durch die Gespräche mit Genossen, Freundinnen und Bekannten.

Über die Gutehoffnungshütte erwarb Cossmann nach und nach die Mehrheit am *Schwäbischen Merkur* in Stuttgart und indirekt über die ihr angegliederte MAN 50% des *Fränkischen Kuriers* in Nürnberg. Außerdem wurde der *Miesbacher Anzeiger* durch Cossmanns Betreiben finanziell unterstützt.

Hugenberg, ebenfalls Herausgeber und Industrieller wie Stinnes, verfügte über Macht, Geld, aber vor allem auch über die Agentur zur Anzeigenvergabe. Reusch war der Kopf der Hugenberg'schen Anzeigenvermittlungsagentur »Ala Anzeigen AG« und Konkurrent der Werbe- und Annoncenagentur des demokratischen Mosse-Konzerns, wie ihr Vati erklärt hatte. Da machte es *kling* und Emma holte hastig die Kopie der Denkschrift aus den Papieren, die sie auf ihrem Bett ausgebreitet hatte. Sie musste nicht lange suchen, bis sie den betreffenden Passus fand. »Die Kreditbeihilfe und Unterstützung durch Anzeigen erlaubt die Gegenforderung der Aufnahme bestimmter Artikel und Nachrichten.«

Jetzt musste sie in Georgs Buchhaltung nur noch den Beweis finden. Wenn sie dieses Puzzlestück hatten, konnte Vati loslegen.

Anzeigenvergabe

Seit Wochen war das Verhältnis zwischen Emma und Georg abgekühlt, von Zärtlichkeit konnte schon lange keine Rede mehr sein. Emma wehrte jedes Treffen und jede Annäherung ab. Georg grüßte sie nicht einmal, als sie am

Morgen ins Büro kam. Also ging sie in sein Arbeitszimmer, setzte sich auf den Stuhl, legte die Beine übereinander und schob das eh schon kurze Baumwollkleid bis zu den Oberschenkeln hoch.

»Was kann ich für dich tun?«, sagte er, ohne aufzusehen.

»Was kann ich für dich tun?«, entgegnete sie und wippte mit dem Fuß.

Da sah er auf. Sie konnte seinen Blick nicht richtig deuten. »Bin ich dir eigentlich zu dick geworden?« Emma strich sich über den Bauch, um dann den Finger weiter an ihrem Schenkel nach unten wandern zu lassen. Damit verfehlte sie die gewollte Wirkung nicht; Georg hing für einen Augenblick mit seinem Blick auf ihrer Scham fest.

»Heute Abend?«, fragte er und grinste.

»Heute Abend«, gab sie zur Antwort und verließ sein Büro. Nun hatte sie einen Grund, länger zu bleiben, und ausreichend Zeit, unbeobachtet die Konten zu durchforsten.

Der Arbeitstag verlief ohne größere Vorkommnisse. Um halb sechs verließ Georg mit den anderen Schreibdamen das Büro. Jetzt war der Zeitpunkt gekommen. Emma durchwühlte seinen Schreibtisch. Fand einen Brief, den er wohl bewusst von ihr ferngehalten hatte. Datiert zwei Tage vor Max' Tod:

15. August 1922

Sehr geehrter Herr Gumbrecht,

ich möchte Ihnen mitteilen, dass unsere Bemühungen in Thüringen derart gefördert sind, dass zahlreiche Orte bereits in den Konzern eingezogen werden können und auch die Kassler Angelegenheit weiter im Auge behalten wird. Die Sache ist soweit gediehen, dass Anfang November die Vertragsabschlüsse erfolgen müssen. Unsere Kooperationspartner müssen aber wissen, woran sie sind, denn sie wollen unter allen Umständen die Sache so fördern, dass die Zusammenfassung am 1. Dezember läuft. Ich habe eine Probenummer der Generalzeitung mit den betreffenden Beilagen gesehen und kann nur sagen, dass die Sache ein Schlager sein wird.

Weiter wurde mir mitgeteilt, dass in Thüringen fieberhaft an dem Projekt gearbeitet werde und es für unsere großen Pläne dringend notwendig sei, dass wir die Hand drinbehalten. Es wurde vorgeschlagen, dass wir das Projekt nicht aus den Händen lassen, selbst bei der Höhe der dazu notwendigen mindestens 30 Millionen Mark. Wie ferner festgestellt wurde, würde sich auch in der Provinz Hannover bald etwas erzielen lassen, denn die Verhältnisse dort schreien förmlich nach einer großzügigen zusammenfassenden Direktive. Man solle es kaum für möglich halten, dass infolge des Versagens der Presse dort in breiten Kreisen so gut wie nichts z. B. über die so wichtige Schuldfrage bekannt ist. Eine in der Aufklärung der breiten Massen, namentlich auf dem Lande, außerordentlich rührige und tätige Dame, Fräulein Schmidt-Pauli, hat händeringend um Material für die Schuldfrage gebeten. Ich habe verschiedene Ausgaben der »Süddeutschen Monatshefte« über die Frage zugestellt, denn ich möchte unter allen Umständen doch gern, dass die Sache vorwärts geht. Meiner Meinung nach aber lässt sich Großzügiges nur schaffen, wenn wir jetzt mit aller Energie die Zusammenfassung betreiben.

Ihr Ihnen sehr ergebener Cossmann

Also sind die alten Herren kurz davor, ihre Pläne zu verwirklichen, dachte Emma. Da werden Vati und ich ihnen einen gehörigen Strich durch die Rechnung machen.

Emma ließ den Brief einfach liegen, wie er lag, und schnappte sich die Kontenbücher der letzten Monate. Legte sie auf den Tisch und klappte sie auf. Und suchte und suchte und suchte. Ihr Zeigefinger strich über die Aktiva- und Passiva-Konten, über Soll und Haben. Bis sie im August angelangt war und fand, was sie suchte. Eine Buchung von 30.000 Mark an die Ala Anzeigen AG durch Mimi Gründler am 28. Mai 1922. Am nächsten Tag war sie entlassen worden. Georg, du Halunke! Wie sich die liebe Mimi damals gegrämt hatte. Und du hast doch tatsächlich kolportiert, dass sie nicht ordentlich gearbeitet habe. Emma suchte weiter und wurde erneut fündig: Auf der rechten Seite, unter Passiva, das Konto »Werbung 30.000 Mark« an die Ala Anzeigen AG am 17. August 1922. Am Todestag vom Max. Gebucht von ihrer neuen Kollegin. Georg wusste schon, warum er sie das damals nicht mehr verbuchen ließ, obwohl sie seit Mimis Kündigung für die Buchhaltung zuständig war. Eine Gänsehaut bildete sich auf Emmas Unterarmen. Da spürte sie eine Hand, die sich von der Rückseite ihres Oberschenkels nach oben schob. Georgs Hand. Sie würgte. Von tief unten. Und erbrach sich auf die Kontenbücher.

Verwesung

Emma wusste nicht mehr, wie sie auf den Friedhof gekommen war: Jetzt stand sie dort unter den Menschen in Schwarz, mit hängenden Schultern. Mit dem einen Arm hatte sie sich bei Mutti Nanni untergehakt, mit dem anderen bei ihrem Vater. Jede Bewegung fiel ihr schwer vor Trauer. Krähen kreisten wie Gedanken über der dicht an dicht gedrängten schwarzen Menge zwischen den Grabsteinen und Blumenrabatten. Alles hätte heute ganz normal sein können, ein ganz normaler Arbeitstag, ein ganz normaler Montag. Aber gerade die Jungen um die SPD-Fahne herum diskutierten, was nun zu tun sei. Die Älteren versuchten, beschwichtigend auf sie einzuwirken. »Bluttat«, »Schusswaffe«, »Mörder«, tönte es aus der Menge. Ein alter Mann mit langem grauen Bart sprach von »unreifen Burschen«, was die Stimmen der Jungen wieder anschwellen ließ.

Eine stattliche Zahl von Max' Kameraden hatte Ehrenaufstellung vor der Friedhofshalle genommen. Sechs Bannerleute trugen ihn an Emma vorbei zu der ausgehobenen Grube mit dem Grabstein, auf dem *Max Schmidtill* stand. Emma konnte sich nicht vorstellen, Max nie wieder zu sehen. Bereute jeden Tag, den sie nicht mit ihm verbracht hatte. Der Sprecher der Freireligiösen Gemeinde, Herr Dr. Schröder, hielt die Grabrede. Er sprach sein Bedauern aus, dass jetzt nach Jahren seit dem Kriege immer noch Opfer fielen. Er feierte Max als Freidenker und Kämpfer für bessere Gesellschaftszustände. Für die Jungsozialisten sprach Genosse Kaiser. Auch seine Worte lagen für Emma schon unter der Erde. Dann folgte Genosse Teichmann für die Sozialdemokratische Partei. Er ehrte Max mit einem Kranz, den er unter längeren Ausführungen niederlegte. Emma konnte seinen Worten ebenso wenig folgen. Da plärrte einer: »Das ist deine letzte Rede!« Emma verstand nicht, was der Deutschnationale hier zu suchen hatte, warum er selbst am Grab noch auf Max spucken musste. Reichte es nicht aus, dass sie ihn getötet hatten?

Leonhard und Seidl rannten auf ihn zu und er konnte gerade noch flüchten, bevor sie ihn zerrissen hätten.

Nachdem Max in die Erde gelassen wurde und auch Emma ein Häuflein Erde auf ihn geworfen hatte, konnte sie nicht länger an sich halten und ließ ihren Tränen freien Lauf. Unter dem Gesang des Volkschores Union verließen Emma und ihre Eltern den Friedhof, gingen stumm nach Hause in die Fischergasse.

Es stand meine Wiege
im niedrigen Haus
die Sorgen, die gingen
drin ein und drin aus
und weil meinem Herzen
der Hochmut blieb fern
drum bin ich auch immer
beim Volke so gern
und guckt die Sorge auch mal
durch die Scheiben
ein Sohn des Volkes
will ich sein und bleiben

Und schließ ich die Augen zur ewigen Nacht
und habt ihr zur Ruh mich, zur letzten gebracht
dann schmücket die Stätte mit Grünkränzelein
und legt mir aufs Grab einen schmucklosen Stein
Auf diesen Stein laßt mir die Worte schreiben
ein Sohn des Volkes wollt er sein und bleiben.

Die Wahrheit

Als Emma am nächsten Abend von der Schreibstube in der Spiegelfabrik nach Hause kam, schlief Vati auf seinem Manuskript. Nanni grinste sie nur zufrieden an und strickte mit der Katze Mühsam auf dem Schoß weiter.

Emma streichelte der Katze über den weichen Rücken und sie schnurrte. Dann legte ihre Mutter die Hand auf Emmas Bauch und fragte, wie es ihr ginge. »Bassd scho«, antwortete Emma ernst.

Nanni und Emma würden den Teufel tun und Vati wecken, seinen Grant konnte kein Mensch ertragen. Dann ertrugen sie lieber den gemäßigten Grant aufgrund seines verspannten Nackens, der hoffentlich durch das Erscheinen des Artikels über Oswald Spenglers Pläne zur Lenkung der Presse gedämpft wurde. Übermorgen sollte er im *Syndikalist* erscheinen. Titel: EIN PHILOSOPH IM IRRGARTEN DER POLITIK.

Geburt

Emma würgte. Aus ihrem hervorgewölbtem Bauch, der gerade die alten Frauen die letzten Wochen immer wieder zu Kommentaren veranlasst hatte, um die sie sie nicht gebeten hatte: »Das wird sicher ein Bub, so wie der Bauch ausschaut.« Interessanterweise waren sie sich in ihren Prognosen ziemlich einig. Egal, ob sie beim Bäcker Landauer in der Gustavstraße um Brot anstand, in der Gastwirtschaft Stadt Venedig am Ende der Fischergasse um Bier oder bei der Fischhandlung Jungkunz um Fisch, auf den sie die letzten Wochen so einen sakrischen Heißhunger entwickelt hatte. Wenn Max jetzt nur bei mir wäre, dachte sie, drückte die Hand ihrer Mutti Nanni und erbrach sich. Die Hebamme schaffte es gerade noch, ihr die Schüssel vor den Mund zu halten. Dann stellte Emma die Beine wieder auf und atmete stoßweise weiter.

Wenige Stunden später hielt sie das kleine, zerbrechliche Menschenkind in ihren Händen. Zärtlich legte sie den Säugling an ihre Brust und sagte: »Prost, Max!«

In dem Moment ging die Tür auf und Georg stand vor ihr. Ohne ein Wort zu sagen, ging er auf sie zu. Emma fühlte, wie sie errötete, eine Beklemmung sie erfasste, die umso stärker wurde, je näher er ihr kam. Sie drückte ihr Kind immer fester an sich, dass es zu trinken aufhörte und zu brüllen begann.

»Könntest du bitte wieder gehen?«

Er hob seine Hand, um ihrem Kind über den Flaum am Kopf zu streicheln. Emma drehte sich reflexartig von ihm weg und entzog ihm dadurch auch ihr Kind.

»Ich werde doch wohl meinem Sohn über den Kopf streicheln dürfen.«

»Siehst du nicht, dass du ihm Angst machst.«

»Weil er seinen Vater noch nicht kennt.«

»Natürlich kennt er seinen Vater nicht. Hat ihn nie gesehen.«

»Darum bin ich ja hier.«

Von draußen drang das Krächzen einer Krähe herein.

»Du bist nicht sein Vater!«

Georg sprang auf, schien jede Beherrschung verloren zu haben. Tränen liefen über seine Wangen. Es war das erste Mal, dass Emma ihn derart aufgelöst sah. Dabei hatte sie ihn für diesen weichen Kern geliebt. Fast tat er ihr leid. Aber da musste sie wieder an Max denken, wie er mit Tränen in den Augen an der Pegnitz vor ihr gestanden hatte.

»Also hast du mich angelogen?«

Emmas Sohn brüllte immer noch. Gumbrecht versuchte ihn mit seiner tiefen Stimme zu übertönen: »Wer soll denn sonst sein Vater sein?!«

»Der Genosse …«

»Genosse? Bist du jetzt auch eine von denen?«

Emma richtete sich auf. »Der Vater meines Kindes ist Max Schmidtill.«

Die sieben Todsünden der Gesellschaft

Emma erwachte, weil der kleine Max neben ihr auf dem Rücken lag, Beine und Arme in die Luft reckte und satt und zufrieden vor sich hin brabbelte. Sie konnte es immer noch nicht glauben, wie die Natur dieses Wunder vollbracht hatte. Genauso wenig wie sie Schachtels Freispruch glauben konnte und dass keinerlei Konsequenz auf Vatis Artikel erfolgt war. Weder in den bürgerlichen Zeitungen noch in der Justiz. Georg hatte wahrscheinlich mit der Kopie der Denkschrift dafür gesorgt, seine vermeintliche Unschuld zu belegen. Dieses Hakenkreuzfähnchen im Wind!

Da entdeckte sie das dünne, rote gebundene Büchlein. Ihr Vater musste es ihr hingelegt haben.

Die sieben Todsünden der heutigen Gesellschaft von Bernhard Rothmann. Sie wusste, dass das eines von Vatis Pseudonymen war. Sie richtete sich auf. Schob sich ein Kissen in den Rücken. Blätterte darin und las. Bei »Justiz und Gerechtigkeit« stoppte sie:

»Wo keine Gleichheit herrscht, da kann auch keine Gerechtigkeit herrschen. Weder eine Unzahl von Paragraphen und Gesetzen, noch die Weisheit studierter Richter ist imstande, die klaffenden Schäden und verhängnisvollen Wirkungen der sozialen und geistigen Ungleichheit durch eine sogenannte Justizpflege abzuschwächen; im Gegenteil, die Übel werden durch die Justiz nur verschärft. Wenn ich von einer Gleichheit unter Menschen rede, so meine ich damit hauptsächlich das gleiche Anrecht an allem geistigen und materiellen Besitz der Menschheit, gleiche Chancen für jedermann. Seine Unterschiede in den körperlichen und intellektuellen Fähigkeiten der Individuen werden immerdar vorhanden sein – das Gegenteil wäre weder schön noch wünschenswert – und die gesellschaftliche Gleichheit, die wir zu erringen trachten, beruht eben auf der freien Entwicklungsmöglichkeit jener Anlagen und Fähigkeiten im Sinne einer fortschreitenden Harmonie.

Heutzutage ist solcher Fortschritt undenkbar, weil die einzelnen Stände und Kasten, die sich im Laufe der Zeit gebildet haben, mit zäher Rücksichtslosigkeit und in erbärmlichem Eigennutz an ihren angemaßten Privilegien und Vorrechten festhalten.«

Brief Escherich an Spengler
Isen, 9.9.1922

Sehr verehrter Herr Spengler!

Ihren Brief vom 5. des Monats habe ich soeben erst erhalten, da er irrtümlicherweise an den Chiemgau adressiert war. Ihre Anfrage, ob die Möglichkeit besteht, dass ein Abschluss mit der Zeitungsgruppe und dem Waldbesitz verbilligend auf den Papierpreis wirken würde, muss ich verneinend beantworten. Gleicher Anschauung ist auch ein Herr unseres Finanzministeriums, der in diesen Sachen arbeitet. Ich hatte ihn deshalb soeben telefonisch gesprochen. Herr Hugenberg hat mir telegrafiert, dass er bereits Dienstag Nachmittag in München ist, und wir werden uns ja bei dieser Gelegenheit wieder treffen. Dankbar wäre ich, wenn Sie den letzthin übergebenen Druckbogen sofort zur Post geben würden, da ich ihn zum Umbrechen nach Berlin einschicken will.

In der Hoffnung auf sehr baldiges Wiedersehen bin ich mit sehr ergebenen Grüßen Ihr E.

Zwei Herzen

Wie jeden Tag stand Emma mit dem Kinderwagen vor Max' Grab. Sie betrachtete den riesigen Ahorn hinter dem grauen Grabstein. Ein ockerfarbenes, gezacktes Ahornblatt schwebte herunter und Emma sah zu dem Baum hoch, dessen äußeres Laub sich herbstlich verfärbt hatte und dessen Äste und Blätter im Wind winkten. Im Inneren, um den Stamm herum, strahlte es dagegen kräftig grün. Sie verabschiedete sich von Max, sog den herben Geruch tief ein. Am Ehrengrabfeld für die Opfer des Weltkriegs blieb sie kurz stehen. Die in einem Halbkreis angeordneten Gedenksteine voller Flechten und Moos erinnerten sie an Soldaten und sie musste an die Worte des Sprechers der Freireligiösen Gemeinde bei Max' Beerdigung denken, dass jetzt, Jahre nach dem Krieg, immer noch Opfer fallen wie Max, als Freidenker und Kämpfer für bessere Gesellschaftszustände. Tränen stiegen ihr in die Augen. Da sah sie die gebeugte Kappe des karamellbraunen Pilzes mit sternförmig eingedrückten Schüppchen. Die dichtstehenden weißen Lamellen schienen die Sonne aufzufangen. Sie wusste nicht, ob der Pilz das tat, weil die Sonne schien, oder weil ihn ein Tier oder ein Mensch umgeknickt hatte.

Emma schob den Kinderwagen den Weg hinunter zum Wiesengrund, wo sich eine Weite über Wiesen und Felder eröffnete. Sie ging über den von den Fürthern so genannten Friedhofssteg, der mehr eine gebogene, steinerne Brücke war, unter der die Pegnitz und mit ihr das Laub dahinfloss.

Gleich dahinter bog Emma rechts ab, spazierte den mäandernden Fluss entlang, den hoch herausragenden Weiden jenseits der Rednitz, des zweiten Flusses, entgegen.

Am Flussdreieck, am »Spitz«, machte sie halt, setzte sich unter die Eiche. Linker Hand kam die Rednitz auf sie zu; lichtgrün im schnell fließenden Bogen. Rechter Hand die Pegnitz; brauner und langsamer. Das grüne Wasser drängt das braune zurück, ungleichmäßig. Eigensinnig trödelt die Pegnitz weiter neben der Rednitz her und versucht, sie dunkler zu färben. Vielleicht gelingt es ihr in der Tiefe, dachte Emma, weil sie schwerer ist. Dann hat der neue Fluss, der aus beiden entsteht, zwei Kreisläufe, zwei Organismen. Sie lächelte und zog ihrem Sohn Max die Decke bis zum Kinn.

Bürgerbräukeller

München

8. November 1923

Oswald Spengler fährt mit der Elektrischen durch die stille Stadt. Kurz nach dem Isartor überholt sie einen Sturmtrupp, der unbewaffnet in dieselbe Richtung marschiert. Am Bürgerbräu ist der Eingang polizeilich gesperrt. Die wenigen Polizisten, die da sind, halten die Hereindrängenden mit Mühe zurück.

Spengler zeigt seine Einladung und wird eingelassen. Der Saal ist gedrängt voll. Es scheinen viel mehr Gäste als beabsichtigt gekommen zu sein. Spengler ergattert gerade noch einen Stuhl zwischen einem Buben in brauner Uniform und einem Kerl in Trachtenjanker und Lederhosen, am rechten Rand des vollgesteckten Bürgerbräukellers.

Die Anhänger Kahrs, Beamte, Bürger, ehemalige Offiziere, Pressemänner und sehr viele Mitglieder der verschiedenen Kampfverbände schwatzen lautstark.

Kahr schreitet mit General von Lossow und dem Führer der Landespolizei Oberst von Seisser zur Bühne, von mäßigem Beifall begleitet. Dann hält Kahr eine ermüdende wissenschaftliche Vorlesung über den Marxismus. Er spricht vielleicht eine halbe Stunde. *Heute leben wir so widerstandslos unter der Wirkung dieser geistigen Artillerie, dass kaum jemand den inneren Abstand gewinnt, um sich das Ungeheuerliche dieses Schauspiels klarzumachen. Der Wille zur Macht in rein demokratischer Verkleidung hat sein Meisterstück damit vollendet, dass dem Freiheitsgefühl der Objekte mit der vollkommensten Knechtung, die es je gegeben hat, sogar noch geschmeichelt wird.*

Da hört man über die ganze Menge hinweg wachsende Unruhe am Eingang, Ungeladene wollen sich mit Gewalt Zutritt verschaffen. »Ruhe! Ruhe!«, schallt es von verschiedenen Seiten. Der Lärm wächst. Kahr hört zu sprechen auf. Stahlhelme tauchen im Gewirr auf. Einige steigen auf Bänke, um zu sehen, was vor sich geht. Da sieht Spengler Adolf Hitler: bleich, die dunkle Haarsträhne ins Gesicht hängend. Flankiert von Sturmtrupplern mit roter Armbinde, Pistolen in den erhobenen Händen. Hitler steigt, vielleicht zehn Schritte vor Kahr, auf einen Stuhl, gibt dem Begleiter zu seiner Rechten ein Zeichen. Ein Schuss ertönt. Die Kugel reißt ein Loch in die Saaldecke. Stille. »Die deutsche Revolution ist ausgebrochen!«, brüllt Hitler. »Der Saal ist umstellt!«

Es gibt heute kein zweites Volk, das des Führers so bedürftig ist, um etwas zu sein, um auch nur an sich glauben zu können, aber auch keines, das einem großen Führer so viel sein kann, denkt Spengler, nimmt seinen Hut und geht.

Dieser Roman lehnt sich an viele historische Ereignisse an, wie die Pläne zur Lenkung der Presse durch Oswald Spengler, Georg Escherich, Hugo Stinnes und Nikolaus Cossmann und den Streik der Glasarbeiter:innen in Fürth 1922. Aus dramaturgischen Gründen wurden Namen, Ereignisse und Orte aber auch verändert. So ist dem Autor bekannt, dass das »Pfeifndurla« alias Doris (Durla) Kraus bereits ab 1918 in der »Pfründe« im Versorgungshaus der Stadt Fürth untergebracht war. Außerdem wurde das SPD-Mitglied Max Schmidtill erst 1924 in Fürth von einem Hakenkreuzler ermordet. Damals war er ein Mitglied des Reichsbanners Schwarz-Rot-Gold, das es 1922 noch nicht gab. Freigesprochen wurde sein Mörder Hans Schachtel aber wie in diesem Roman; wie so viele rechtsextreme Mörder in der Weimarer Republik und heute.

Die zitierten Dokumente wurden zum Teil gekürzt und in Details und Namen der Handlung des Romans angepasst, aber in ihrer Aussage nie verfälscht.

Auszüge oder Anleihen wurden übernommen aus:

Das Gedicht *An Philipp Scheidemann* stammt im Original nicht von Fritz Oerter, sondern von Theobald Tiger alias Kurt Tucholsky, *Die Weltbühne*, Nr. 24, 15.06.1922, S. 606.

Berkman, Alexander, *Die Tat – Gefängniserinnerungen eines Anarchisten*. Berlin: Der Syndikalist, 1927.

Glaser, Georg K., *Geheimnis und Gewalt – Der autobiographische Bericht eines Einzelkämpfers*. West-Berlin: Ullstein, 1956.

Gumbel, Emil Julius, *Vier Jahre politischer Mord*. Berlin: Verlag der Neuen Gesellschaft, 1922.

von Müller, Karl Alexander und Otto Alexander, *Im Wandel einer Welt. Erinnerungen Band 3: 1919-1932*. München: Süddeutscher Verlag, 1966.

Nadolny, Sten, *Ullsteinroman*. München: Ullstein, 2003.

Oerter, Fritz, *Lebenslinien*. Berlin: Verbrecher Verlag, 2022.

Oerter, Fritz, *Die freie Liebe*. Berlin: Verlag Fritz Kater, 1924.

Oerter, Fritz (unter dem Pseudonym Bernhard Rothmann), *Die sieben Todsünden der heutigen Gesellschaft*. Leipzig: Der Anarchist, 1920.

Pfeil, Heinrich, »Ein Sohn des Volkes« (Text und Musik).

Pouget, Émile, »Die Sabotage«. Aus: *Die Revolution ist Alltagssache. Schriften zur Theorie und Praxis des revolutionären Syndikalismus*. Lich: Edition AV, 2014, S.211-261 (Erstausgabe vermutlich 1910).

Pécherot, Patrick, *Nebel am Montmartre*. Kriminalroman. Aus dem Französischen übers. von Katja Meintel, Hamburg: Edition Nautilus, 2009.

Rieß, Paul, *Chronik der Stadt Fürth 1915*. Tageseintrag 2. Mai 1915.

Spengler, Oswald, *Der Untergang des Abendlandes. Umrisse einer Morphologie der Weltgeschichte, Band I und II.* München: C. H. Beck, 1963 (Erstausgaben 1918 und 1922).

Spengler, Oswald, *Ich beneide jeden, der lebt: Die Aufzeichnungen »Eis heauton« aus dem Nachlaß*. Düsseldorf: Lilienfeld, 2007.

Der Syndikalist. Organ der Freien Arbeiter-Union Deutschlands. Herausgeberin: Freie Arbeiter-Union Deutschlands. Redaktion: Fritz Köster (1921/22), Augustin Souchy (1922–1927), Berlin: Verlag Fritz Kater.

Verhandlungen des Reichstags. Stenographische Berichte. I. Wahlperiode 1920, Bd. 355, S. 8034f.; Bd. 356, S.7899–8001 u. S. 8057–8058A.

Nachlass von Nikolaus Cossmann.

Nachlass von Georg Escherich.

Nachlass von Oswald Spengler.

Danksagung

»Meiner« wunderprächtigen Lektorin Katharina Picandet, für ihre deutlichen und zielführenden Anmerkungen und die gehörigen Schüsse Motivation.

Wie auch dem gesamten Kollektiv der Edition Nautilus.

Alfred Hierer, Enkel von Fritz Oerter, für seine Geschichten, Kaffee und Kuchen und die Fahrten auf der Eisenbahn in seinem Garten und die Unterstützung in jeglicher Form.

Dr. phil. Paul Hoser, durch den ich erst auf Oswald Spenglers Pläne zur Lenkung der Presse aufmerksam wurde. Der Aufsatz von Fritz Oerter ist benannt nach Dr. Hosers gleichnamigem Artikel »Ein Philosoph im Irrgarten der Politik. Oswald Spenglers Pläne für eine geheime Lenkung der nationalen Presse«, der in den *Vierteljahresheften der Zeitgeschichte*, Jahrgang 38, Heft 3 (1990) des Instituts für Zeitgeschichte München – Berlin erschienen ist und auch online abzurufen ist. Er fasst zugleich Oswald Spenglers Pläne zusammen. Siehe ifz-muenchen.de/heftarchiv /1990_3_4_hoser.pdf

Siegfried Imholz für den Impuls zu dem Roman, als er mir den Mord an Max Schmidtill zugetragen hat.

Kamran Salimi für die fruchtbare Zusammenarbeit und Recherche;

Ursula Romeike für die Transkription der Tagebücher;

meinen Eltern: für alles!

Georg Wiesmeier für den Austausch über Georg Escherich;

meinen Freund:innen Benni, Isa, Kawaletti, Kalle, Karin, William, Filzi und Sebastian für die unzähligen Gespräche, die physische und mentale Unterstützung.

Der Tagungsstätte Wildbad für die vergangene und kommende Zeit in der Gipsmühle. Vor allem Stephan Michels. Der nächste Spaziergang durchs Schandtaubertal ist schon geplant.

Meinen Mitbewohner:innen in der Spiegelfabrik fürs Aufhelfen, aber auch für alles andere, vor allem Sarah, Erna, Ursel, David, Dirk, Anna, Lorenz, Thomas, Julia und Marie, merci!

Meinen Kolleg:innen im Schriftsteller:innen-Verband Mittelfranken. Vor allem Pauline, Yvonne und Sabine.

Julia Ingold für dein offenes Ohr, und überhaupt!

Philip und Andi für die konstruktiven und schrägen Stunden in dunklen Tagen.

Frau Dr. Ulrike Hofmann für die Hintergrundinformationen zu den Fememorden und der Verstrickung von Forstrat Georg Escherich;

Den Mitarbeiter:innen des Stadtarchivs Fürth, vor allem Frau Ingrid Baier von Bibliothek und Lesesaal;

Den Mitarbeiter:innen des Stadtarchivs Nürnberg, der Bayerischen Staatsbibliothek, des Bayerischen Stadtarchivs, des Landesarchivs Berlin, der Historisch-Wissenschaftlichen Stadtbibliothek Nürnberg, vor allem Dr. Christine Sauer.

Dem ASW Verlag Ilmtal für den Auszug aus Martin M. Schwarz, Ulrich Sonnenschein (Hg.), *Hessen kriminell – Orte des Verbrechens in Hessen*;

dem zu Klampen Verlag für das Rechercheexemplar von Philipp Scheidemann, *Das historische Versagen der SPD, Schriften aus dem Exil*, herausgegeben von Frank R. Reitzle;

Helge Döhring;

Stephan Geuenich;

der Gustav-Landauer-Initiative Berlin für den Austausch;

Verena Maser für die Transkription aus dem Sütterlin;

Oma Gisela Dolligkeit für die Transkription von Fritz

Oerters Gedichten, für ihre Liebe und Zugewandtheit und ihre durchdachten Fragen;

Ilija Trojanow für seine zielführenden Gedanken;

Lou Marin und dem Verlag Graswurzelrevolution mit Bernd Drücke.

LEONHARD F. SEIDL, geboren 1976 in München, ist Schriftsteller, Journalist und Dozent für Kreatives Schreiben. Er hat zahlreiche Preise und Stipendien erhalten, u.a. von der Romanwerkstatt Literaturforum im Brecht-Haus sowie der Bayerischen Akademie des Schreibens im Literaturhaus München. 2017 erschien sein Kriminalroman *Fronten* bei Edition Nautilus.